有爱的青春陪伴者

我所喜欢的她

莫离 著

花山文艺出版社
河北·石家庄

图书在版编目（CIP）数据

我所喜欢的她 / 莫离著. -- 石家庄：花山文艺出版社，2020.3
ISBN 978-7-5511-1221-5

Ⅰ．①我… Ⅱ．①莫… Ⅲ．①长篇小说－中国－当代 Ⅳ．①I247.5

中国版本图书馆CIP数据核字(2019)第278994号

书　　名：	我所喜欢的她
著　　者：	莫　离
策　　划：	张采鑫
责任编辑：	郝卫国
特约编辑：	周丽萍
美术编辑：	胡彤亮
责任校对：	齐　欣
封面设计：	严小曼
内文设计：	cain酱
封面绘制：	夏诺多吉
出版发行：	花山文艺出版社（邮政编码：050061）
	（河北省石家庄市友谊北大街330号）
销售热线：	0311-88643221/29/35/26
传　　真：	0311-88643225
印　　刷：	长沙鸿发印务实业有限公司
经　　销：	新华书店
开　　本：	889×1194　1/32
印　　张：	9
字　　数：	238千字
版　　次：	2020年3月第1版
	2020年3月第1次印刷
书　　号：	ISBN 978-7-5511-1221-5
定　　价：	38.80元

（版权所有　翻印必究·印装有误　负责调换）

目录
contents

001 · 第一章
这是我的傲娇邻居

Chapter 1　什么？！让她去学霸界的顶端
Chapter 2　这位同学，长得……真白，好看
Chapter 3　一想起寒江那张万年冰脸，就联系不起来小说中百依百顺的男主角
Chapter 4　你要是聪明怎么不考第一，怪不得河千岁说你是万年老二
Chapter 5　美尼尔氏综合征
Chapter 6　万年老二考了个第一名

049 · 第二章
她的怦然心动

Chapter 1　只要它长出来，打个结，喜欢的人就会喜欢你
Chapter 2　从今天开始，Hey 组合，正式出道
Chapter 3　那千岁有没有喜欢的男孩子
Chapter 4　只要你愿意回头，我就站在身后守望着你，不离不弃
Chapter 5　我想给他买份生日礼物，他喜欢的东西
Chapter 6　我愿意她倒是应承啊

102 · 第三章
喜欢你是意想不到的美好

Chapter 1　我对你的意思你还不明白吗
Chapter 2　那个谁，把头给我抬起来，明明可以靠颜值非要拼才华
Chapter 3　其实，我是因为尔萌才跟你走得近
Chapter 4　千岁心头的小乌云就这样飘走了，现在只有寒江明亮亮的眼
Chapter 5　他操碎了的心揉吧揉吧又上线了
Chapter 6　千岁很久很久没有叫他小五了

目录
contents

146 · 第四章
他的小青梅跑了

Chapter 1 看这是什么东西，霸道总裁……你个小娃娃重口味啊
Chapter 2 我管你，一辈子
Chapter 3 你要是欺负她，我跟你没完
Chapter 4 糟了！迟到他退学了
Chapter 5 我爸爸，河世华，他说，我是世界上最好的人
Chapter 6 来信人的备注：喜欢的她

195 · 第五章
思念如期而至

Chapter 1 王宝钏寒窑苦等十八年的戏呢
Chapter 2 他宁愿见她时流泪，也不要说一句我不喜欢你
Chapter 3 她眼里的星光，是他不见的温柔
Chapter 4 就真的没有一点想我吗
Chapter 5 总不能跟他一样，无耻地把人拉过来亲一下吧
Chapter 6 我怕自己，控制不了

238 · 第六章
我的故事都是关于你呀

Chapter 1 他与千岁的羁绊，除了他们自己，谁都无法替他们做主
Chapter 2 前一秒还单手脱衣服呢，现在就无法自理了
Chapter 3 确认过眼神，是还不死心的人
Chapter 4 此女子与寒江，共处一室了
Chapter 5 而寒江，是扬起我青春的风帆，带我找到方向
Chapter 6 守着我们再见的青春和永不消散的友谊

第一章

这是我的傲娇邻居

天还未暗,世界留给我一个空间

没有花草,没有春天

所有星辰都是神灵的眼

悄无声响,追随你的后半生

Chapter 1
什么？！让她去学霸界的顶端

C 市致远中学的操场。

傍晚时分，刚下过雨，天边升起了万道霞光，绚丽得让人忍不住驻足仰望。河千岁怔怔地看着远方，心思不定。纯棉的白色 T 恤上有大片水渍，青色格子衫被随意系在腰间，额前的刘海儿已被打湿，汗水顺着发梢滴落至脖颈，再被上衣吸掉。

她乏到不愿动弹，连呼吸都感觉很累。

好久好久，直到脖子酸了，千岁这才慢慢解下腰间的外衣，边走边轻轻擦拭额头的汗。经过校园宣传栏的时候，远远就看到几位老师在粘贴什么，此时身旁有两个女孩跑过："是我们的高中分班成绩吧？快快快！"

千岁听到是分班成绩，心里"咯噔"一响，她踌躇半天才跟了上去。栏框中已经贴了一大半名单，前五十名都是红色字体，千岁直接从黑色字体名单中找起，每往后过一个人名就心虚一分，直到在第 478 名找到自己的时候，那颗怦怦怦的心这才放下来。

真是万幸，没有在 500 名之外。

千岁算了下班级人数和自己的名次，应该可以分到 8 班或 9 班，唇边扬起浅浅的笑，安心回家。

"哎，你来看，这个人名字好奇怪，第……五……寒江？是姓第吗？"两个女孩凑在一起细细研究着。

"是不是写错了,应该是第五名?"

"不是,这前面写着第二名,第五寒江,看着好奇怪。"

"奇怪的多着呢,我刚才还看到一个,叫……千岁,河千岁。"

"娘娘千岁千岁千千岁吗?哈哈。"

"你百度搜索一下嘛,看有没有这个姓氏。"

"好,我现在查一下。"

站在一旁的千岁,瞬间黑了脸。

千岁挪了几步,看着那位居第二的四个鲜红大字,抽抽嘴角发出轻微的鄙夷声,好了不起喔,万年老二。她随手将衣服往身后一甩,扭头走了。

千岁戴着耳机哼着小调,最终转入那条青砖小巷,两边的石墙上郁郁葱葱爬满了蔷薇,受过雨水照拂,蔷薇开得更是浓密。她狠狠吸了一口空气,不摇香已乱,无风花自飞。

这里的城市是沿山而筑,所有大街小道都顺着山势蜿蜒而上,目光所及大都是一级级不规整的石阶,虽然也是繁华都市,却总感觉在山中穿行一般。

第五寒江就趴在卧室的窗户边上,远远看到那个人便立即关窗下楼。因为速度太快而步伐不稳,他险些从楼梯上摔下来,抓住扶手的瞬间,两条大长腿以劈叉的姿势站稳。那大腿根疼得要命,他硬是凭着意志力将两条腿合拢。

"你干什么呢?"老五拎着饭盒走到玄关处,儿子这一番操作很是莫名其妙,他边穿鞋边说,"等你妈回来再给你东西吃,我要出去走会儿。"

老五前脚刚迈出就欣喜地喊道:"闺女回来啦。"

千岁拿着钥匙准备开门,邻居老五叔叔一脸慈爱地冲她招手,千岁礼貌地打招呼:"叔叔!"

"怎么才回来,又去学校练舞了?"

千岁点点头。

老五啧啧两声:"干什么这么辛苦,后天都要开学了,你这个暑假就没休息两天。来把这个抄手吃了,你最喜欢的红油。"

千岁急忙摆手:"我不吃,谢谢叔叔!"

老五不管,径直打开饭盒盖,拿出汤匙递给她:"快吃吧,我特地给你包的。"

抄手的香气扑鼻而来,千岁早已饥肠辘辘,耐不住美食诱惑,她接过汤匙。

"那个,我妈不让我吃晚饭。"千岁嗫嚅开口。

"不管她,叔叔让你吃就吃。"老五一看到千岁这个模样就格外心疼,他很是不满,"这个静妹,等她从美国回来我得好好说说,想让马跑又不给马吃草……"

千岁只顾埋头猛吃,没有看到寒江出来了。他手插口袋倚靠在门口,和老五一同看着狼吞虎咽的她。

老五像是想起什么,便问千岁:"分班成绩出来了吧?"

"嗯。"千岁口齿不清地说,"寒江第二名。"

"我也没想问他,闺女你考第几名?"

千岁这才停下扒拉的"爪子",埋着头没有抬眸,小声说:"478。"

"哇,这么厉害!"老五爽朗地笑了起来,双手环胸,"嗯,我闺女就是了不起,是不是进步了几名?真棒!"

"不是进步,退步了。"千岁缓缓地答。

这下寒江没忍住,他"扑哧"笑出声来。千岁看到不知何时出现的他,咽下最后一个抄手快速把饭盒盖了起来。

"叔叔我洗干净再还给您,我先回去了。"

千岁突然就涨红了脸,闷着头转身进了家门。

老五很不耐烦,转头就骂:"你想干什么小五,这样笑话别人很开心吗？"

"我没有笑话她啊。"寒江很是无辜。

"那你刚才笑什么？"

"我笑……她吃东西的样子很丑。"

"嘶，兔崽子，这样对妹妹，你良心给狗吃了吗？你过来，我保证打死你！"

临开学前一晚，千岁接到了妈妈的电话。

"分班成绩是不是出了？"静姝直奔主题。

千岁在电话中听到有翻纸和敲键盘的声音，想来妈妈工作十分忙。她如实告知了自己的成绩排名，意料之中妈妈平淡如水，说了声"哦"。

"我听周周老师说你这个暑假的体重很不稳定，你是不是吃东西了？"

千岁瞬间头皮发麻："没、没吃啊。"

"冰箱里的牛肉和蔬菜吃完了吗？"

"还没有。"

"要是吃完你就和我说，我再买一些送家里去，蛋白质一定要按时补充，不要吃主食和那些油炸物……"整整十分钟，静姝都在重复以往说的话。

千岁的双眸无力垂下，时不时轻轻"嗯"一声。

直到最后，静姝才又提到成绩："保持这个水平就可以了，将来你是要进舞院的，现在最主要的就是把舞练好，体重控制好就行了，别的都交给妈妈好吗？我现在有点忙，先不说了。"

电话"嘟"的一声被挂断了，千岁都没来得及问一下她什么时候回来。

放下电话，千岁去了厨房，厨房十分干净。即使不用炉灶，千岁也会按时打扫卫生，不仅厨房，包括客厅、卧室，这个家的每一个角落，她都认真打扫，因为不知道哪一天，妈妈出差就回来了。

妈妈在·个化妆品公司做高层管理，常年出差美国，一年在家待的天数屈指可数。而人生中另外一个重要的人——爸爸,似乎是在很小的时候就去世了,说"似乎",是因为妈妈根本不愿提到这个人,更从不讲爸爸的事情。

千岁看着冰箱里摆着的乳酪蛋糕,良久,叹了口气,拿出来扔到一旁的垃圾桶里,又在冰箱里的蔬果中扫视一圈,拿了一根香蕉,这才关上冰箱门。

上学的那天早上,千岁一开门就碰到了寒江。

他正弯腰在系鞋带,应该是看到她了,却没有抬眼。

千岁本来还犹豫要不要打招呼,一看寒江没有反应,想必也不想和她说话,便自顾自走了。

看着千岁纤细的背影,寒江这才直起身,无奈又有些无语:"坏丫头,打个招呼能死吗?"

两人一前一后到了学校,千岁和寒江对致远十分熟悉,因为他们两人都是本校初中部直升高中的,开学的第一天也没有什么不习惯,要说有不同,就是有大批外校的人考了进来。

致远中学在 C 市有不可撼动的地位,师资力量雄厚不说,百年教育的美誉更是根深蒂固。

厚德载物,宁静致远。

八个金光灿灿的大字总是在最高处闪耀。

高中部叽叽喳喳、人声鼎沸,认识的、不认识的都能聚在一起天南地北地聊。千岁在人群中穿梭,每个班级门口都贴着名单,她跑到 9 班门口,踮起脚在名单中找有没有自己的名字。

因为人太多了,她根本挤不进去,折腾半天倒是累得气喘吁吁。

"别看了,你在 8 班。"

说话的是寒江。

千岁回头，寒江面无表情，他足足比千岁高了一个头。这个人，初中的时候还没自己高，是吃了什么激素蹿起来的吧！

"你怎么知道？"千岁问。

"因为这上面没有你的名字。"

寒江准备离去，突然"哎"了一声，扭头说："该不会你在 10 班吧？"他还耸了耸肩。

赤裸裸的瞧不起。

千岁的怒气从丹田直冲脑门，果真是总角之交有时近，青梅竹马不如狗。

随着青春期的到来，两人在不经意间渐渐疏远，小学的时候不管干什么两人都黏在一起，还曾剪发为盟做兄妹，发誓一生一世都要在一起。现在千岁想起，只觉得自己瞎了眼，没有早早辨别这个腹黑男。

寒江摸摸鼻翼，嘴角不禁扯起坏笑，叫你无视我！

千岁确实在 8 班，当她进去的时候，教室里已经坐了一大半人，基本好的位置都被挑了，她只能随便找个空位就座。

很快，人都来齐了，班主任进来的时候，四处张望了下。

"有没有叫河千岁的？"班主任在讲台上问。

千岁感到有些奇怪，她慢慢举起手来："我是。"

"中午你去趟年级主任办公室，就在后面那栋楼知道吧。来，现在我们大家开个会。"

老师说完，千岁就趴在桌子上琢磨开来，年级主任，怎么想脑海中都没有这一号人物，应该不是自己犯了什么事，难道是想问她是舞蹈生的事情？毕竟在初中的时候，所有老师都知道她是特长生。

上午她在班里将校服和书本都领上了，中午吃饭的时候她去了一趟教师楼，找到了年级主任办公室。她一进去，杨主任就很客气地起身："来来，坐。"

"谢谢主任。"

杨主任坐下后看着桌上的学生档案:"你是我们本校初中部升上来的是吧?"

千岁点点头。

"练了七年的舞蹈,这是从小就开始练的吗?"

一听杨主任如此问,想来只是咨询她舞蹈生的事情了,千岁这下才真正放心:"是的,主任。"

"嗯。"杨主任看着档案很是满意地点头说,"初中的时候就给学校争得了很多荣誉啊,不错不错。你到1班去吧。"

"嗯?什、什么?"千岁觉得自己听错了。

杨主任一脸真诚的笑容:"校服和书都领上了是吧,下午你就去1班报到吧。"

"主任,我不是分到8班了吗?我考的第478名。"千岁一本正经地解释道。明明是8班却说是1班,让她去学霸界的顶端,这不是要命吗?

"河同学,这个事情你回家之后家长会跟你说的,下午你就去1班报到,好了,你去吧。"

去、去哪儿?

千岁整个人都是蒙的,她背着书包在操场乱转,想了很久也没有想明白,杨主任让回家问家长,难道是妈妈做了什么吗?

千岁无助望天:"要死,我不想去……"

千岁硬着头皮进了1班。

大家上午已经都认识得差不多了,突然看到又进来一人,便有些疑惑。千岁看着靠近窗边那排还有个空位就坐了过去。

"你上午没有来吗?"同桌女孩好奇地问。

"哦，来了……"再多余的话她也不敢说，突然就心虚了。

同桌见她有些内向便不再问什么，千岁这才松口气，她悄悄地环顾四周，也扭头往身后看了一眼，突然对上寒江的目光，嗖地回过头来。

完了，死定了。

寒江倒是没什么反应，像是知道她会来一样。

1班的班主任是一位男老师，戴着金丝边的眼镜，看起来文质彬彬的。他在讲台上拍手："好，安静，上午我们班少了位同学，现在上来补充下自我介绍吧。"

千岁知道在说她，硬逼自己的屁股从凳子上离开，毕竟是参加过很多比赛的人，她面对众多目光从不会紧张。只是现在情况特殊，心虚让她有些焦灼。

"大家好，我叫河千岁，河水的河，千万的千，岁月的岁。"

老师先带头鼓的掌，大家的掌声将一些笑声淹没。原以为这就结束了，底下一个男同学突然举起手来："是皇后娘娘千岁千岁千千岁吗？"

全班这才哄然大笑。

又是这个老梗。

千岁压抑着自己的怒气，还要保持着面上的浅笑。

我不气的，没关系的，同学嘛……我倒要看看是哪个坏蛋……她的目光搜索到那个还在哈哈大笑的男同学，竟是寒江的同桌。

"迟到，不要闹。"老师出声制止，继而对千岁示意可以回去了。

寒江扭头看着迟到，咬牙切齿："皮这一下很开心吗？"

"怎么了啊，我当初不是也这样笑你的吗？"

迟到与寒江在初中篮球赛上相识，从临校泗中拼老命考过来的。寒江看着千岁在座位坐下，想起爸爸再三叮嘱的话，叹口气掏出书本来。

Chapter 2
这位同学，长得……真白，好看

千岁能到 1 班是有原因的。

开学的前一天，寒江听到爸爸在打电话。

"哎呀，老刘，我就拜托你一件事情你都推托，那么多年的兄弟都白处了吗？"

老五急得连沙发都坐不住了，在客厅来回转悠。

"我闺女这成绩不差的啊，还是舞蹈特长生，不是我说，你们致远还能找出比我闺女跳得更好的吗？没有对吧，那不就得了。"

"哎呀，成绩差点没关系，到了 1 班我保管她马上就进年级 50。真的不是我吹，我这闺女就是聪明。"

"甭跟我说什么升学率，就说是调还是不调。"

寒江大概能听出一二，问在厨房做饭的妈妈："是我们学校那个刘叔叔吗？"

"对啊。"寒江的妈妈子君在切菜，头也没有抬。

寒江想了一下，哼道："走后门。"

"你小点声。"子君这才抬起头，看看客厅的老五继而压低声音道，"这么多年了，你还不知道你爸吗？再说了，高中是你们开启人生最重要的一个转折点，那咱们还不得给千岁多操点心。"

"别。"寒江正准备张口喝水，闻言动作一顿，"不是咱们，是你们。"

子君举起右手的菜刀作势恐吓寒江："滚。"

"滚就滚。"寒江悠悠地说，"人家还不一定承你们情呢。"

一想到她满不在乎、浑然清高的模样，寒江的心里就闷闷的。以她一般般的成绩调到尖子班，他就只管看戏好了。

寒江端着水杯经过客厅，刚迈腿上楼，还在打电话的老五就对他招招手，压了电话之后示意沙发方向："你先坐这儿，我再打个电话。"

老五又拨了一个电话："静妹啊，你什么时候回来？啊？还要十天半月，你知道学校出分班成绩了吧，我要把千岁调到寒江一个班去。"

"什么不用啊，咱不能输在起跑线啊，哎呀，要说多少遍，千岁不笨，随便学学就能考个'985''211'，就是人家不愿意而已。"

寒江在一旁翻白眼。

"我都已经安排好了，你抓紧时间快回来，我再给你说道说道，就这样你忙吧。"

挂了电话之后，老五喘口气。寒江把手中的水杯递了过去，老五一口气咕噜喝光。

"小五，爸有事情要安排给你。你看，这1班都是尖子生，千岁过去肯定是有些吃力的……"

"那就不要去啊。"寒江打断。

老五瞬间变了脸，寒江无奈："好好，你说。"

"千岁过去你要好好关照一下，空闲了就给她补补课，我也不勉强你，能让她进到年级前50就行了。"

一听此话，寒江当即坐起身："爸，就算爱因斯坦给她补课……478名，怎么进50啊？你这不是强人所难，是要你儿子的命。"

"那又怎么了，谁天生是聪明的吗？听说爱因斯坦小时候还反应迟钝呢，还有那个画鸡蛋的叫什么……画那么多鸡蛋才成为一名优秀画家。你能保证千岁做不到吗？"

"我保证。"寒江还竖起手指发誓。

老五气得站起来就要揍他："千岁爸走得早，这长兄如父，你这做哥哥的怎么老瞧不起她，哎哟……我的心。"老五突然捂着心脏，很痛的样子。

子君从厨房跑了出来，扶住老五："怎么了这是？"

老五指着眼前的不孝子："小五，你就说，你答应还是不答应？"

子君一巴掌打在寒江的背上，寒江疼得喊了声："我知道了。"

"这还差不多。"老五又跟没事人一样，直起身言笑晏晏看着子君，"君君，晚上吃啥？"

一周的军训后，班上很快重新调整了位置，千岁的同桌依旧是个女孩。两人身高差不多，都在一米六五左右，座位调到了中间靠后。

同桌长得十分可爱，圆圆的脸蛋上一笑就有两个酒窝，两条小辫子温顺地窝在耳后。

"我叫尔萌。"她连名字都那么好听。

倒是千岁有些不好意思："河千岁。"

"我知道，皇后娘娘嘛。"

想必这已经成了大家的课后谈资了。

"你考了多少名？"尔萌突然问起排名。

千岁握笔的手一顿，正想着如何开口，尔萌又说："哦，林老师来了。"

尔萌口中的林老师全名林修恺，是班主任，也带物理课。上课之前林老师开了十分钟的班会，宣布了班干部的任命。

"班长兼物理课代表，宋白，站起来一下。"

尔萌趴在桌子上捂住嘴狂喜："是宋白，第一名的宋白，我初中同学。"

千岁转头望向那个人，高高的个子，目似朗星，面如冠玉，真是人如其名。莫名地，自己的心怦怦跳了两下，唾液没来得及咽下去反被呛住了。千岁开始猛咳，宋白看了她一眼，吓得她急忙回过头趴在桌子上。

这位同学，长得……真白，好看。

"副班长兼语文课代表，应苏梦。"

"啊，快看快看，我们苏梦。"迟到用胳膊肘子使劲撞寒江，寒江的目光还在宋白的身上,有什么好看的!

"你是不是不想跟我坐一块儿啊。"迟到皱眉,自从他死皮赖脸坐在寒江旁边,寒江就满腹心事。

林老师在讲台上拍了下黑板擦:"底下不要说话,文艺委员,尔萌。"

尔萌高兴地站起来挥挥手,千岁与大家一同鼓掌。所有干部任命全部宣读完了之后,便开始上课。

千岁整堂课都听得云里雾里,林老师让不懂的人举手提问,底下一个举手的人都没有。她埋下脑袋蹙着眉头,这些人都成精了不成?

好不容易熬到下课,尔萌邀千岁一同去小卖部,但她还沉浸在物理课题当中,摇了摇头。尔萌便不打扰她拿出零钱就往小卖部奔去。

后来那一整天千岁都在想着物理题的解答,她不敢去问老师,也不好意思问同桌,那样一问是不是就露出她愚笨的真面目了?

好烦恼。

千岁在舞蹈室练功压腿,没一会儿周周老师来了。

"都过来,称体重。"

"啊又称,完蛋了,我刚多吃了俩鸡蛋。"

"我也是……"

身边的同学们小声嘀咕,千岁也在心里打起了小鼓。

周周老师手中拿着记录本,看着她们一个个的体重数据:"叫你们管不住嘴,又现出原形来了吧,超了的自动一旁深蹲去。"

千岁上秤的时候,显示 45.66KG。

周周老师把记录本一合:"你怎么回事?一个暑假从 42KG 快到 46KG?你是不是吃东西了?"

千岁没有吭声。

后来,周周老师拉她站到一旁,柔声劝说:"千岁你的条件最好,你一定要把体重控制住,很快就有一场全市比赛,我把希望都寄托在你身上呢，别辜负老师好不好？"

"嗯。"千岁这才点头。

周周老师摸摸她的脑袋："我跟你们年级主任打过招呼了，尽量多抽点时间过来练舞，各科老师都了解的，你毕竟是艺术生。"

千岁受训完之后就到一旁做深蹲。这一天她练得比以往都要晚，回家的步伐也像踩在云端之上，洗完澡沾到床便沉沉睡去。

第二天上完早自习的时候，宋白突然来到千岁和尔萌桌边。

"你没有交物理练习册。"宋白对千岁说。

千岁这才想起来昨晚忘记做作业了，她的手放在书桌的抽屉中，有些无措地搓着书本角。

"那个……对不起，还有些没做完。"

她一点都不敢正视宋白的眼睛，明明夏日阳光灼热灿烂，千岁只觉得头皮阵阵发麻，手心的凉意一路蔓延到心底。

千岁生怕余光把自己出卖，连忙摊开册子，按下圆珠笔。即便眼睛盯在题目上，心中早已兵荒马乱。

宋白感到奇怪："总共两道题，没做完？"

千岁的耳尖开始发烫，觉得有些丢脸。

尔萌似乎也感受到了千岁的尴尬处境，起身跑到宋白的桌子上把自己的练习册翻了出来，回来的时候冲宋白一笑："班长，你先回去吧，两分钟就给你送过去。"

宋白也知道尔萌打的什么算盘，没有吭声。

"快，快抄。"尔萌把练习册给千岁翻开。

"谢谢啊。"千岁心中一暖，没有想到尔萌会帮她。

尔萌甜甜一笑："客气啥，同桌不就是用来抄作业的嘛。"

千岁火速抄着作业，将练习册给宋白送去的时候他正要抱走，好不容易鼓起勇气说声不好意思，宋白像是没有听见，径直擦肩而过。

她站在那里，懊悔地绞着手指，暗暗发誓决不再有下次。

可人就是很奇怪，明明时刻告诉自己不要忘不要忘，甚至还用多种方法来提醒自己，前五十九秒还刻在脑中，最后一秒它就忘了。

隔天，物理作业又没有做。

没等到宋白站到跟前，看他起身往自己座位来的时候，千岁脑袋瞬间炸开了，清醒了。

"尔萌，麻烦作业再借我抄下……"千岁压低声音说，宋白就到了跟前。

"练习册。"宋白简明扼要。

宋白说着话，后背被人无意顶了一下，原来是迟到搂着寒江不小心碰到的。

"对不起啊。"迟到道了个歉。

宋白扭头看了一眼，继而说道："还是差一点没写吗？"

千岁都不知道该如何回答，此时寒江目不斜视地走过，似乎没有听见宋白说的话。

千岁心想，这种丢脸的时刻，那是万不能给他瞧见。

"两分钟……"千岁弱弱地说，火速拿起笔来。

事后，千岁懊恼极了，宋白一定会觉得她是故意的，在舞蹈室练舞的时候她还想着自己要不要主动解释一下。

透明的玻璃窗外砰砰响了两下，千岁抬头，看见尔萌一脸兴奋地摆手。

尔萌手上还拿着棒冰在吸吮，千岁往外走去。

"原来你是舞蹈生啊？"尔萌放学看到千岁往活动教学楼走，就跟上来看看想打个招呼，"我看你跳一会儿好不好？"

千岁点头，于是尔萌就坐在舞蹈室外头看她练习。下课后，两人走在校园小道上，尔萌了解了千岁作为舞蹈特长生的一些事情。

"听着好辛苦哦，所以你才没有时间写作业吧？"尔萌突然这样说，随后咧嘴笑,"还好宋白人好,他不会说什么的。"

宋白是什么都没有说,但是千岁有些自责,两次不写作业一定在人家心中留下了不好的印象。她觉得自己插到尖子班已经够难受的了,还一来就给班长拖后腿。

想到这里,千岁的心沉了沉。

到分岔路口的时候,尔萌说:"我走啦,千岁,以后你要是没时间写作业的话,早上就来学校抄我的。"

尔萌挥挥手,眼睛清亮,她笑得比天边的云还要温柔。

千岁点点头,心中一暖。

千岁快到家门口的时候,看到寒江站在路灯底下。

他低着头,玩着脚下的石子。

橘黄色的灯光将他的影子拉得顾长,身后的蔷薇随风摇曳,满巷弥漫着浓浓的花香。寒江察觉到了有脚步声,看着千岁又是疲惫的模样,格子衫松垮地穿在身上,拎着书包步履缓慢。

寒江拦住去路:"我爸问你吃不吃饭。"

"不吃,谢谢。"千岁答。

寒江看着面前这个低着头的人,她的声音总是小小的,似乎有气无力。从小到大,每次这样夜晚归来的她,都跟条小狗一样耷拉着脑袋。

寒江突然伸手将千岁的外衫往上拉了一下:"能不能把衣服穿好?"

千岁抬眸看看他,扯了下衣服小声嘟囔:"哪里没穿好?"

"回去早点睡吧。"寒江不再多说,转身离去。

两人都要进家门的时候,寒江又在身后问:"英语作业写了吗?"不等千岁回答,他又说,"写了才怪,你上楼,我给你扔过去。"

寒江说的扔,是从他的卧室窗口扔。寒江卧室的窗口正对着千岁的书房,小的时候两人经常在窗户边用纸杯连线当传声筒玩,有什么好吃的也都一扔就过去了。

这窗户好久没这样用了。

寒江将作业本卷了起来,远远地对千岁做了个手势,示意她靠边。他长臂一掷,作业本稳稳地落在千岁的书桌上。

千岁开了台灯,作业本的封面上写着"第五寒江"四个字,潇洒遒劲,再翻开里面,工工整整。

唉。

真是人比人得死,货比货得扔。

千岁边抄边哼唧:"学习好就算了,字还写那么好,烦人,有什么了不起的。是你给我抄的,我才没有要抄……"

Chapter 3
一想起寒江那张万年冰脸,就联系不起来小说中百依百顺的男主角

课间的时候,迟到撑着脑袋看着给大家发材料的应苏梦,傻笑两声:"寒江,你说咱们班上谁长得最漂亮?"

寒江埋头写作业,头也没抬:"你。"

"好好说,我在讲班上的女孩子。"

寒江顿了下:"不知道。"

"应苏梦啊,论长相,那一定得是我们家梦梦。"迟到点点头,一脸幸福。

"要点脸吧,什么时候成你们家的了。"

迟到不高兴了,一把夺过寒江手中的笔:"别写了,聊聊天。"

"给我。"寒江面无表情地伸手。

"那你说,是不是应苏梦最漂亮?"迟到昂头质问。

寒江挑眉:"不给是吧?"

"你先说……"

寒江突然喊了一声:"应苏梦。"

迟到吓得一激灵,急忙捂住他的嘴:"给你给你!"

应苏梦闻声走了过来,扶扶鼻翼上圆圆的眼镜:"叫我吗?"

"没有没有。"迟到尴尬地笑着摆手,看着她手中抱着的材料又站起身,"我来帮你抱着,你发。"

"不用了。"

"没事,免费的力气不用白不用。"迟到一把抢过,应苏梦只得作罢,柔柔道了声谢。

迟到说过,他跟应苏梦绝不只是同学,他们天生是有缘分的,而且命中注定。在泗中的三年初中同窗不是缘分的开始,真正的开始是源于应苏梦在小学时期做的一件事情。

迟到念小学的时候是个淘气王,打同学捉弄老师那都是家常便饭,因此隔三岔五就要被当警察的爸爸揍。

他总是邋里邋遢蹲在路边上,没事还吹两声口哨。

应苏梦就是在那个时候经过,她戴着公主发箍,辫子扎得一丝不苟,在所有行人嫌弃、躲避迟到的时候,应苏梦停下脚步站到他跟前。

迟到永远忘不了她站在夕阳中的样子,浑身散发出天使的暖意。

迟到那一瞬间都看呆了。

"给。"应苏梦往他身上扔了一块钱硬币。

应苏梦上的是国际小学,那片区域只有一家国际小学,高端漂亮的校服是很多小学生都羡慕的,包括迟到。

他偷偷记下了应苏梦胸前别着的姓名卡,后来多次到国际小学的门口溜达也没有遇见她。直到上了初中,两人竟成了校友还分在了一个班。

想来，这一定就是天注定的缘分了。

"哦，当你是要饭的啊。"寒江冷不丁来了一句。

"我真觉得你这人思想……不，人品有问题，我想阐述的是梦梦的善良，善良你懂吗？你怎么会懂，我看你天生就是黑心肠。"

寒江不以为然，和迟到双双坐在操场边上，没一会儿体育老师吹哨集合。

"分组青蛙跳，绕小跑道一圈。"体育老师一说完，底下的女生不乐意了。

有女同学举手："老师，我不想跳。"

"那你想干什么，想偷懒？"

"那为什么应苏梦就不用跳，还有一个……从来不见她上体育课。"

"对啊就是……"有人附议。

"哪个？"体育老师问。

"河千岁啊，她从来不上体育课的。"

尔萌一听急了，便开口："人家是有原因的，她要上别的课。"

女同学听到尔萌说话，自然认为她在帮同桌狡辩，远远给了她一个白眼，嘴里嘟囔了句。这下尔萌不愿意了，以为她骂自己，冲上前就推了对方一下。

两人不由分说地开始拉扯起来，女生们各自"组好战队"，操场一片混乱。体育老师死劲吹哨让一些男同学将她们拉开，这节体育课就这样提前终止了。

体育老师喊来了班主任林老师，就赶忙躲离了这些青春躁动的小姑娘。

尖子生1班在开学不久就打架的消息，十几分钟就在年级中传开了。

林老师和杨主任都被教导主任叫过去了，班里闹事的几个同学都老老实实地坐在教室里等着林老师回来。

千岁练完舞回到教室的时候,觉得气氛异常诡异,不少人看她的眼神格外不友善。她有些不明所以,顶着种种目光回到自己座位坐下。

迟到一副看好戏的样子:"哎,矛盾点回来了。"

寒江瞪他一眼。

千岁小声问尔萌:"怎么大家怪怪的?"

尔萌还在与跟她打架的女生进行眼神交锋,没有回千岁的话。那个女生叫宋璐璐,她突然站起身径直走向千岁。

"河千岁,你为什么从来不上体育课?"

面对宋璐璐突如其来的质问,千岁都没反应过来:"我是……"

"你凭什么用这种语气质问同学?"尔萌还有些怒火,"你怎么不敢去问副班长啊?"

应苏梦在座位上听到自己的名字,紧握住手中的笔,最终轻轻放下,起身往这边走来。

"别吵了,散了吧。璐璐,你回座位去。"

副班长开口,宋璐璐难免要给些面子,她转身的时候动作太大,手臂不小心打翻了尔萌的书。尔萌以为她是故意的,伸手想抓住她后背衣服,一不留意抓马尾上去了。

这下两人彻底翻脸了。

千岁和应苏梦上前拉架,混乱中,千岁被尔萌抓到了脸。寒江心里"咯噔"一下,他果断站起身,可是有人已经先寒江一步将千岁拉出战局。

宋白沉静有力的声音响起:"都闹够了没?回座位去。"

宋璐璐觉得委屈,回到座位就趴在桌子上哭了起来。尔萌一开始还有些气,小声嘀咕着,说着说着自己也抹起眼泪来。

十五六岁的女孩都是那样敏感天真,她们其实没什么恶意,对待别人和这个世界都充满着美好希冀,只是有些时候,不太懂得去处理和表达。

林老师办公室里，齐刷刷站了一排参与闹事的同学，说教一番后就剩四个人，千岁、应苏梦、尔萌、宋璐璐。

林老师温文尔雅，似乎也不对人发脾气，他看着眼前这四个如花般年纪的女孩子，心里就更柔软。

"尔萌、璐璐，你俩把家长叫一下吧。"

尔萌吓得够呛："别别别，老师，拜托了，求你，不叫好不好？"

"对啊对啊，不叫不叫，刚开学就叫家长太不吉利了。"宋璐璐此时与尔萌倒是意见一致。

林老师笑："那你们倒是表现一下。"

"表现？"尔萌有些蒙。

宋璐璐反应过来了，一个迈步站到尔萌身边，搂过她吧唧亲了一口："萌萌，我对不起你。"

尔萌捂住脸："神经病啊。"

宋璐璐在背后掐了尔萌一下，尔萌这才不情不愿地回答："我……好巧啊，我也对不起你。"

林老师这才有些满意，他坐到椅子上开始整理教案："家长虽然不用叫了，但你俩也得受罚，这一周教室的卫生你俩干了。"

宋璐璐有些为难："老师，我家特别远，平时回家天都黑了，如果每天晚上做值日，我怕爸妈担心我。"

"那你说怎么办？"林老师问。

应苏梦举手："老师，我来吧，我替璐璐做值日。"

"苏梦……"宋璐璐感到意外，心中五味杂陈。

"没事，我家近，再说这事情是我作为班长的失责，打扫卫生应该的。"

应苏梦的话让在场所有人都刮目相看，千岁离她最近，发现她的眸子竟那般好看，清澈透明，就像水蓝色的天空，让人很舒服。

千岁知道了事情详细的经过之后，心中难免有些愧疚。所以连续几天她都没有去练舞，而是在教室帮尔萌和应苏梦打扫卫生。

她踏着夜色回家的时候，老五端着一盘西瓜坐在石阶上，旁边坐着埋头吃瓜的寒江。

"你能不能少吃一点？被你吃得就剩这一盘了。"老五嫌弃地端着瓜转过身去，就看到了不远处的千岁。

"闺女回来了。"老五端着瓜起身，拿了一瓣，"快吃，凉快。"

千岁刚接过，在石阶上坐着的寒江就悠悠说道："西瓜糖分高，发胖。"

这话说得千岁又小心翼翼把西瓜放了回去。

老五转头怒喊："胡说八道，闺女吃，就吃两瓣，西瓜减肥呢。"

"谢谢叔叔！"

千岁在石阶上坐下，跟寒江一同埋头吃瓜。

老五端着瓜盘在一旁唠叨："这些天练舞是不是很累？累了回家别去了，每天都弄这么晚。你现在大了，那是越长越漂亮，可不能再走夜路。"

千岁抬头："不累。"

"打扫卫生有什么可累的？"寒江口齿不清地说。

千岁快速用胳膊肘怼了他一下，寒江闷哼一声。寒江扭头瞪她，看到她侧脸颊那道隐隐约约的抓痕，便什么话都没有了。

"天气预报说这一周特别热，你千万别中暑了，来，再吃一个。"老五又递了一瓣瓜。

"我不吃了。"

"吃吧，你妈又不在，叔叔不会说的。"

千岁看了寒江一眼，老五踢了他下："他更不敢。"

"那我再吃一瓣。"千岁爱吃西瓜，每每夏天只要妈妈不在家，叔叔都会买西瓜回来冰镇一下，然后给她单独切一半留着。

寒江看着千岁捧着瓜心满意足的样子，似乎吃瓜就是她最开心的事情，那种喜上眉梢的神情，即使是跳舞得了奖，也没这样乐过。

千岁她，似乎藏满哀愁，也开始拒人千里。

怎么越大，心事便越长。

周五放学做值日的时候，应苏梦突然身体有些不适。她在将凳子摆放到桌子上的时候，突然扶住桌子，险些晕倒。

"你没事吧？"千岁手快一把将她扶住。

应苏梦摆摆手："没事。"

"怎么了？"倒完垃圾回来的尔萌看到虚弱的应苏梦也有些担忧，她快速跑到书桌抽屉里把水杯拿了出来，"喝点水。"

应苏梦喝了水，缓了好一会儿。千岁和尔萌齐刷刷地盯着她，脸色苍白，唇无血色，只能让她坐着休息。

尔萌将水杯放回抽屉当中，捡起掉落在地的书本，那是一本课外小说。她举起小说："你们俩谁看过这个。"

千岁在擦黑板，回过头来，看了封面摇摇头。

"苏梦你看过吗？"尔萌问。

应苏梦也摇头。

"你们还是不是女生了，这本小说都没看过，言情界的鼻祖啊，所有女生的终极幻想。"

尔萌乐滋滋对应苏梦说："我先给你科普一下。"

千岁边干活儿边听着尔萌给苏梦讲小说内容，大概说的是一对青梅竹马的小年轻如何成为恋人的故事。

"那都是骗人的。"千岁突然打断，一想起寒江那张万年冰山脸，就联系不起来小说中百依百顺的男主角。

"那不一定,青梅竹马你不信,那一见钟情总该有吧,你说对吧苏梦？"

应苏梦突然就红了脸,"嗯"了一声,随即又问:"那这个你借我看看行吗?"

"没问题啊,我还有好几本呢,看完再给你看别的。千岁,你喜欢看什么?"

千岁想了一下,走了过来:"有没有僵尸的,就是林正英打僵尸的那种。"

尔萌:"你还是打扫卫生去吧。"

千岁吐吐舌,转身要去倒垃圾,突然余光扫见一个男生从教室门口快速经过,那个身影很是熟悉,像是,宋白?

千岁拿着垃圾桶追了出去,在楼梯口那儿果然看到宋白。

"班长。"千岁突然有些紧张。

"哦,河同学。"宋白转身打了招呼。

"你还没走?"

"我跟同学在操场打球,上来打点儿水。"他扬扬手中的水杯。

"这样啊……"

千岁垂了眸子,一时无话,大气不敢出。

"那我先走了。"

"等……等一下。"千岁突然喊住他,却又不知道说些什么,她的脑袋快速转动,突然想起物理作业的事情。

"我想跟你说声对不起,前两次作业我没有按时交,不好意思啊。"

宋白一笑,露出洁白的牙齿:"没事,我走了。"

千岁憋住的气这才得以呼出,她扇扇发热的脸,几次往楼梯下探望他离去的身影。

"怎么那么热……"

千岁把脸贴在墙上,感受到一丝凉意,想到宋白刚才对她笑,更是有一股热浪直冲脑门。

宋白，笑起来让人心慌意乱。

Chapter 4
你要是聪明怎么不考第一，怪不得河千岁说你是万年老二

千岁最担心的事情还是来了。

月考的成绩出来了，成绩单是公开的，每个人都可以看到。班上开始议论纷纷，很多质疑的声音也出来了。1班是中考时年级前五十名的尖子班，但却进了不是前五十名的人。

当然月考中也存在很多失误的人，有小部分人的成绩滑到了一百多名之外。千岁看到自己的年级排名在五百多，但有两个人比千岁还要差，也就是说进到这个班，这两个人也是有一定原因的。

其中一个跟千岁条件差不多，是个体育特长生，另外一个，是迟到。所以迟到成了风口浪尖的人物。

千岁反倒幸运地松了口气。

迟到倒是一脸无所谓的模样，本来脸皮就够厚，再加上整日吊儿郎当的，女生都不敢当面说些什么，男生就更不开口了。

寒江的目光在成绩单上游走，看着千岁各科成绩的排名情况。迟到坐在身旁托着腮："第五寒江同学，我想要采访一下你，请问跟学渣做同桌是什么感想？"

"没感想。"

"那你有什么想对同桌说的吗？"

"少说话，多做题。"

迟到托腮的手滑了一下，叹口气："没意思，跟你做同桌真没意思。"继而望着前方，"我要能跟梦梦坐就好了。"

"就你这狗啃的成绩，她可能不会跟你坐同桌的，因为——"寒江用笔指指脑袋，"智商会下降。"

"说得好像你很聪明一样，你要是聪明怎么不考第一，怪不得河千岁说你是万年老二？"

一听到河千岁的名字，寒江放下笔："你说什么？"

"她。"迟到抬颚示意前方千岁的位置，"说你万年老二。"

寒江的内心有什么东西在翻涌："什么时候？"

迟到说起了昨日在小卖部的事情。

千岁和尔萌、应苏梦开始玩到了一起，三人一同去小卖部挑零食，就聊起了这次月考的成绩。

"苏梦你真厉害，考了年级前五，不过最厉害的还是宋白，稳坐第一的宝座。"

"对啊，宋白很厉害，第五寒江也很厉害。"应苏梦说。

"他？"千岁无意说出口，"万年老二。"

尔萌和应苏梦一愣，随后尔萌扑哧笑出声来："你好坏哦，千岁我没发现你还有这幽默潜质，说起来，第五寒江是本部初中升上来的，也是你初中时候的同学啊。"

千岁点点头。

"那他每次都考第二吗？"

"对。"千岁认真想了一下，是真的没错。

应苏梦问："你跟他熟吗？"

"不太……熟。"千岁并不想撒谎，她只是不希望别人误会些什么。她跟寒江，终究不是一路人。

课间去倒水的时候,千岁刚拧开杯盖,有人插队。

寒江一脸漠然地抢先接水。千岁看着他:"不排队吗?"

寒江接完水,眉间一挑:"高兴。"

一副欠揍的样子,真烦人。

宋白此时站在身后,千岁看到后便侧身让到一边:"班长你先接吧。"

"没事,我排队。"

"你接吧。"千岁执意退后,宋白只好上前。

寒江拿好杯子,离去的时候狠狠撞了一下千岁的肩膀。

"狗腿子。"他说。

千岁望着寒江离去的背影,眼神都能化作利剑,恨不得一把扎上去。

下午开班会的时候,林老师让应苏梦给每人发了一张表,要求填写个人信息,并说了两件重要的事情。第一件事情是月考成绩出了之后,学校决定召开一次家长会,就学生此次成绩做一次评估。

刚说到这儿,底下讨论开了。

"完了,我妈只要一来,当天晚上回去就没饭吃。"尔萌指着成绩单,她的排名在一百名后,比起中考成绩下降了很多。

千岁看着手中的信息表,目光落至父母一栏。

她从小到大,最抗拒写信息表,写了一次又一次,反复在写。

尔萌边听林老师说话边填着表格,扭头看了千岁一眼:"快写啊,待会儿要收呢。"

千岁这才动笔,一笔一画地、缓慢地写着。

父亲那栏,她一个字都没有写。

林老师说的第二件事就是下个月的全校运动大会。

"咱们班……"林老师扫了一圈说,"能跑能跳的都积极报名,尤其是女生,可别尽让男生出风头。"

林老师此话惹得女生笑了起来,男生"喊"了一声起哄。

"还有集体项目,咱们班男生多,就参加篮球赛吧。运动会的事情班长宋白全权负责。"

信息表上交后,班上就讨论开了。千岁可能参加不了,因为下个月有一场舞蹈市赛,她悄悄转头看向宋白的位置,周边围了好多同学,他握着笔时不时点头、微笑。

她也好想跟他说话啊,想到这儿,颓丧地趴在桌上望天。

千岁那几日在舞蹈室加时训练,练到一半的时候,林老师找了过来。

"千岁。"林老师在教室门口对她招手。

千岁起身走了过去,林老师带着她站到远处去谈话。

"家长会你妈妈不能来参加吗?"林老师紧接着又说,"我跟你妈妈还是开学前通过一次电话,本想借这个机会跟你妈妈好好聊聊。"

林老师想必是知道千岁爸爸的事情,从头到尾没有提到。千岁也不能确定妈妈能不能来,开学时她曾说很快就回来,但是一个多月了,也没有回来。

"这样吧,晚点我给你妈妈打个电话,你先去上课。"

林老师准备走,千岁喊住他:"林老师,如果我妈妈不来开会,那天……我可不可以不去教室了。"

她真的至今还没做好准备,该如何面对别人的询问,她的爸爸与妈妈,都在做些什么或者为什么没有来。

林老师看着她落寞的神情,遗世而忧伤,只是笑了笑,便转身离去。

回家的路上,经过路口小卖部,千岁买了一瓶苏打水,坐在小卖部门口的方桌上仰头一股脑儿喝光。

她往桌上一卧，闭着眼没两分钟就睡着了。

寒江拿着零钱准备到小卖部给妈妈买调料，在门口看到熟睡的千岁，他蹙眉，有些郁闷。

"又在这儿睡。"

她只要在小卖部门口睡着，一定是过于疲倦，因为这种情况已经不止一次了。

寒江将外套脱了下来，盖在她的身上。

千岁额头的汗水还没有干。担心她被风吹感冒，寒江又把那件外套连体帽搭在她的脑袋上。将她整个人盖得严实，寒江这才买了调料，先送回家去。

寒江再次折回来，没有靠近小卖部，而是站在了不远处的蔷薇丛后。他戴着耳机，听着英语在练口语发音，时不时望望还趴在桌子上的千岁。

直到小卖部的阿姨将千岁喊醒，寒江撒腿就往家跑。千岁拿下身上的外套，看了看四周，见无人，只好先回家了。

家长会那天，寒江出门的时候发现爸妈全都着装整齐地在照镜子，老五穿了一身笔挺西装，不停地问子君怎么样。

子君说："不错不错，那你看我这个裙子呢？"

"好看啊。"

寒江皱眉："家长会就让去一个人。"

"哎呀，知道了。"老五嫌他烦，"你自己先走吧，家长会下午才开始，我跟你妈看谁穿得好看谁就去。"

父母的花样操作显然寒江理解不了，他出了门，在巷口等了一会儿。没多久千岁出来了，嘴里还咬着面包片。

她看到寒江，也没有多想，打开书包把昨晚那件外套掏出来，递过去。见她面容淡然毫无情感，寒江眯了眯眼。

千岁咬着面包，眨眨眼睛，算了，还是说一句吧。刚张口，面包片掉落，寒江一把伸手接住，千岁急忙把书包拉链拉起，说了句："谢谢啊。"

不知道她这句谢谢到底是谢什么，反正她肯定不想谢昨晚自己给她盖衣服，想到这儿，寒江又有些别扭，他把面包片塞回了千岁嘴里，连招呼都不打就走了。

面包都怼她鼻子上去了，千岁一脸蒙。

莫名其妙，又生什么气啊？

中午，千岁和尔萌、应苏梦约在食堂吃了午饭，分别没多久，尔萌就气喘吁吁跑到舞蹈室来。

"千岁，你、你爸喊你呢，我以为你去厕所了。"

"我爸？"千岁疑惑。

"对啊，你快点。"

于是，尔萌拉着千岁往教室走，途中经过操场看到教导主任盯着过往学生看，拎着一根塑料棍子指着她们的方向。

"你们把手松开，给我好好走路。"

千岁以为说的是自己和尔萌，却不想是寒江和迟到，他们抱着球也正要回教室。四人站在一块儿，看着教导主任往这边走来："今天来这么多家长，待会儿还要参观学校，一个个勾肩搭背像什么话？"

迟到讪讪地放下搭在寒江肩上的手，悄悄说道："你们致远的教导主任，我真是在泗中就有耳闻。"他正说着，教导主任又指着另外一个戴棒球帽的男同学："哪班的这个？你给我过来，以为戴帽子我就看不到了。这什么颜色，你以为你是葫芦娃吗？"

"主任……我天生就这个发色。"被抓的学生还极力狡辩。

"天生这个发色？把你爸妈叫来我看看是不是天生的……"

千岁他们四人趁这机会，很是默契地集体溜走。身后还有笑声，迟到也揸嘴:"说你们主任有个外号叫草原雄鹰,这种猛禽类的动物啊,它就享受那种追捕猎物的感觉。本名叫什么?"

寒江:"刘壮实。"

"我能再笑一下吗?"

寒江突然转身,想要喊教导主任,迟到一把擒住他的脖子:"你这个叛徒……"

千岁扑哧笑出声来,寒江淡淡地看她一眼没说什么。迟到不乐意了,昂着脑袋瞪大鼻孔:"河千岁都笑了!你怎么不说她!"

千岁连忙拉起尔萌小跑,不管什么事,先跑了再说。

寒江看着她远去的背影,白了迟到一眼:"我喜欢。"

教室里面一片拥挤,全是人,千岁看到老五叔叔抱着一箱水,给每个家长和同学分发。

"对……我千岁爸爸,千岁麻烦照顾了啊。"

"来来来喝水,天热得很。"

家长们对老五顿时好感倍增,就连同学们都羡慕地看着千岁,千岁经过子君阿姨身边的时候,子君阿姨冲她挤挤眼。

老五看到千岁,招手:"来,闺女。"

千岁上前帮忙抱住箱子,寒江也回来了,他看着眼前这一幕父女情深的戏码,老五给寒江递水的时候还不忘演上一场:"同学,还劳烦照顾我们家千岁啊。"

子君在一旁赔笑:"互相照顾互相照顾。"

千岁看寒江沉着一张脸,想来也是没有料到老五和子君有这一出。那个时候,千岁没有勇气说出事实,她贪恋这个"爸爸"的好,对寒江便有了些歉意。林老师来教室通知家长转移到图书馆报告厅去,班长宋白召集大家进行自习。

031

尔萌和千岁写小字条，说着谁谁谁的家长看着很凶或是长得丑之类，尔萌还夸赞千岁爸爸善良，说话也很幽默，再看看自己那五大三粗的爸爸，完全没有可比性。

后来，尔萌讲了一件让千岁较为惊讶的事情。

她在教室里听到有人问迟到："你爸妈怎么还没来？"

迟到淡淡回道："我妈住院呢，我爸早就不在了。"

听到这话的几个同学都愣了，没有人再说什么，当时教室里人多混乱，她也就没放在心上。

下课的时候，尔萌坐在应苏梦前面和她玩，多嘴问了一下："你不是跟他一个学校吗，他爸的事情你知道吗？"

应苏梦回过头看了迟到一眼，他正跟寒江有说有笑，于是小声说道："他爸爸是一名警察。"

"哇……"尔萌万分崇拜，"然后呢？"

应苏梦摇摇头，表示不想继续说下去。

"我们是不是好朋友？告诉我嘛，我不说。"

应苏梦这才说："他爸爸是一名英雄，因公殉职的烈士。"

因为是国家烈士，学校对迟到有特殊照顾。但这一切在迟到看来，都没有什么意义。他对待一切都表现得无所谓，也许他是想表现得强大一些不让人瞧不起，也许他是真的忘了那些悲痛的过往。

不是迟到，谁又知道呢？

家长会开到很晚，千岁和寒江都在校外等候着。

回家的路上，四人一同走。老五还在和子君说着林老师如何夸奖千岁乖巧、勤奋，老五大笑着转身说道："千岁啊，你别怕，这不爸爸在，有我这个爸爸在，那是能顶一片天！"

能顶一片天。

千岁看着老五和子君走在前面说着笑着，突然就红了眼眶，有些话如鲠在喉，却无从说起。她之前给妈妈打电话询问何时才能回国，妈妈在电话那端忙得有些不耐烦，没说上两句就挂了。

千岁想让妈妈来开家长会的愿望，从记事开始，就没有实现过。

寒江在千岁的身后看到她的肩膀缩了一下，想上前，又退后了。她是那样好强，有自尊心，她一定不愿意被任何人瞧见。

寒江不觉放慢了脚步。

Chapter 5
美尼尔氏综合征

尔萌从外面跑进教室，趴在应苏梦的桌上说："苏梦，我打听到2班也要参加篮球赛哎，他们还组了啦啦队，我们也弄好不好？"

应苏梦扶扶眼镜："这个你得问班长，他做决定。"

"啊，问他啊，那好吧。"尔萌又跑到宋白座位那儿重复一遍。

宋白在写习题，抬头看了眼尔萌，难得带着笑意，点头说好。

昨日班干部已经针对运动会开了一次会议，目前报名参加的人并不多，尔萌一直想拉千岁和自己一块儿。

千岁很不好意思，说道："可是我舞蹈市赛就在运动会那两天。"

尔萌苦恼："我还指望你给我们啦啦队编排舞蹈呢，人选我都定好了，就差你和梦梦了。"

"我不想去。"应苏梦在一旁说。

"我能拒绝吗？"千岁也开口。她是真的担心没有时间，反而拖累了尔萌。

谁知尔萌爽快地点点头："可以啊，以后作业就不给你抄了。"

千岁："……"

在舞蹈室，千岁等来了周周老师，她问道："老师，比赛时间定了吗？"

"好像还没吧，不出意外应该跟往年一样，怎么了？"

"老师……我能不能参加学校的运动会？"

周周老师想也没想："不能。有那个时间就来训练，这次预选赛你只有拔得头筹才能进入西南地区决赛，还有后面的全国总决赛，你要抓紧一切时间做准备，好吗？老师相信你。"

千岁只得作罢："好。"

上完课千岁经过学校的操场，看到很多人在打篮球，她弯腰快速走过，却还是没有躲过飞驰的篮球。球砸到了她的手臂。

"没事吧？"有人快速跑过来。

宋白关切地看着她，道了好几句对不起。

"没事。"千岁浅笑。

宋白似乎心情不错，跟千岁多说了几句，指着不远处的一帮人说："你看我们班都在预热呢，为运动会做准备。"

"嗯，你们辛苦了。"

"不辛苦，千岁你在啦啦队吧？"宋白紧接着提到了啦啦队。

"我……"他突然喊自己千岁而不是河同学，让人一下子不知所以。

宋白咧嘴一笑："到时候请你们一定替1班加油助威。"

"应……应该的。"

"那我先去了，拜拜。"

千岁无力地挥手："拜拜……"

为什么话都到嗓子眼了还说不出来？她懊恼、郁闷，看着宋白和同学们打得火热,她丧气地离开了。如果她没有参加啦啦队,宋白会失望吗?会不会觉得她没有团队精神,是个自私小气的人?

怎么办?她十分为难。

尔萌已经确定好人员,利用课余时间给所有人都开了会,千岁和应苏梦都被拉到了里面。千岁只好开始找适合大家的舞蹈视频,应苏梦还在做着尔萌的思想工作,想要退出,因为她实在四肢不协调。

千岁拆分了视频的动作,她在给大家试跳的时候,她们大都没有想到千岁竟然是么优秀的舞蹈生,很快班里就传开了。

迟到抱着篮球坐到自己位置上无意说起:"我听女生们都在说千岁会跳舞呢。"

寒江在看书:"哦。"

"我们这支啦啦队,啧,颜值,还凑合吧。"

"什么啦啦队?"

"河千岁啊,在我们的啦啦队,那天在操场上宋白说的,我看他俩聊了几句。"

"她和宋白?"

迟到"嗯哼"一声,抬头在教室四处搜寻:"我们家梦梦呢?"

寒江还在问:"宋白参加这次篮球赛吗?"

"当然啊。"

"我也去。"

迟到这才转过脸:"你不是说打球一身臭汗烦得很吗?我叫你好几次都不去。"

"我现在要去。"

"那得问问宋白啊……"迟到突然看到尔萌,便喊道,"喂,肉包子,有没有看到应苏梦。"

"你才肉包子。"尔萌把书往桌上一扔就要出教室,"她在练舞呢。"

"练舞?"迟到突然站了起来,"什么舞?你说啦啦队吗?"

"对啊。"

迟到扔了球掉头就跑:"她不能运动!"

尔萌觉得奇怪,就去追迟到,寒江也放下书随着一起去了。

千岁在操场的一个角落教大家动作,在做热身的时候应苏梦就有些无力,她坚持了一会儿还是觉得头晕胸闷,耳朵也嗡嗡作响。

"千岁,我不行……"应苏梦弯腰喘气。

千岁以为她只是有些累,便劝说:"再坚持一会儿,我们就休息。"

她的话刚说完,就见应苏梦腿一软跌倒在地。千岁刚扶住她就被奔跑而来的迟到给一把推开。

"谁叫你让她跳的!走开!"

千岁被推倒在地,还有些蒙,随后应苏梦就晕倒在了迟到的怀中。同学们都被吓了一跳。寒江和尔萌也跑了过来,他拉起呆呆的千岁,询问:"没事吧?"

尔萌惊呼:"怎么了这是?"

有同学回她:"不知道,苏梦突然就晕了。"

迟到掐了应苏梦的人中,但她没有苏醒的迹象,他一把抱起人往医务室的方向跑。没多久应苏梦的父母就赶来了学校,林老师也一直在医务室照看着她。醒后的应苏梦还有些虚弱,透着门缝,千岁看到她的脸色异常苍白。

"别担心。"寒江安慰千岁,语气十分温和。

迟到和尔萌都站在外面,迟到冷着一张脸,尔萌说什么他都不理。林老师出来叫他们都回教室去上课,应苏梦暂时要跟父母回家休息。

"林老师。"千岁喊他,心有担忧,"真的没事吗?"

"别担心,快回去上课。"

林老师还是没说应苏梦到底有没有事情。四人在回教室的路上全然沉默，走在前面的迟到慢慢转过身，看着千岁说："对不起啊，刚才推你了。"

"没关系。"千岁回答。

尔萌在一旁憋不住了，拉住迟到："你是不是知道什么？"

迟到耸肩："知道什么？"

"别装了，应苏梦为什么这样，你肯定知道。"

"我为什么要告诉你？"迟到翻了个白眼。

寒江平静开口："你就说吧。"

"那你们也别再外传了，我怕伤了苏梦的自尊心。"

尔萌拍手："哎呀，我们都不会说的啦。"

迟到扯着嘴角："我怎么就不信你。"

"你是不是对我有意见？！"

"别闹了。"寒江看不下去两人的打闹，他眼里瞧着的都是千岁情绪低落的样子。

迟到撇撇嘴，这才说："苏梦她，是美尼尔氏综合征，很多时候会感到眩晕，所以她从来不上体育课，因为不能做运动。"

"啊？"尔萌这才反应过来，为什么应苏梦一再提起要退出啦啦队，她虽然有些动作不协调，但真正的原因是身体素质使她无法像其他人一样蹦跳。

在初中的时候，应苏梦还想隐瞒自己的病情，体育课上和大家一起玩耍，后来她是在自己醒来之后才知道自己晕倒了，同学们看她的眼神不一样了，那种探究的、小心翼翼的样子，让她在那一刻画了条分界线。

少女的自尊心总是那样敏感脆弱，她就一个人躲在楼梯间里哭。迟到悄悄躲在后面陪伴，他的心，也从来没那样软过。

应苏梦已经一周没有来学校了，啦啦队的排练也搁浅了。千岁每天都在盼着她能来学校，可座位一直是空着的。她只好悄悄问迟到要了应苏梦家中的地址。

应苏梦的家不远，但要过一条江。千岁在买索道票的时候身旁响起熟悉的声音："顺便帮我也买一张。"

寒江顶着一脸"你就该给我买票"的表情凑了过来。

"你干什么去？"千岁问。

"迟到也在对面住着呢。"

千岁无法反驳，只能给他也买了一张。

夜晚的江景美得让人陶醉，千岁趴在扶杆上注视着外面，寒江在一旁假装看书学习。索道轿箱中的两人寂静无声。

到了对岸之后，千岁按地址找到了应苏梦的家，恰好也是应苏梦开的门。

"千岁，你怎么来了？"应苏梦欣喜，在家闷了那么多天，终于看到熟悉的面孔，"你到家里来坐。"

"不用麻烦了，我就是来看看你身体有没有好点。"

应苏梦扶扶眼镜笑："我能有什么事，你现在让我跑一千米都没事，谢谢你能来看我，我很开心。"

两人就站在门口聊了一会儿，千岁确定应苏梦没有大碍这才安心回去。应苏梦一直将她送到索道处，才发现寒江也在。

"第五同学，你也来看我了。"应苏梦很是高兴。

寒江说："我是来找迟到的，不是看你。"

千岁真的想把这个人的脑子掰开来看看里面装的什么，她给寒江一个眼神让他自行体会，便让应苏梦赶紧回家休息。两人重新回到对岸之后，没走多远寒江就喊住千岁。

千岁不耐烦地回头："又干什么？"

寒江示意街边的面店："给我买碗小面。"

"你自己不能买吗？"

"我没带钱。"

千岁只得给他买了一碗小面。寒江端着一次性碗坐在台阶上吃了起来。C市很多小吃店都建在高处，因为地面极不平整，客人们都习惯性坐在门口台阶上吃。

"你先别走，万一我还想吃什么呢。"寒江说完埋头吃东西。

千岁无语，蹲坐在寒江旁边。寒江客气了一下，举起面："吃一口吗？"

"你都咬过了才问我吃不吃？"千岁嫌弃。

"好吧。"

寒江吃着面，千岁托着腮想事情。没一会儿，千岁开口问："苏梦她那个病……"

"公主病。"

"危险吗？"

"暂时死不了吧。"

千岁扭头："第五寒江，面堵不住你的嘴吗？"

寒江无辜："是你问我的。"

"吃吃吃。"

千岁起身就走了，没下几级台阶，又从口袋里掏出十块钱扔给他："吃吧你就。"

入睡前，寒江还在看着手中那张十元纸币，脑中浮现千岁那张气鼓鼓的脸。他忍不住笑出声来。

寒江想到什么，下床轻轻撩开窗帘，正对着的书房灯还亮着，千岁奋笔疾书，似乎在赶好几天的作业。因为回家的时候，她开口要了好几门功课的练习册，自己依旧是从自己窗户边扔过去的，这样的事情干多了，他觉得自己右手臂的肱二头肌都练出来了。

千岁没有睡,寒江也拿着课本复习起功课来。

Chapter 6
万年老二考了个第一名

应苏梦重新回到教室上课,但不能再参加运动会了。尔萌跟千岁诉苦:"你可得撑住啊,我们都靠你了。"

后来啦啦队买服装和彩球的工作交给了应苏梦,千岁和尔萌又重新排练起了舞蹈。大家按部就班地做着准备,等候运动会的到来。

例行月考之后,整个学校都比较闹腾,哪哪儿都能听到同学们在讨论运动会的事情,操场更是每天都人满为患。千岁一般都趁周周老师不在,带着大家到舞蹈室去练舞。

千岁参加舞蹈预选赛是在运动会第二天,得知这个消息她才真正松一口气。放学的时候,她将啦啦队队服和彩球都装在书包里,和寒江一同回了家。

今天巷子口停了一辆车,千岁一看到车牌就紧张起来,她快速把书包拿下来,刚扔到寒江身上,就听见有人喊自己的名字。

寒江还奇怪着,就看见静姝阿姨从商店走了出来。

"阿姨好。"

千岁上前挽住她:"妈,你什么时候回来的?"

"中午,我回了趟单位办点事,顺便把车开了回来。"

"是因为大后天的比赛吗?"

"当然了，这么重要的事情，我得全程陪着你。"静妹还想对寒江说什么，千岁突然说有事情要讲，拉着静妹往家走，回头还对寒江使使眼色。

寒江是真的没明白千岁想表达什么意思，只好先拿着她的书包回家。刚进玄关，老五端着瓜就要出去。

"千岁是不是也回来了？哎，这不她书包吗？"

寒江说："爸你别端去了，阿姨回来了。"

"啊，静妹回来了？那我得去看看。"

老五端着西瓜就出去了，寒江还听到他大声喊着"千岁啊吃瓜啊"。寒江叹口气，自己老爸的智商有时也是不在线的。

回房间做作业的时候，寒江看着床上千岁的书包，这才打开看了一眼，里头塞得花花绿绿，寒江拿出来抖开。

原来是怕做啦啦队被静妹阿姨知道啊。

正想着，窗外"砰"的一声响，有人拿东西打他的窗户玻璃。

寒江拉开帘子，就看到千岁在对面张牙舞爪地冲他比画着，双手在肩上示意，还不停张口无声说些什么。

寒江静静地看着她表演，好一会儿，摊手表示没听懂。

千岁有些抓狂，随即趴在书桌上写写画画好一阵，才一张张举起那些纸。

寒江硬是眯眼看了半天才看清。

"不要被发现。"

他举了个"OK"的手势，真是，这点默契他还是有的。

第二天一早，寒江就在门口撞见了千岁和静妹，他立即将书包藏到身后，当时千岁吓得想杀他的心都有了。

"小五，走，阿姨一并送你。"静妹似乎要和千岁一同去学校，伸手招呼寒江。

"不用了阿姨，我突然想起来……我好像没吃饭，我回去吃饭了。"

寒江又快速溜回了家中。

"这孩子。"静姝笑道,"还么傻。"

千岁在一旁"嗯"了声。

寒江在门后气得想把她的包给扔出去。

静姝去学校挨个儿拜访了千岁的几个老师。因为之前与林老师通过很多次电话,趁现在工作不忙便过来见见面。她的样貌本就出众,再加上保养得当显得年轻有气质,凭着一张讨巧的嘴,大家都对千岁的妈妈很有好感。

两人经过操场的时候,静姝看着很多同学都聚在一起便问:"是不是学校明天有运动会?"

"对。"

"你没参加吧?"

千岁忙说:"没有,我哪有时间。"

"那行,你去吧,我先回家了。"

"妈妈再见。"

送走静姝之后,千岁松了口气,一路小跑回教室,在教室门口撞上了出来倒水的宋白。

"不好意思。"千岁喘着气。

"没事,你们都准备好了吧?明天比赛,听说啦啦队也要评奖。"

千岁笑答:"时刻准备着。"

"能不能让一下?"寒江在千岁身后淡淡说道,肩膀用力将千岁挤到一边,宋白扶住她。

这个傻子又抽风了。

千岁不再跟宋白聊,跟着寒江到座位,她小声说:"我的衣服。"

寒江翻开书,也不理会她。千岁看他没反应,用脚踢踢他:"快点,要上课了。"刚说完就打上课铃了,同学们陆续进了教室。

寒江就想捉弄她下:"你求我。"

千岁急了,脱口而出:"求你。"

寒江这才慢悠悠把包从抽屉中拿出来,千岁一把抓住,用力对着寒江的凳子踹了一脚,寒江差点后翻摔倒。

他惊魂未定地捂住心脏,看着溜走的千岁:"这丫头……吓死我了。"

运动会的当天,操场挤满了人。

千岁在算时间,等中场啦啦队表演一完,她就得赶回舞蹈室去,尔萌的一些比赛项目她也看不了了。

赛场还是有些混乱的,千岁想看看宋白在哪个位置,但怎么都找不到人。上场的时候,千岁习惯性拉掉了头上的发带,晃晃脑袋,让长长的头发变得有些许凌乱。

打篮球的男生本来都蹲在赛场边上,一看啦啦队上场的时候都尖叫起来。

迟到在仰头喝水,突然看到自己班啦啦队的时候,猛地咳嗽起来:"那是河千岁吗?哇,好长的腿。"

寒江也看了过去,音乐一响起,千岁带领的啦啦队动作整齐一致,身姿优美,因为有舞蹈优势,她做了很多高难度的动作,惹得全场拍手叫好。

寒江其实很少看到千岁跳舞,音乐里的千岁似乎天生就带着光环与魅力,她可能只要一个微笑,就会让人再也无法移开目光。

迟到兴奋地把矿泉水往寒江身上一扔:"我要上前看看。"

"喂!"寒江喊也喊不住,倒是被同学们推搡到前面近距离看她们跳舞。

寒江听到身边有人在问:"那个长头发的女生叫什么?"

"不知道啊,就是1班的。"

"那你待会儿问问去嘛。"

"你怎么不去?"

"行,待会儿我去,你就别想知道了。"

千岁和尔萌她们下场之后还牵带着所有人的目光,千岁把彩球递给应苏梦:"我得赶紧去舞蹈室了,周周老师肯定回来了。"

"那你不看尔萌比赛啦……"

"我等你们好消息。"千岁说完往教师楼百米冲刺,换好衣服之后到舞蹈室,周周老师正在给每个人记录体重。

"干什么去了?"

千岁气喘吁吁:"上、上了个厕所,减重。"

同学们都在笑,周周老师被逗乐了:"赶紧过来,我要跟你们说下明天比赛的事情。"

千岁第二天跟林老师请好假,静姝全程陪着一同去参加预选赛,几乎在意料之中,千岁顺利地拿到了C市女子组第一名。

当天下午,周周老师就把这个消息带回了学校,隔日一早,千岁比赛的喜报就贴满了校园栏。运动会上的惊艳和全市第一的荣誉让千岁在致远一夜成名。

就在那天,1班门外不停地有其他班的同学扒在窗口看千岁,也有很多男生借着有认识的人,大刺刺进入班里正大光明瞧着千岁。

千岁觉得自己像是一只动物。

尔萌躲在书本后面笑:"你成大明星了。"

"大猩猩吧。"千岁不以为然,还在抄着尔萌的作业。

然而围观千岁的事情第二天还在发酵,早上来的时候,千岁桌子上摆满了零食和卡片。尔萌还背着书包就扑倒在桌上,将那些东西圈起来:"啊……天哪,这么好的福利,求你分我一点吧。"

"你跟苏梦吃吧。"

千岁随意拿起桌上的卡片看了起来。

迟到还在后面踮起脚尖望:"哎呀,那么多吃的,我要去拿一个。"

"你丢不丢人?"寒江在一边收拾着桌子。

"我又丢什么人了,咱们那场比赛,没有我那个篮板分,你们能赢?千岁的零食就该分我一点。"

"你之前推她的时候不是还挺横的吗?"

迟到呵呵两声:"你这人真的是小心眼,人家千岁都没有说什么,你惦记着做什么?你是不是喜欢……"

"砰"的一声,寒江将书用力拍在桌子上,迟到被吓着了:"干吗呀?"

寒江白了他一眼,拿起水杯出去接水。

在门口,又来了不知哪个班的两个男同学。

"你好,请问河千岁来了吗?"

寒江冷冷答:"没有这人。"

接开水的时候宋白也在,宋白说:"寒江你昨天打得不错。"

"不用你说。"寒江依旧是那副面无表情的样子。

宋白看他心情不是很好,也就没再说些什么。谁知,寒江突然问:"月考成绩出来了没?"

宋白想了下:"好像出来了,但老师还没发。怎么了?"

"哦。"寒江接完水,面对宋白,咧嘴一笑,"你考了第二名,恭喜。"

直到寒江走开,宋白还在疑惑。

语文课上,老师把试卷发了下去。

讲到作文的时候,老师说到如何对人物情感进行描述揣测,拿出一本课外美文赏析,念了一小段作为参考。老师看着底下昏昏沉沉的一片,点名找人:"那个,河千岁同学。"

千岁听到自己的名字，从瞌睡中猛然惊醒，站起身来。老师笑问："你说说，这篇《我的心》作者是谁？"老师在念之前就已经介绍了作者，他就想看看学生们都有没有认真在听。

千岁低头，悄悄看了尔萌一眼。尔萌举起书本挡住脸，张大嘴巴说着一个人名。这个作者的名字十分熟悉，甚至已经在脑子中呈现了，千岁脱口而出："金巴？"

尔萌"扑哧"一声笑出声来。

老师也乐了："千岁啊，舞跳得虽好，但书也要好好念，不然以后人家问起，还以为你语文是体育老师教的呢。"

全班一下子爆笑开来，千岁捂住脸，羞愧地坐下。

直到放学回家，寒江还冲路边的狗阴阳怪气吹口哨，然后喊了一声："金巴。"

千岁真想一巴掌扇他脑门上。

静姝在厨房洗菜要做晚饭，千岁便在客厅乖乖地练着基本功。老五过来的时候，看着千岁劈着一字马还一边写作业，就有些心疼。

"哎哟，这写作业也得坐好写作业，天哪，腿扯成这样，疼不闺女？"

千岁笑着摇头："不疼。"

"走，到我家吃饭去。"老五边说着边喊静姝。

静姝从厨房出来："哥。"

"走，你嫂子在家弄的火锅，咱们要庆祝一下。"

"不用了，我给千岁做的营养餐，你们一家吃吧。"

老五不高兴了："说的什么话，我们不就是一家人吗？营养餐能有火锅好吃吗？快走吧。千岁赶紧起来。"

千岁接收到静姝同意的眼神，才从地板上起来。一听说火锅，千岁的肚子就饿了，她跟着老五先去，静姝从家中拿了一套化妆品和一些水果，这才过去。

寒江和千岁面对面坐，五个人吃着火锅聊着天。

说的都是静姝工作上的事情，老五虽然早就从教育岗位上病退下来，但也没有彻底脱离职场，子君也在国企上班，三人总有说不完的话。

千岁喜欢这种气氛。

让她想起小时候，她总爱到寒江家，听老五叔叔和子君阿姨说些工作上的事情。夏天的时候，大人们在一旁谈论着，孩子们就在旁边吃西瓜看电视；冬天，大人们在厨房忙碌，还不忘给孩子们赤着的脚套上棉袜。

那是被蚊子咬、有痱子粉味、吃雪球、冻到流鼻涕也能开怀大笑的时候。即使那是年幼无知的年纪，可也是值得回味的过去。

千岁一开心，便多吃了几筷子。

肉片刚咬了一半，静姝说："不要吃肉了。"

千岁讪讪地放下，老五喷了静姝一声："今天的主题是庆祝啊，这第一就是千岁拿到了参加西南地区的比赛资格，第二嘛……哎，第二是什么来着？"

子君笑："小五考了年级第一。"

千岁看了寒江一眼，其实看到成绩单的时候也是蛮惊讶的。真是太阳打西边出来了，万年老二考了个第一名。

"对对，值得庆祝，来多吃点。"老五又夹了一些肉到千岁的碗里。

静姝解释："她真的是易胖体质，吃一点都胖。要说庆祝，那还是小五最厉害，他应该多吃点。"

说着，静姝就把千岁碗里的肉夹给了寒江。

千岁就那样眼睁睁看着煮熟的肉从碗里飞走了，寒江不客气地说了声谢谢。挑到其中那被千岁咬了一口的肉片的时候，寒江愣了下，随后一口塞进嘴里嚼了。

老五又夹了块鱼肉给千岁："这个总能吃吧，白肉不胖的。"

"那就让她再吃这一块吧。"静姝拗不过，只得作罢。

静姝母女走后，子君从厨房收拾完出来，看到老五在客厅喝茶。

"这么晚了你就别喝浓茶了，待会儿又睡不着。"子君劝说。

老五叹气："消化消化。"

"又怎么了？"

"你看静姝今天……"老五又叹气，"千岁看着可怜，没爸的孩子总是要过得苦一些。"

"你这话可别再说了，静姝听到又该怎么想？当年你可是……"说到这儿，子君突然又闭口了，她往楼上瞧了瞧。

寒江快速贴到墙边。

"当年你可是支持静姝的，既然都是过去的事情，你就不要再提了。孩子现在越来越大，可别惹出什么事。"

"每次我看着千岁早出晚归，心里就特别怨他，也怨我自己。"老五又喝了一口茶，想到什么，"楼上空的那间房要不简装一下吧，后面天冷了，千岁在学校练舞回来真是太晚了。"

"那倒是可以，但有个钢琴在里面，不过放着也没事，空间还是有的。我回头跟静姝说一下吧，你就别再操心了，快洗漱去。"

寒江听到妈妈起身，这才蹑手蹑脚回房间。

他坐在床边，良久，突然就心思沉重起来。

第二章

她的怦然心动

Likeshe

每一场大雪中
都有悲伤和罪孽得以隐藏
风中流泪的人追逐另一个人
树下还站着等雪的人

Chapter 1
只要它长出来，打个结，喜欢的人就会喜欢你

千岁在赶抄物理作业的时候，宋白就站在一边看着。

"我觉得你还是再换个人抄吧，上次林老师说有人总能错到一块儿。"宋白说话间，千岁抄完了最后一个数字。

"啊，是不是林老师发现了我们俩作业一样了。"尔萌从桌上一堆不知名的种子中抬起头问。

宋白笑说："极有可能。"

宋白将作业收走之后，千岁伸了个懒腰。

"你现在是不是一点写作业时间都没有？"

千岁揉揉脖子："是啊，马上就要地区决赛了。"随后她看着尔萌桌子上的东西问，"这是什么？"

"结香花的种子啊，我看高三的学姐们都在买，我也就买了。"

女孩子之间就是这样，那些小爱好也总是一阵风，前段时间还在流行编手绳，收集明星海报，现在又换成买种子。

千岁一开始没怎么在意，后来几天发现整个学校的女生都沉浸在结香花的种子魔力当中，舞蹈室的几个同学都抢着要去买。

"那个种子是干什么的？"千岁问了一句。

有个女生偷偷捂嘴笑了下，凑近说："这个结香花，你把它埋在土里，只要它长出来，打个结，喜欢的人就会喜欢你。"

"真的假的?"千岁还有些不信。

"都说已经促成了好多对了,要不然大家疯狂买干吗?现在想买都没种子啦。"

那颗种子,就像少女的心,在青春的岁月里,她们从不问对错,只有喜不喜欢。千岁也只是那普通少女一枚。

她也有一些无法言说的心事。

千岁回教室找尔萌,问还有没有种子。

尔萌说:"都被要光了,我自己留了一颗,你问问苏梦有没有。"

应苏梦的位置跟宋白有些近,千岁不敢上去问,等到放学她才跟应苏梦说上话。

"种子啊,我没有了,小卖部里昨天就没了,但我听别人说龙庭街那边小卖部还有。"

龙庭街离致远中学还有点距离,恰好今天不用上舞蹈课,一到放学她丝毫不耽搁便往目的地跑去。但找了几家都没有种子了。找到最后一家的时候恰好老板要关门,千岁跑得急了,一个趔趄摔倒在地。

千岁顾不上脚痛,赶忙跑上前去:"老板老板,还有没有种子?"

"结香花的种子吗?"

"对。"

"还有一个吧。"

"我要买。"千岁立刻掏出五块钱。

千岁把那颗种子捧在手心的时候才觉得踏实,而后心满意足地拿着种子回家了。她把种子种到小盆里,在房间里研究半晌,都没有找到合适的采光位置,又不敢放到房间以外,担心被妈妈看见。

突然就想起对面那个人。

他的房间是朝阳的。

千岁把花盆放到书包里,小心翼翼地拎着下了楼。静妹在打扫客厅,抬头问她去哪儿。

千岁随意回答:"去小五那儿写作业。"

"哦,去吧。"

寒江在房间里写作业,听到敲门声回头看了眼,发现千岁拎着书包进来了。他一下子跳起来扑到床上把那些贴身衣物塞进被子里。

"你干什么呢?"千岁不解。

"没……没什么。"

千岁自顾自地把书包打开,把那个小盆拿出来,跟寒江说:"我把这个暂且放你这儿,一定要向着太阳,三四天浇一次水。算了,我自己会来浇的。"她把小盆放在了寒江的书桌上。

寒江知道班里盛行种结香花,他没想到千岁也会种。

"你种这个干什么?"寒江想问个究竟。

"没什么啊,种着玩。"

千岁又拉了张凳子在寒江旁边坐下,把作业本都拿出来。看着寒江在写数学作业,就先把数学本铺开。

正大光明地抄着他的答案。

寒江写完一本,千岁就抄完一本。

"我说。"寒江停笔,"你从来不会自己写作业吗?"

千岁埋头写着,想也不想就说:"动脑,累。"

"那你脑子长着干什么的?"

"睡觉。"

她是真的累了,才会喜欢睡觉。寒江一想到这儿便不再说什么。千岁很久没有和他坐在一起写作业了,这种熟悉的陌生感,寒江有些怀念。

"这题你知道的吧,如设 α 为任意角,π+α 的三角函数值与 α 的三角函数值之间的关系。"

千岁长长地"哦"了一声:"不知道。"

寒江看她良久:"你还是抄吧。"

千岁走的时候,寒江发现她有些跛脚,便问:"你的脚怎么了?"

"没事,滑了一下。"

寒江这样一问,千岁才发觉脚有一丝刺痛,但她没有在意,等睡一觉第二天起来的时候,左脚的脚踝开始肿了。

千岁以往练舞也不小心受伤过,热敷之后也就好多了。她没有把这件事情告诉妈妈,按时上课练舞。临到决赛前一晚,脚踝并没有大的好转,千岁还是觉得自己可以坚持,她知道自己的情况。

决赛那天前面很顺利,但是最后却出现了平分情况,有两个第三名——千岁和另外一个城市的女孩并列。

评委决定临时再加一场 Solo,让千岁和那个女孩 PK,决出第三名。千岁知道第三名的重要性,只有前三名才有资格进入总决赛。但是现场出的音乐需要大量腿部力量的动作,千岁咬牙坚持,还是有两个音乐点没有踩好。她失去了机会。

宣布结果的时候,她根本不敢看妈妈和周周老师的眼睛。

静姝万万没有想到千岁会输,她的基本功比那个女孩还要扎实,第三名本该是千岁稳拿的,可就是输了。

后来静姝带着千岁去了医院检查,脚踝扭伤,可能要半个月才能好,问及如何受伤的时候,千岁只说练舞时扭到的。

她不敢说实话。

静姝在家里的时候又问了千岁一句:"是跳舞的时候伤的吗?"

"嗯。"千岁紧紧地抓着衣角。

静姝长长叹气,多次欲言又止,她实在心急:"你知不知道你错失了什么?不是以往那些小奖小荣誉,以你的实力完全可以进到全国比赛去,一旦在全国拿了名次你是有机会进舞院的知不知道?"

"这是你最重要的筹码啊,你失去了这次机会……"静姝控制自己冷静一些,"你失去这次机会就要再等两年,你能保证高三的时候冲进到全国赛里面吗?"

千岁也很难受,轻声喊着:"妈……"

"我对你真的……我什么都替你做了,你还跳不好。"

"对不起。"

"你是该对不起,你除了对不起我还对不起周周老师,这么多年,她那么尽心尽力去培养你。"

千岁红了眼眶:"妈,我下次一定……"

静姝打断她:"下次?如果你下次也跟这次一样又出意外呢?"

寒江那天发现千岁没有去上学,回家之后才知道千岁与全国大赛失之交臂。客厅里,老五和子君不停地劝说着静姝。

静姝除了难过还有气愤。

"她还对我撒谎,她从小只要撒谎就抓衣角。"

寒江静静地佯装无意在一旁喝水。

老五就说:"那扭伤很容易的,比如跑个步、走个路,都能扭伤,你何必在意她是不是跳舞扭伤的呢?"

"就是啊,比赛输了千岁一定比你还难受,你多体谅一下。"子君也劝说。

这个时候静姝发现了一旁站着的寒江,她问:"小五,阿姨问你,千岁在班里什么情况?"

寒江摇头:"没什么情况。"

"那你知道她脚怎么伤的吗?"

"就是……跳舞伤的吧。那天看她跳完舞就那样了。"寒江脸不红心不跳地回答。

老五一拍腿:"你看,人家根本就没干什么,你就爱多想。第四名怎么了，全市能找出几个第四名啊？"

三人还在说着，寒江转身上楼。

寒江看着书桌上那盆湿润的土，究竟什么时候，他开始看不懂千岁了，就像是波涛云涌中又突然沉寂的风，让他摸不着头脑。

之后连着好几天都没有见到千岁，周三物理小测的那天，寒江出门就碰见了拎着书包的千岁。

一颠一簸，又是那副生无可恋的死样子。

寒江本不想理她，径自往前走了几百米又折了回来。他一把拿过千岁的书包："你怎么不让阿姨开车送你？"

"不用，我能走。"

千岁早上说要去上学，静姝问了一句要不要开车送，她也有些想要讨好妈妈，便说自己好得很快，可以走了。

"就你这样，去学校路上有几百级石阶，等你到了都放学了。"寒江伸手扶她，千岁想挣脱，他突然就吼了一声，"你能不能别动！"

这个人又犯抽了，千岁心想大早上不跟他一般见识。

每每要爬石阶的时候，寒江就把书包给千岁，自己背着她上下，看着寒江额头上的汗，千岁说："我是不是有点重？"

寒江调整着呼吸："别说话……我有点想吐。"

千岁怒对他的后脑勺打了一下："第五寒江！"

"哎。"寒江扭头认真地讲道，"人的后脑勺不能打的，轻则脑出血，重则命归天。"

"胡说八道……"千岁还不信，但看着寒江那沉重的面容，又弱弱地伸手去揉他后脑勺，"不好意思啊。"

寒江扭过头去，小人得志地坏笑。

千岁回到学校，很多同学都跑来慰问，顺便恭喜她得了奖。别人不知道这个第四名对千岁真正意味着什么，但是她还是很高兴。

这种被人肯定的感觉，让她觉得满足。

因为有一段时间不用去上舞蹈课，千岁便认认真真学习，认认真真地去找宋白学习。或许这其中带着那么一点不纯的动机，但能提高学习成绩总归是好的。

在图书馆里，宋白给千岁讲题顺便夸她："你很聪明啊，我讲两遍你就懂了。"

"还行吧。"千岁内心狂喜。

没两秒，宋白就问："那你怎么考试都考成那样了？"

"……"

尔萌在一旁说："那样又是哪样啦？千岁的成绩在年级里也不算太差好吧，几千号人呢。"

宋白浅笑："说的也是，我自己都落后了。"

"你真的很厉害很厉害了。"千岁急着想安慰他，尔萌和宋白都齐刷刷看着她，千岁干咳两声，"那第一名也没什么好的……"

宋白还是把名次的事情放在了心上，他转着手中的笔缓缓道："第五寒江，确实比我聪明。"

"他那是小聪明。"千岁推了下尔萌，"对吧？"

尔萌抬头一脸蒙："啊……不是啊，确实很聪明啊。"

千岁突然就想撞墙。

宋白没有再说话，专心写起作业来。千岁佯装一同写作业，目光却无法从宋白的脸上移开，她捕捉到了那一抹遗憾和不甘的神情。

千岁是感同身受的，所以她有些担心宋白，但后来看到宋白还是以平常心对待学习，一直在努力着。

是啊，没有什么比不断努力更振奋人心的了。

时间一点一点地走着，每个人都在自己的位置上坚持着。

这期间没什么大事发生，倒是有点小不开心。千岁养在寒江房间的结香花迟迟没有发芽，想来是已经被扼杀在摇篮里了。

"你究竟有没有给它晒太阳？"

寒江看着她不耐烦的样子，压抑着不满："晒了。"

"那怎么回事？"千岁观摩了好一会儿，最终放弃了这颗种子。她看着寒江书柜中塞得满满的奖状荣誉，皱眉又问，"会不会是……你把它的精华给吸走了？"

寒江要爆发了："河千岁，你再胡说，这辈子都别想抄我作业。"

"有什么了不起的……"千岁还是有些惧怕，放下小盆快速闪人。

千岁走后，寒江想把那盆土给扔掉，但是他也疑惑为什么这颗种子不发芽，便把种子挖了出来。

他放在手心琢磨来琢磨去，轻轻一捏，壳开了。他定睛一看："熟的？"

原来这颗种子是熟的，寒江笑，敢情那个笨蛋给人滥竽充数了。后来寒江在学校问其他同学要了几颗结香花的种子，重新种在盆里。

他慢慢地浇着水念道："都给我争气点。"

如果你们能发芽，会长大，她一定很开心。

Chapter 2

从今天开始，Hey 组合，正式出道

寒假过后，致远中学铺上了一层厚厚的雪。

整个学校都在大扫除铲雪，1班被分配了小半个操场和一些花坛区域。班里又分了好几个小组打扫。

千岁、尔萌、应苏梦、寒江、迟到、宋白还有五六个同学一组，应苏梦不能干重活儿便在一旁帮着递东西。不少女孩子干一会儿就没力气了，基本都靠千岁在铲。

那帮累了的同学排排坐在一边，尔萌仰天长叹："河千岁，我都看到你手臂上的肌肉了，怪不得力气那么大。"

千岁早已将羽绒服脱下，只穿了一件白色卫衣。她气喘吁吁道："得了吧，你就想偷懒。"

尔萌此时突然"啊"了一声，捂住后脑勺怒吼："谁？"

迟到站在不远处还捏着手中的雪球："肉包子，来玩雪。"

"啊……好冰。"尔萌还在揉着后脑勺，应苏梦替她掸去衣领上的雪，转头嗔怪迟到，"你不要闹。"

"唉，玩玩嘛。"迟到有些不好意思。

寒江和宋白还在努力铲雪，多次提醒迟到赶快干活儿，迟到嫌唠叨，一个雪球又扔出去。

砸在了千岁的脸上。

寒江生气大喊："迟到！"

"怎么了嘛，下雪不就该打雪仗吗？"

"打雪仗是吧，好。"寒江弯腰捧起雪直接扔到迟到的脸上，"好不好玩？"

迟到吐了几嘴："你给我等着。"

说完直直扑向寒江，寒江侧身一躲，迟到将宋白压倒在雪中。大家都在一旁起哄，千岁和应苏梦同时上前将宋白从雪中拉了出来。

宋白整个人变成了雪球，起身的时候脚下一滑，把千岁给扯倒了。寒江眼疾手快去拉她，反倒被冲力击倒，垫在了千岁身下。

雪灌了千岁整个上身，顺着卫衣的领口掉到了里面。

"好凉好凉。"千岁还坐在地上，快速抖着卫衣领口。

"我给你弄。"寒江也在一旁帮她。

其他人看着好玩，都加入迟到的"雪军"进行战斗。千岁和寒江就在一旁整理衣服。

"不行，我里面衣服有点湿了。"千岁说着直接把卫衣给脱了，里面穿着练舞的速干衣，果然背后湿了一片。

千岁还在弄着衣服，寒江突然涨红了脸，他不动声色地转过头去。千岁练舞的速干衣是低领紧身的，再加上发育得较快，纤细的腰身一览无遗。他从未这样近距离看过千岁，一种奇怪的异样感弥漫心头。

"我去卫生间把这个脱了。"千岁没有发现他的怪异，套上卫衣就从地上爬了起来。

全程应苏梦都在一旁将寒江的神情看在眼里，她上前说："我跟你一起去。"

在卫生间的时候，千岁换好衣服，应苏梦状似无意地问了一句："你现在跟第五寒江很熟吗？"

千岁没在意："还行吧，怎么了？"

"哦，没什么。千岁，放学我们去逛街吧。"

千岁点头："好啊。"

学校门口的商店新进了好多卡片，尔萌最近迷上国内的新晋男团，左挑右选了三张，拿出两张送给千岁和应苏梦，并在卡片底角画了个爱心。

"你们也可以拿这个送给别人。"

"可以吗？"应苏梦问。

"当然啦，好东西都要流通分享。我真是太喜欢他们了。"尔萌嗅着卡片的清香，眯眼笑道，"要不我们仨也搞一个组合吧。"

千岁和应苏梦还没说话，尔萌自顾自提名："名字我都想好了，我们就用名字最前面的字母，就叫……Hey，Hey，你们觉得如何？"

应苏梦说："听起来像是黑道。"

一旁的千岁乐了："好像有点。"

"那你们能想出更好的吗？"

千岁和应苏梦都摇头，尔萌哼唧："那不就得了。从今天开始，Hey组合，正式出道！"

三人出了礼品店，尔萌左搂一个右搂一个，拍拍她们肩膀："既然我们是一个组合了，又是好朋友，那以后可就有作业同抄、有八卦同聊、有秘密同享了。"

"来。"尔萌手背朝上伸出去，"喊了这个口号，我们就一言为定。"

千岁和应苏梦相视而笑，只能先伸出手去："好，一言为定。"

直到很多年后，千岁才明白，这世间最单纯的莫过于年少的感情，是姐妹情、同学情、师生情。长大后的成人之间，他们的情感比想象还要复杂，想要保持初心，那是一件很难的事情。

那天放学，千岁慢吞吞收拾着书包，故意延迟一会儿。

班里只剩千岁和宋白的时候，千岁拿着那张卡片走到宋白面前，她尽量表现得自然一些。

"班长，这个送你吧。"

千岁的心突然狂跳，生怕宋白不收或是误会什么。

宋白一看，是班上流行起来的明星卡片，他翻开书拿了一张出来，是跟千岁类似的卡片。

"喏，那我跟你换，不知道这是谁插在我书里的。"

千岁与宋白互换卡片之后也没敢多看，装在包里轻松地摆了摆手："那我先走了，拜拜。"

"好，拜拜。"

千岁在教室外的走道里还一步一个脚印，到了楼梯口的时候撒起腿就跑，一口气跑到舞蹈室里，往地上一坐拉开书包赶忙拿出那张卡片。

宋白送给她的。

千岁捧在手心，内心欢喜，反复瞧着。

突然她发现了卡片右下角的爱心。

那是尔萌用碳素笔歪歪扭扭画的一个爱心标记。

这是应苏梦的卡片。

千岁又想起宋白的话，他不知道这是谁放进书本里的。应苏梦悄悄地去送，是和她一样不想被宋白发现什么，但是，她的本意……

原本内心的欢喜此刻荡然无存。

后来她有意无意去观察应苏梦和宋白，应苏梦的端倪是那么明显，为什么以前她没有注意到？那么应苏梦，是否又知道她的心思？

在图书馆写作业的时候，只要应苏梦和宋白都在的情况下，千岁就坐立难安，她突然觉得自己格格不入，像是插在两人之间的一块绊脚石。他们两人成绩那么优秀，又是班长和副班长，再看看自己，不免生出自卑感。

周末那天，老五喊静姝母女来家里吃饭。

吃饭的时候，老五提了楼上装修好的房间，让千岁不用隔三岔五跑学校舞蹈室去。

"用的旧地板，没有甲醛味，还有墙上的玻璃也都擦得特别干净。"老五边吃饭边说道。

静姝有些不好意思："太麻烦了，她有些时候上课还是得去学校。"

老五说："那老师又不是天天都要上，不上的时候就回家练，三十平方米，也够了吧？"

"够了，主要是我房子太小，没有地方给她腾一个。"静姝对千岁说，

"跟叔叔说声谢谢啊。"

千岁放下筷子:"谢谢叔叔。"

"哎哟客气啥,我闺女那将来是要当舞蹈家的,街坊邻居还老跟我夸千岁生得好看,想等你长大讨回家当儿媳妇。"

子君给老五夹菜:"孩子还在这儿呢,别乱说。"

桌上的玩笑并没有影响千岁,她默不作声地拿起筷子吃饭。寒江看出她似乎有些心事,吃完饭便喊她到房间。

"你看。"寒江把一颗小苗递给她,"结香花。"

她盼星星盼月亮地想要结香花发芽长大,在寒江的精心照顾下,那些种子终是活了一颗。可千岁的表情不是他想的那样开心。

反倒有些生气。

千岁问:"怎么长出来的?"

"就那样长出来了啊。"寒江心想快夸我吧。

"不要了,扔掉吧。"

寒江愣了下:"什么?"

"我说扔掉。"千岁有些胸闷,她拿过小盆就扔到了垃圾桶里。

"喂!"寒江生气了,他赶紧从垃圾桶里拿了出来,查看小苗有没有压坏,"你凭什么乱扔我的东西!"

寒江突如其来的脾气让千岁不解:"那是我的,我想扔就扔。"

"但现在是我养的,你没有资格扔。"

"我就扔,给我。"千岁也有些赌气,想要去抢。

两人争执的声音引来了老五,老五一看他们在争夺,一巴掌拍寒江脑门上:"我说你都多大了,跟妹妹抢东西,脸皮跟猪一样厚啊。"

"爸你干什么!"寒江端着小盆站在一边,"你什么都不知道!"

"我不用知道,手上什么东西,给千岁。"

"我偏不给。"寒江怒瞪千岁。

千岁怕引来妈妈，便对老五说："叔叔，我不要，我们就是闹着玩的。"

"谁跟你闹着玩的？"寒江还在生气。

千岁被他一噎，愣是半天说不出话，只得默默转身出去。

老五简直恨铁不成钢："兔崽子，说了多少遍长兄如父，我对你真的……哎，千岁，叔叔给你买……"

这是千岁和寒江自初中以来第一次吵架。

之后两人冷战，谁也不理谁。除了在学校里不说话，在家门口遇到也不会互相打招呼。即便千岁在寒江隔壁房间练舞，他们都不说一个字。

这样的状况持续了一个多月。

静妹又开始频繁出差，有时两三天，有时一周，老五就隔三岔五把千岁叫去吃饭。这天老五又喊寒江去对面叫人。

寒江在做作业，吐了两个字："不去。"

老五看着寒江桌上一大堆书就问："你怎么天天写作业，千岁都不怎么写。"

寒江冷哼："她那脑子，能写什么？"

"小五，你可不要再这样说千岁，女孩子大了总有自尊心。前些天你们出月考成绩，你怎么能在桌上那样说……什么，考500名之后的人智商都跟珠穆朗玛峰上的空气一样稀薄，你这不是故意侮辱人吗？"

寒江这才放下笔："我只是在阐述事实而已。"

"那你自己也没什么真本事。"老五不满地说道，"你要是有本事，我让你把千岁带到50名，你不也没做到，害我还夸下海口至今没实现。"

"爸，是你先跟别人吹牛的，这个责任你自己承担。再说了，我把笔记本、练习册都给河千岁抄，本想挽救她那岌岌可危的智商，但现在看来，没戏。"

老五一听急了:"你干什么给她抄啊,你要跟她讲啊。"

"我的笔记那么详细,但凡是个人,都能看得明白。"

"啧啧啧,说的好像全世界就你是聪明人一样,既然你那么聪明我倒是考考你,什么时候1+2不等于3?"

寒江皱眉,半天没回答。

老五挑眉:"算错的时候。我再问你,家有家规,国有国规,那动物园里有啥规?"

寒江不语。

"哈哈,乌龟,大笨蛋。再给你一个机会,有两个人掉到陷阱里了,死的人叫死人,活人叫什么?"

老五抖着腿,一脸得意:"叫救命。"

寒江彻底无语了,老五慢悠悠站起身:"哎呀,这都是千岁以前跟我讲的,还说别人智商低,三道送分题,一道都不会,喊……"

老五哼着小调,大摇大摆离开房间。这个人,一定不是亲爸。

难得这周体育课没有被其他课占了。

体育老师吹了口哨,所有同学集合站好。

"今天我们先玩一些小游戏热身。大家自行分组,两组对决。每组五个男生五个女生,二十个人用一个排球,两组的男生可用手接触排球,但是女生不可以哦,女生需要做的,就是躲在男生身后不被排球砸到。如果女生都被砸到了,那一组就算淘汰。"

底下议论纷纷,有着不同的声音。

"哇……听着好好玩。"

"那不行啊,哪有男生砸女生的。"

"躲好不就行了吗?"

体育老师又吹了下哨子:"在这里我要再三强调,男生要控制好手上的力度，哪个女生要是被砸疼了，你就绕操场蛙跳一圈吧。"

尔萌刚拉住应苏梦还没来得及喊千岁，她这组人就齐了，千岁只能到对立那组。其实尔萌并没有慢，而是千岁跟宋白站到了一起。

千岁和宋白分到一组，尔萌、应苏梦还有寒江、迟到分到一组。迟到站到应苏梦前面，拍着胸脯说："苏梦，我保护你。"

应苏梦看着对面，嘟囔："我才不用你保护。"

寒江看到千岁和宋白在一块儿，宋白总是有意无意拉着千岁的手臂，他就有些不舒服。

迟到拿到排球的机会特别多，几乎每几下就能打中一个女生，应苏梦在后面说道："你不要打千岁，打别人。"

"好吧，听你的。"

很快宋白组女生只剩两个，宋白紧紧地将千岁护住。排球到了寒江手上的时候，迟到喊："打李子意。"

迟到说的是另一个女生名字，但是寒江却将排球直直砸向千岁。宋白顺利地将球挡下，排球的力度还是有些大，千岁听到宋白闷哼了一声。

"你没事吧？"千岁担心地问。

"没事的，你躲好。"

千岁看着对面，寒江满是挑衅的意味。

迟到也看在眼里，对应苏梦说："这我就没办法了，咱们五爷好像发飙了。"

球再次传到寒江手中的时候，他看到千岁闪躲了一下，他想也没想对准宋白扔了出去。宋白再次被砸到了后背。

千岁怒瞪寒江，寒江轻轻一侧头，意为：怎样。

对于寒江的无理行为，千岁有些担心宋白会被砸伤，待迟到下一个球过来的时候，她故意被球碰到，下场了。

很快就重新分组，进行下一轮。

迟到使了坏心思,将寒江弄到了千岁那组,新一轮的分组便是寒江、千岁等,另一组是迟到、应苏梦、尔萌、宋白等。

但是寒江并没有去护千岁,千岁多次差点被球砸中。

两组能力旗鼓相当,迟到突然改变战术,只要球在他手中的时候,他就去砸千岁。果然惹得寒江站不住了,他将千岁拉至身后。

"跟紧我。"

这是吵架以来,寒江主动说话。

迟到惹祸上身,寒江转头开始攻击应苏梦,这让迟到跳脚,他在对面喊着:"第五寒江,你这样就没意思了啊。"

"那你来啊。"

其中之意两人都懂。

比赛进入白热化,寒江和迟到暗暗较量,两人下手都不是一般的重,寒江觉得自己的胳膊都被砸麻木了。

"要不我下去。"千岁也看出迟到是故意的。

"不。"寒江头也不回,"我看谁敢砸你。"

千岁听到寒江如此说,心中不禁一暖。在他们还很小很小的时候,寒江也是这样保护着她,做着兄长该做的事情,自己可以欺负她,但不准别人动她一根汗毛。

寒江坚持着,终于把球砸到应苏梦身上。十分钟过后,寒江组获胜。千岁看着寒江说:"把汗擦擦,别着凉了。"说罢便离去。

话语中的关心之意让寒江打开了心结。

也许他早就不生千岁的气了,他只是在生自己的气。

千岁那晚在寒江家练舞,寒江端着水果放在钢琴上:"爸让端给你的。"非要强调下是爸爸说的。

"等下就吃。"千岁还在一旁压着腿。

透过镜子,寒江看到她满头大汗,头发虽然被高高挽起,但整个脖子还是湿了。她日日都这样辛苦,那些小脾气也该被包容。

是那样的吧。

也许我生气是自找的,但让你生气,却没来由地难受。

Chapter 3
那千岁有没有喜欢的男孩子

期中考过后,班上讨论起了人生重要事情之一,文理分科。

静姝出差回来的时候,千岁已经把表填写好了,需要家长签字。

"理科?"静姝看着分科表。

"嗯,我也没有偏科,想的就选理科。"千岁说。

早在两天前,同学聚在一起说分科的时候,千岁说要选文科,她还是文科稍微强一点,毕竟是艺术特长生,也没有大把时间去学习。但当有人问起宋白的时候,宋白说要选理科。

千岁便犹豫了。

尔萌和应苏梦都选的理科,听到千岁说要学文,一直在劝说,希望下学期还能分在一个班。

"我们Hey组合刚成立没多久就要单飞了吗?"尔萌趴在桌子上愁眉苦脸。

应苏梦说:"选文科对千岁来说还是比较轻松的,最起码有精力和时间去练舞吧,她的目标已经很明确了。"

"目标?"尔萌一听,叹气道,"千岁的人生目标都有了,我除了学习还什么目标都没有。"

千岁依旧在抄作业:"你们这些人站着说话不腰疼,我要是跟你们一样学习成绩好,还考什么艺术生?"

"但是当舞蹈家是你的梦想啊。"应苏梦说。

千岁停笔,是梦想吗?真的是她的梦想吗?

"我不是那么想跳舞。"千岁说。

尔萌和应苏梦听到她这么说,有些疑惑。千岁叹口气,看向窗外,梦想,这个词可真是遥远啊。梦想她不知道,她只知道过好现在的每一天。

直到填表的那一刻,在分科栏那块,千岁想到了宋白,写下了理科。静姝签完字后,千岁交给了林老师。

这天,是林老师要将学生分科表交给杨主任的日子。

寒江在吃早饭,老五问了一句:"你妈把分科表签啦?"

子君说:"我早就签了。"

"嗯,男生是学理科比较合适。"

子君无奈地笑了笑:"你能不能多关心点儿子,他选的是文科。"

"什么?文科?哎,你们都怎么回事,千岁选的是理科啊。"

寒江一口牛奶差点喷出来:"她选理科?"

老五点头:"对啊。"

寒江立刻站起身,跑上楼拿书包。

"爸妈我吃好了,先去学校了。"

老五还在后面喊:"你也没吃几口啊……"

寒江一路狂奔到学校,冲进教师楼林老师的办公室。林老师刚来上班,还没坐下,寒江一把抓住他:"林老师,分科表交给学校了吗?"

"哦,马上就交。"

"给我……我重新填。"

林老师本来就不建议寒江学文，边翻表边问："那你是要选理科吗？重新填写一张吧。"

寒江快速在新表上写了理科，拿着表说："老师，我请一小时假，我现在回去让家长签字。"

"好，你去吧。"

千岁在上学半路看到往回跑的寒江。

"你干什么去？"

寒江头也不回地跑远："忘了吃早饭。"

"哎……"千岁蹙眉，看着跑远的少年，"蜘蛛侠跑得都没你快。"

时光就如少年奔跑一般快。

他们升入高二，十七岁了。

夏天还是那样闷热，只有坐在江边才能感受到风带来的凉意。千岁从应苏梦家写完作业回来，下了索道之后，便坐在江边。

"怎么不回家？"身后有人问。

千岁头也不回，知道是寒江："累。"

"你怎么天天都累。"寒江在千岁旁边坐下，一同看着江面。过一会儿，寒江说，"恭喜你啊，昨天大赛又拿了第一名。"

千岁参加了C市的一个舞蹈大赛，虽说并不是那么有含金量，但是周周老师还是希望她多参加一些比赛。

"也恭喜你，期中考试又考了第一。"

自从寒江那次考了第一名之后，稳居宝座，再也没有下来。

"同喜同喜。"

千岁长长叹息一声："你们学霸是不是特别享受这种万人瞩目、居高临下的感觉，觉得底下的人都跟猪一样。"

寒江大言不惭："我跟你们又不是同类，怎能理解猪的感受？"

"你真是不要脸。"千岁瞅他,"那我问你,你成绩这么好,肯定轻松考进重点大学,那个时候你想做什么?"

"你想做什么?"寒江突然反问她。

千岁指指自己:"我?我现在问你呢?"

想做什么?寒江还真没有想过这个问题。

"那你有没有什么梦想?"千岁换个思路问。

寒江又反问:"那你有什么梦想?"

"干什么老问我啊……"千岁一拍腿,"算了,异类果真是无法交流。"

寒江不语,和千岁并肩而坐,呆呆地看着江面来往的渡船。

要说梦想,他是有的。

如果千岁要当舞蹈家,那他从事教育,开个学校;如果千岁跟静姝阿姨一样去做销售人员,那他就去研发产品;如果千岁要当科学家,那他就先去研究原子弹。

不管她做什么,他都想跟着去做。又或者,千岁想让他做什么,他就做。

寒江问:"你觉得我适合干什么?"

千岁抿抿唇,认真地看了他一眼,回:"我看电视上那些律师检察官挺好的,维护正义,不过你嘛……还是算了。嘴太坏。"

高二的学习生活明显比上一年要紧张了,小考大考接踵而来。

应付完考试后,班里的所有人都得以缓口气,女生们不是聚在一起讨论小说,就是聊电视剧剧情,或者放学约出去喝一杯奶茶买炸鸡排吃。男生们还是老样子,篮球场上大汗淋漓一圈就很解压了。

倒是千岁还伏在桌上,唰唰写着题。

打了放学铃,直到教室的人都走得差不多了,只剩——千岁回头望了一眼,还在写卷子的宋白。宋白戴着耳机,因为沉浸在题海中,都没有注意到教室里的人都走光了,抬头一看千岁还在,就喊了一声。

千岁平静回头,内心早已波涛汹涌。

她其实一直在等他。中午就无意中听到宋白要留下来做作业,为此她还拒绝了尔萌和应苏梦的逛街邀请。

教室里只剩他们两个的时候,千岁捏着书本很想站起来走到他座位处,说一句,我们一起写吧。

她不停地咽口水,深呼吸,做好了麻溜起身的准备,但是一鼓作气,再而衰,三而竭。她的屁股就是黏在凳子上起不来。

现在听到宋白喊她,他还示意面前的座位,边说边收拾自己的桌面腾出地方:"过来一起写吧。"

千岁坐了过去,宋白摘下耳机问她听不听音乐,她很想接,却还是说:"不听了,算题的时候注意力不集中。"

宋白笑说:"你这么勤奋,怪不得考试进步那么大。"

千岁觉得不好意思:"也没有。"随后又想到宋白怎知她有进步,难道一直关注她的成绩?觉得有这个可能性的时候,她的心脏扑通扑通急跳了两下。

"倒是尔萌退步了。"宋白说。

话题引到了别处,但是宋白又突然不说话了,千岁也不知道要说什么,于是两人继续安静地写作业。过了一会儿宋白写得差不多了要先回家,确定他出了班级之后,千岁这才收拾书本。

走到教室门外的时候,千岁在往书包里塞最后一本课本,抬眸突然就对上一个人。

应苏梦站在后门处,静静地望着她。

千岁心中微微不安,往前走了一步,好巧不巧,夹在书中的东西掉落在地。

她拉书包拉链的手陡然一顿。

应苏梦看着地上的卡片,很快就认出了,是她以前送给宋白的卡片。

千岁与应苏梦并肩而走,步伐缓慢。

直到千岁先行停下脚步,她垂眸,微微侧身:"苏梦……"她还不太敢确定,苏梦究竟知道多少,还是什么都没有发现。

应苏梦突然说:"我记得你跟我讲过,舞蹈是你妈妈的梦想。"

千岁不明所以,点头。

"但你从来没说过你的梦想。"

应苏梦提起的这个话题,千岁都不知道该怎样回答,她只能道:"之前也有人这样问过我,其实,我不知道自己的梦想是什么,也不知道长大要做什么,我只是……想跟你们一样,好好学习。"

"千岁。"应苏梦唤她,带着些许柔软,"不管你做什么,我都支持你,因为,你有我没有的勇气。"她顿了顿,两人视线交流,没有繁杂的探究,有的只是想靠近的相惜。

"宋白……你知道了吧。"应苏梦首先坦白。

"嗯,那一次交换卡片的时候。"

其实光靠卡片也不能说明什么,只是每每看见应苏梦望向宋白的眼神,只要是女生,都该明白了。

同样,站在教室门外的应苏梦,看见千岁眼神中那种欣喜、回避、渴望,她便也确定了。

应苏梦抿抿唇,说:"所以,你对宋白……"

"不。"千岁急忙要解释。应苏梦却说:"你别误会,我只是想跟你说明一些事情。"

千岁不再说话,应苏梦拉她在小路的长椅边坐下,缓缓道:"其实我知道自己的,我跟宋白之间是有距离的,我跟大家,也不太一样。所以我一直在想,该趁早将那颗异动的心收回。他今后会有一个与之匹配的人,到时候,我希望那个人可以是你。

"千岁，我一定比你更容易放弃。"

她说话间天边虽已暗淡，却隐藏着灿灿群星。

千岁突然就觉得有些心疼，她想要说些什么，却不知怎么开口。

静姝对于千岁近期认真学习的态度有些疑惑，她总觉得哪里不对劲。

"妈，我去小五家写会儿作业。"千岁拎着书包在玄关处穿鞋。

静姝起身，喊住她："我同你一起去。"说完，她便去厨房装了些水果。

千岁跟老五和子君打过招呼后就上楼去了，静姝坐在客厅和他们闲聊。

寒江扭头见千岁来了，起身把凳子往旁边挪了点，千岁又拉了一把坐过去。

书桌上摆着一个打篮球用的装备，千岁拿起随口问道："这是什么？"

寒江说："护膝。"

"打球还戴这个。"

"这是装备，跟你练舞穿练功服一个道理。"

"喊，丑死了。"千岁小声嘟囔。

"你懂什么，好多男生想要都没有呢。"

寒江将那对护膝放至一旁，又抽出自己作业递给她："抄吧。"

"不用，我自己写，不会再问你。"

千岁顾自摊开作业写了起来，寒江转动着笔，侧眸瞧她，好似这段时间她都没有要作业抄了，却隔三岔五跑过来同他一起写，写完就回家，偶尔说上两句也是问问题。

凭他多年的经验，不对劲。

千岁边写边把桌上一盘西瓜给吃干净了，寒江见盘子空了，就端下去想给她再切一点。在楼梯间的时候又不小心偷听到大人们的讲话。

子君说："这太尴尬了，我怎么问啊。"

静姝急了："嫂子，只能你帮着问一下了，我直接问小五，他肯定不跟我说实话,自小他就护着千岁,千岁有什么事他肯定知道。"

"哎哟,我就说你们瞎操心,尤其是你静姝,人家孩子爱学习你说有问题,不爱学习你才觉得没问题吗?你什么思想,千岁像是那种……"老五压低声音,"那种早恋的孩子吗?"

"嫂子你就帮我问下吧。"静姝还在拜托。

子君拗不过,点头,老五哼哼:"问问问,好让她死心,真是的。"

寒江端着盘子的手指紧了紧,沉了眸子。

临睡前,子君果然进了寒江房间,发现他还在写作业,就问:"还有作业啊?"

"嗯。"寒江答。

子君在床边坐下,又笑两声:"就是哦,这第一也不是那么容易考的。"

寒江回头:"不,很容易。"

"哈……哈哈。"子君干笑,可能内心装了事,觉得自己莫名扯话题很是尴尬,没办法,再尴尬也得继续。她又问,"学校最近都还好吧?哎,你们班里怎么样啊?我都没跟你聊过,同学们都好不好相处呀?"

"除了话多,都挺好。"

子君:"……"

"那个,你们班里有没有长得好看的男生?学习好的男生?或者是性格特别好的男生?"

面对妈妈的这个问题,寒江不知为何脑子里闪过宋白的脸,他放下笔,彻底转过身来:"妈,你到底想问什么?"

"没、没什么,我就随便问问嘛,我就是想多了解你一点,班上你有没有喜欢的女生啊?"子君真的是随口一问,寒江莫名脸红,她忽地话锋一转,"那千岁有没有喜欢的男孩子?"

到谈话的主题了。

寒江毫不犹豫，斩钉截铁："没有。"

她敢有！

"那千岁在班里都跟谁玩得好？"

"两个女生吧，一个副班长，一个同桌，成绩都很不错。"那后半句是寒江特别补充的。

"那千岁岂不是很有压力？"子君入坑了。

"对啊。"寒江点头，"所以她要加倍努力学习，毕竟人都不爱跟成绩差的人玩。"

"说的也是啊，怪不得千岁成绩有所提高呢，我一直还担心，她会不会跟不上你们。这样看来，那两个女生还能帮助千岁，倒不至于垫底了。"

"大智若愚吧。"寒江挑眉，说起某人总有种异样神色，"别看她长得笨，聪明着呢。"

"难得听你夸赞她啊，你爸听到能欢喜坏了。行了，你早点休息吧，妈睡去了。"

"好，晚安。"

寒江待子君走后将房门关上，坐回书桌边上，拿起笔没写两个字心中就躁得很。他用力将书本一合，拍在桌上，怒气上头："坏丫头，就知道惹事。"

Chapter 4

只要你愿意回头，我就站在身后守望着你，不离不弃

11月的深秋，班上来了一位新同学。

她是在下午物理课的时候，林老师带进来的。当时只说了名字，叫邱诗媛，到最后一节班会的时候，林老师才让她上来详细介绍自己。

"我比较喜欢跳舞。"她笑着说，眼睛弯弯如月牙儿，清新甜美。那种可爱邻家妹妹的感觉，连千岁都生了保护欲。

"不过相比跳舞，我的钢琴弹得还可以，我爸爸说差不多牛也能听得懂。"她的幽默瓦解了大家最后一道防线，真的是爽朗不做作。

迟到是看戏的心态，悄悄跟寒江咬耳朵："这姑娘情商高，有才艺不说，话也说得那么溜。比高冷的河千岁好太多了。"

寒江转头，面无表情地看着他，看着他，再看着他。

迟到尴尬地扯起嘴角："对不起，我错了。"

千岁与邱诗媛第一次讲话，是在交物理作业的时候。

宋白翻看千岁的本子，指着那些题的答案说："不错啊，我之前也想到用这个方程来解的。"

"这就是你上次教我的啊。"千岁很是虚心，一点也不折宋白的面子。

千岁还想问一些题目，刚开口就"啊"了一声，肩膀被人撞得微微痛。她都不用回头就知道是谁，果然，那个欠扁的中二晚期患者一脸不爽地说："麻烦让一下。"

寒江把练习册啪地掷在宋白面前："我交作业。"

这种情况光宋白看到就已经有很多次了，他淡淡道："寒江，你这样不太好吧。"

"你说什么？"寒江直视他。

宋白垂眸，显然是在控制情绪，他再次看向寒江的目光有些凉意："第五寒江……"

千岁正准备将寒江拉走，邱诗媛拿着作业本小跑过来："哇，好多人，我以为我最后一个交呢。班长，我能不能看下你的作业本，我不知道我做得对不对。"

邱诗嫒的加入让宋白不太好发脾气,毕竟是新同学。宋白翻本子的时候,千岁就悄悄一下两下将寒江给推走了。临走的时候还听见邱诗嫒夸赞宋白,她回头,看到邱诗嫒眼中满满的崇拜。

刚坐到座位上就打上课铃了,邱诗嫒跑到千岁那儿笑着说:"刚我看到你作业本面上被圆珠笔划了一道,我拿胶带给你粘好了。"

"啊。"千岁对这突如其来的搭话有些意外,她客气地说,"谢谢啊。"

"我们下课去小卖部吧,我过来找你哦!"都未等千岁说好还是不好,邱诗嫒就跑回座位去了。

尔萌走过来,有些好奇:"她找你干什么?"

"说是下课一起去小卖部。"

"哦。"尔萌没再说什么。

下课后,邱诗嫒真的拉着千岁去了小卖部,让千岁随便挑,她来请客。千岁也不好抹人情面,站在一排饮料货架旁,拿了瓶苏打水。那瓶水停留在手中还没超过三秒,就被寒江抽走,拧开咕噜噜喝完了。

他抿抿唇:"我有点渴。"

说完把空瓶塞回千岁手中,大刺刺地转身准备走。

千岁气不过,抬脚对着寒江的小腿就是一踹。

"你给我回来把钱付了!"

邱诗嫒闻声过来,看到寒江粲然一笑:"寒江啊,你要吃什么吗?我请客。"

寒江没有看她,连话也没有,径直走过。

邱诗嫒有些尴尬,问千岁:"他心情不好吗?"

千岁安慰她:"别管他,就那死样子。"

两人回教室路上,邱诗嫒还提到千岁是艺术生的事情,说自己时常偷懒便放弃了这条道路。可能是因为都是舞蹈生，千岁和她还是很有话题聊。

后来进教室前，邱诗媛突然问："你跟第五寒江熟不熟啊？"

千岁想都没想："不熟。"

"那你跟宋白呢？"

千岁心中一顿，小心翼翼地答："他是班长，跟谁都熟。怎么了？"

"我就问，他们两个成绩都那么好，我就想着以后请教问题去问谁呢，今天感觉第五寒江有点凶，我还是问宋白好了，他倒是平易近人。"

也许是私心，也许是其他，千岁说："你可以找第五寒江，他、他成绩比宋白要好。"

总归她没有说谎。

"是吗？那也行。"

后来有一次，尔萌和千岁从应苏梦家做完作业出来，在索道上的时候尔萌跟千岁说："你跟邱诗媛走得挺近，苏梦也跟她玩得挺好。"

千岁还扒着课本看题，未抬头："她挺随和的。"

尔萌暗叹一口气："我倒是觉得怪怪的，可能是直觉吧，我觉得这个女孩心深得很。"

"想多了吧？"

"唉，有可能吧，反正我每次看她望寒江和宋白的眼神有点不对劲。"

千岁这才抬头，问尔萌："你说什么？"

"也不是……怎么说呢，我就是觉得她看向男生和看女生的感觉是不一样的，看我们吧，是那种我们是好姐妹好闺蜜干什么都是放着我来，看男生是天好冷夜好黑，快递人家撕不开……"

千岁虽然没有理解尔萌到底想表达什么意思，但是她大概听明白了，邱诗媛对宋白是不一样的，且内心自动将寒江忽略不计。

这样想来，心中一沉，该不会邱诗媛对宋白……

这个问题确实困扰千岁许久，她在家里写作业时静姝在身后喊了好几声都没听见，静姝上前戳戳她："我喊你呢。"

自从子君跟她说了和寒江谈话的结果后，静姝也发觉千岁除了爱学习也确实没有其他什么异样表现。

静姝坐到旁边跟千岁说："最近你练功也不勤快了，当然了，妈不是说你爱学习不好，我是觉得，你该把更多的时间和精力放到练舞上，文化功课保持那个水平就可以了。"

"嗯。"千岁即使心中有众多想法，也不敢说出来。

"你一定要听妈妈的话，妈做这么多全是为了你，为了你将来能够比别人更有出息、更好，知道吗？"静姝在她头上轻轻抚摸两下，"你从小就听话，一定不会让妈妈失望的，我相信你。"

千岁紧紧握住笔尖，半晌回不出一个字来。

班里组织打扫学校操场的落叶，千岁本来是不用去的，写完作业就准备去舞蹈室，尔萌和应苏梦在一旁劝她去劳动劳动，增进同学间的感情。

千岁起身收拾课本："别以为我好糊弄，不就是要用我这免费的力气嘛。"

果不其然，千岁扫完应苏梦的就去扫尔萌的，邱诗媛看她气不喘脸不红的，很是惊讶："哇，你这个体力可以啊。"

随后，邱诗媛朝不远处喊了一声："你说是吧寒江。"

莫名其妙地她就喊寒江，好似很熟络。千岁看看满面笑容的邱诗媛，再看看一张臭脸的第五寒江，她都替邱诗媛感到尴尬，她还在想着要不要缓解下气氛，就见邱诗媛扫帚一扔，一把抱住千岁："水洒过来了！"

花坛里埋着几个自动旋转的喷头，可能学校水压太大，弄爆了一个喷头，那水柱直直扑向千岁和邱诗媛，冰凉的水从脖颈灌进衣服里去，好在千岁校服只湿了一点。

待看向邱诗媛，她的校服都开始往下滴水了。

"你没事吧？"千岁关心地问道。

邱诗媛打了个寒战："有点冷。"

寒江走过来，二话不说把校服脱下，递过来："快穿上。"

他的举动让千岁有些窘，她一直跟别人说与寒江不太熟。见邱诗媛还不在状态，千岁打哈哈，边说边去拿校服："对啊对啊，诗媛你赶快穿上。"

邱诗媛一脸小感动地等待着。

一扯，扯不动，再扯，寒江发寒的眸子似乎在说：你敢给。

千岁一把拽过来，直接披在邱诗媛身上："别冻着了，你休息，我去把扫帚给还了。"说完抱起打扫工具就溜了。

直到千岁跑远，寒江转身也要走，邱诗媛喊住他："谢谢你小五。"

寒江听到自己的小名从她嘴里跑出来很是奇怪，他猜想着是不是迟到每次喊他被别人听到的。

邱诗媛却上前解释："千岁说她跟你特别熟，就像是好哥们一样，小五这个名字还是她告诉我的呢。"

寒江顿顿，无表情："是吗？"

"对啊，我们一见如故，因为都是舞蹈生我们有好多话题聊，她真是太活泼了，刚才见水洒过来，一下子就躲在我身后了，太可爱了……呵呵。"

邱诗媛扬起脑袋笑，眉眼弯弯甚是可人。

寒江看着她，慢慢扯起嘴角，学她呵呵两声，随即拉下脸。

头也不回地走了。

显然邱诗媛没有想到寒江会有这副面孔，原本的灿笑渐渐消失，她看着离去那人的背影若有所思。

邱诗媛很大方，经常给班上的同学分发零食和饮料，千岁要把分来的东西给尔萌。尔萌说："我不要，你给苏梦吧。吃人嘴软拿人手短。"

千岁就把东西放到苏梦桌子上去。邱诗嫒跑过来神秘兮兮地拿出一个小盒子,打开,是一支红色钢笔。

她说:"看,是寒江送给我的。"

"嗯,挺好看的。"

邱诗嫒脸上有些红晕:"这支笔应该很贵重吧,材质看起来都不一般呢。"

千岁在回座位的时候看到寒江埋头写作业,手中握着一支跟邱诗嫒那支一模一样的笔。即便心中有疑虑但也舒坦,因为她现在从邱诗嫒口中听到寒江的名字要比听到宋白开心。

自那之后,邱诗嫒确实跟寒江走得很近。

两人总是一同进教室,连迟到都觉得奇怪,他问:"你什么时候跟小仙女走那么近了?"

"谁?"

小仙女是大家给邱诗嫒起的绰号,寒江听闻内心无语,小仙女?小仙女才不是她那个样子。他也觉得奇怪,他干什么邱诗嫒都能准时出现,甚至好几次被千岁碰到,她表现得比自己还要淡定。

直到那次在校外的文具店,寒江买了一些纸笔,正要付钱的时候,邱诗嫒出现,连同自己买的东西一并给店家:"我一起付了。"

"不用。"寒江顾自将东西分开,掏了钱。

邱诗嫒追出来,同他并肩走在一起:"小五,你家住在哪儿啊,离学校远不远?"

"今天布置的那道数学题你会解吗?我觉得好难喔,但一定难不倒你。"

她一人絮絮叨叨,寒江终是停下脚步,扭头看她:"我说,我跟你熟吗?"

"啊。"邱诗嫒愣住了,随即眸中生了雾气,她喃喃,"我想我跟千岁是好朋友,她和你熟,我们……"

"你想多了。"寒江当即打断她的话,"河千岁跟你不一样,你们完全没有可比性,明白吗?"

邱诗媛拉住寒江校服衣角:"你就那么不待见我吗?"

"我觉得我们应该保持距离。"

"寒江,你忘了吗?"邱诗媛不相信,她追问,"你真忘了吗?是我啊。"

寒江蹙眉:"什么?"

他疑惑的神情显然是不记得了,邱诗媛心里顿时生了几分委屈和酸楚,她觉得自己不需要再确认了,只得松开寒江,艰难地扯了抹笑,说了声:"没什么,那我先走了。"

其实她与寒江,初二的时候曾遇见过。

那天放学,邱诗媛又被班里那几个屡屡生事的同学给围住,其中有几个女生对她推推搡搡,要不是寒江阻止,免不了一场"战役"。

邱诗媛的父母因为工作太忙,对她很少过问。那个时候她根本不懂什么叫校园欺凌,只是觉得大家不太喜欢自己,而且她还挂着舞蹈生的身份。她曾试着与那些人交好,得到的永远都是真心被践踏。

邱诗媛一直都记得,寒江为了赶他们走,把书包狠摔在地上的模样。

他很凶:"要打架是吧?"

"是致远的人。"有人说。

致远高中当时就在附近,那些同学也不敢在他们的地盘惹事,何况是寒江这种一言不合就拎书包要干架的人。赶走了那些人之后,邱诗媛想请他喝个奶茶,寒江拍拍书包上的灰,头也没抬:"不用。"

"算是我感谢你。"

"我说了不用。反正我也是担心她放学出来遇到这些人危险。"

邱诗媛没听明白:"你说什么?"

寒江轻叹,这才看着她:"没什么。还有,我建议你跟学校的老师或是家长说一下这个情况,你躲得了一时,不可能躲一世。"

"其实他们,就是言语刻薄了些。"

寒江突然推了她一把:"都这样子了还言语刻薄?"

邱诗媛都愣住了。

寒江眯眼,这人怕不是傻子,算了,真是多管闲事。

邱诗媛见他要走,急忙问:"你叫什么名字?"

寒江不答,她又不好意思追上去,只能站在原地又问了几声:"你就在致远吧?你、你几年级几班啊!我叫邱诗媛你叫什么……"

直到他远去,都没有回她任何话。这本是个小插曲,后来邱诗媛竟在街上看到了寒江,他还是穿着致远的校服,和男同学走在一起。

邱诗媛听到那男同学叫他小五,后来用心了解一番,他竟还是致远的优等生,当时邱诗媛就跟父母提出要转学,凭着不差的成绩如愿分到了寒江的班级。

只是无奈再见,寒江却将此事忘却。

她独自走着,还不舍回头望望,早已没有寒江的身影。

秋风之下,真是惆怅。

林老师为了给学生减压,借着元旦搞了庆典,地点就在学校的音乐室。大家聊天、表演节目,倒也热闹,千岁被尔萌硬是逼着出了个舞蹈节目,同学们个个崇拜尖叫。

本来晚会这样就可以结束的,林老师却打开音乐室的钢琴,说邱诗媛要给大家弹上一曲。

"也不提前跟我说一声,之前让报节目都说不报。"

尔萌翻着手中的节目单心里郁闷,她觉得邱诗媛分明不尊重她这个文艺委员。宋白位置离尔萌很近,他问:"怎么了?"

"没什么,烦得很。"

宋白没说话,把手中的饮料给拧开,放在尔萌面前。

邱诗媛临坐前朝千岁招招手:"千岁,你会不会弹啊?"

千岁突然被点名,显然也是没想到:"我……你弹吧。"

邱诗媛宛如公主般缓缓在钢琴旁坐下,她的十指纤细,很是灵活,就犹如星光笼罩,轻易便可以吸引别人的目光。

"相比那种爱显摆蹦跶的,我更喜欢这种静若处子的。"

迟到托着下巴,很是着迷。

寒江以为他说的是千岁,沉住气:"我再给你一次重新组织语言的机会。"可随着迟到的目光望去,应苏梦端正地坐在位置上,安静地听着曲子。

迟到比谁都了解他的梦梦,出身书香门第,琴棋书画样样精通,只不过她性子淡然,不爱表现罢了。

原来迟到说的不是千岁,寒江便不说话了。

放学回家天空阴沉一片,寒江到家就开始做作业,直到听到钢琴声,他抬起头,窗外大雪纷飞,已是茫茫一片。

这琴声,是从隔壁传来。

寒江起身,本该在练舞的千岁此时坐在钢琴旁,寒江便靠在门口,就那样望着她。她弹的曲子是李斯特的练习曲《追雪》,也是邱诗媛今日弹过的。

直到听千岁弹完,寒江才道:"你转 E 调的时候很是生硬啊。"

千岁深吸口气,回头:"我跟人家钢琴九级的可没法比。"

"那当然,你毕竟只弹到了小学就荒废了,人家可是坚持到现在。"寒江心里明白,但故意这样激她,他走到千岁那儿又说,"往边上坐坐。"

千岁很不爽地挪了一点,寒江坐下,试了下键,挑眉——四手联弹一下。

"谁怕谁?"

然后，两人各自沉浸在错调、生硬的炫技当中，最终忍受不了笑出声来。寒江停下，看着她的侧颜说道："果然，我们跟人家九级的就是没法比。"

"她其实也有很多音符没弹准。"

"你这话倒是很风凉啊。"寒江故意曲解。

千岁索性顺着话来："当然了，在你心里那应该是完美的吧。"

但话出口，却又感觉到有些酸味，千岁想收回也没用了，就埋着头触摸那些黑白键。

寒江微微一笑，甚是满足，目光所及之处依旧是她的存在。

寒江依稀记得，小学的时候他和千岁都在学钢琴，但是后来静姝为了让女儿专心练舞就将钢琴课停掉。两个兴趣相比之下，千岁还是喜欢安静地坐在那儿弹琴。好几次，她偷偷到老五家来，扒在寒江房间门口探出脑袋，弱弱地问一句："小五哥哥，你的钢琴能打开让我弹弹吗？"

就这样断断续续，寒江停止学弹琴的时候千岁都还在练着，但近几年她确实也很少碰了，静姝只要发现她有什么其他爱好就会不高兴，认为是浪费时间和精力。

她不想让妈妈不高兴，所以那些事情千岁便都不做了。

寒江见她摸着琴键明明依依不舍的样子，还是将盖子合起，想来今天邱诗媛一事牵起了她难以忘怀的过往。

千岁起身去旁边压腿，练基本功，整个人没有丝毫神采，黯淡无光。

"千岁。"寒江唤她。

"嗯？"

"你可以不知道自己想要什么，但一定要知道不要什么。"

希望那一天到来，哪怕路上长满荆棘，也绝不畏惧，只要你愿意回头，我就站在身后守望着你，不离不弃。

Chapter 5
我想给他买份生日礼物，他喜欢的东西

寒假的时候，挑了一天不下雪不刮风的日子，Hey组合三人相约去商场逛街，尔萌和应苏梦先来千岁家门口等，等的时候发现寒江从对门那家出来了。

寒江显然也很惊讶，当即转身回屋，砰地把门又关上了。

尔萌蒙：" 刚才那个是第五寒江吗？"

应苏梦点头：" 是吧？长得一模一样。"

屋里头，老五"嘶"了一声：" 你干什么突然关门，吓死我了，闪开我要出去。"

" 爸，你别出去了。"

" 我把这围巾给千岁拿过去啊。"老五的手上拿着一条红色围巾，那是子君给织的。

" 你先等等。"寒江示意门外，" 我看到班里同学了，她们可能要找千岁出去玩。"

老五好奇，透过猫眼往外瞧了瞧：" 哦，同学啊，那正好，千岁要出门，你把围巾给她，问问秋裤都穿了没。"他就不能露面了，不然千岁爸爸的角色不就穿帮了嘛！

说完围巾塞到寒江手中，寒江的"我不去"三个字尾音都没收回就被推出家门。门外的两位女同学看着寒江再次出来，大家一时都沉默，还是应苏梦先开口，喊了声寒江，算是打招呼了。

寒江也站在楼下，未轻举妄动。

直到千岁跑下来，看到这三位各自划领地沉默，她清清嗓："寒江他，我邻居。"

尔萌指指对门:"刚看到了。"

"那我们就走吧。"应苏梦说。

千岁跟在她们身后,寒江喊住她:"你等一下。"他把围巾递上去,"妈给你织的。"

"谢谢。"千岁正想着脖子冷,就把围巾缠在脖颈,两头随意搭落在前面。寒江瞧着,就上前把那两头给系到后面打成结。本是再寻常不过的动作,但看在另外两人眼里很是不一般。

尔萌与应苏梦视线交流。

"就我一人觉得不自在吗?"

"嘘,别说话。"

"好的。"

寒江又问:"你穿秋裤了没?"

"没穿。不说了我要走了。"

千岁要走,寒江一把拉住她:"这么冷的天你不穿秋裤吗?"

千岁瞪他,真是烦死了,亲妈都从未问她穿不穿秋裤。于是,她回说:"套在腿上又粗又丑,老年人才穿。"她躲开寒江,跑向走远了的应苏梦和尔萌。

原地留寒江一人,后来他卷开裤腿,看着秋裤,默默又放下。

逛街的时候,尔萌装作很生气跟千岁说:"你可以啊,瞒我们到现在。"

千岁甩甩头发:"你又没问过我们家是不是在一起。"

"那我们问过你跟寒江熟不熟啊。"尔萌又说。

千岁内心叹气,她是真的不想跟那个人很熟。眼波一转,忽地看到前面有卖香肠的,千岁一指:"走,想吃多少我都请。"

就此才打住尔萌的问话。

尔萌美滋滋地吃着香肠走在前头,应苏梦没问什么,倒是说了另外一件事情:"第五寒江好像和邱诗嫒处得不错。"她见千岁脸上确实什么表情都没有,笑着说,"我一开始以为,你和寒江……"

"我们除了家住对门,从小一起长大,其他是真没什么了。"

千岁差点要指天发誓了,应苏梦难得调皮,意味深长地叹气:"当局者……迷呀。"

"哦,那是……"千岁打断她,目光看向一家体育用品店的橱窗,展示柜上放着一套护膝,跟原先在寒江屋子见着的一模一样。应苏梦此时也发现了店里头站着的熟人,示意千岁,指指里面。

宋白回头,也看到她们,大家便打了招呼。千岁见宋白在展架边上站了很久,目光停留在那套护膝上,千岁问:"你是要买吗?"

"不是,我就看看。"宋白答。

一会儿他又笑:"很多男生都喜欢这款。"

"你也喜欢吗?"

宋白点点头,又看了那东西一眼:"不过我不买。"

千岁看着护膝觉得没什么特别,可能男生的审美她也理解不了。可待她看到标价牌的时候,眼珠子都快凸出来了。

天哪,就这么一点点布,要一千多啊。

后来千岁跟应苏梦说起,应苏梦若有所思,想了想还是说了:"其实,宋白的家境不太好,有一次我送作业去办公室,听到林老师跟杨主任在说给贫困生助学金的事情,他们就提到宋白,他的父母很早就不在了,一直跟奶奶生活。"

"以前没有听尔萌说过。"千岁说。

"毕竟是人家的私事吧,也许尔萌也不知道呢。我告诉你也是想让你多了解宋白一点,宋白他,跟寒江完全是两种人。"

"好端端,你又提寒江干什么?"

应苏梦笑了起来:"我就是突然觉得,寒江很不一样。"

"他有什么不一样的?"千岁无语,还能比常人多两条腿不成。

千岁没有把应苏梦的话放在心上,在家门口小卖部遇到寒江的时候,寒江拎着瓶香油往前走,看见千岁也没搭话。

"喂。"千岁在后头喊他。

寒江停下脚步,微微侧身:"怎么我没名字吗?"

千岁还站在半坡上,仰头看他。寒江又退后几步,轻声问:"干什么?"

"那个,上次我在你桌上看到的护膝,你买的多少钱?"

寒江回想了下:"一千多吧,怎么了?"

千岁扶额,看来这小子每个月有不少零花钱。她又问:"男生都喜欢吗?"

寒江斜眼看她:"别人我不知道,我就是觉得那个颜色适合我。"

适合你个鬼,也没见你穿几次。

千岁迈开腿就往家走,也没说句拜拜。寒江跟在她身后边走边说:"老五让你晚上过来吃火锅。"

"不吃。减肥。"

千岁到家,开门,砰地又关上。

寒江翻了个白眼,老五恰好开门出来:"你妹回来了吗?"

"不知道。"寒江把香油塞到老五怀中,在玄关踢了鞋子,"饿死她算了。"

留下老五一脸蒙:"又犯什么病……"

晚上千岁翻身打滚睡不着,拿起床边摆的日历翻了起来。

突然给人送东西肯定会让人觉得莫名其妙,怎么想都不对,千岁又把头埋在被子里,哼唧好一会儿,突然抬起头,她漏了一个,生日礼物。

对啊!

她翻身跃起,去桌子上找出钱包,打开,里头静静地躺着五十块钱。

"我真是。"千岁又倒回床上。

夜长,却无眠。

直到开学以后,这件事情千岁都还惦记着。

越临近 5 月越焦灼。

有一天应苏梦给尔萌和千岁带来手工蔓越莓饼干,她说是念大学的哥哥给的,C 市大学城那边要举办音乐节和舞蹈比赛,有很多社团做了礼品准备赠送,这饼干就是哥哥拿回来尝尝的。

尔萌悄悄竖起语文课本,躲在书后吃。

"每次去你家都没见着你哥哥啊。"

应苏梦说:"他不爱沾家,喜欢在外头。他是学生会会长,因为舞蹈比赛和志愿者的事情都忙晕了,好多人报名呢,大赛还有奖金。"

千岁听到最后那个关键词,从题海中抬起头,问道:"有奖金?"

应苏梦点点头。

"我想去。"千岁不假思索。

"志愿者吗?这个我得问问。"

"不是。那个舞蹈比赛。"

应苏梦扶扶眼镜,想了下:"好像不行吧,要年满 18 周岁,而且是团体赛。"

"那你能帮我问一下吗?"

"行,他晚上要是不回来,我就给他打电话问。"

大概晚上八点多的时候,应苏梦给千岁家里的座机打了电话过去。应苏梦告诉她,不管是志愿者还是参加舞蹈比赛,都必须要年满 18 岁。

千岁有些急:"我参加过那么多舞蹈比赛,都没听说过有限制年龄的,苏梦,你能不能帮我再说说?其实我虚一岁,这样算下来我已经 18 了。"

应苏梦在电话那端沉默,最后她还是问了:"能不能告诉我原因,你为什么那么想要参加比赛?"

千岁一手拿着听筒,一手绕着电话线。

"我想给他买份生日礼物,他喜欢的东西。"

这下两边都陷入沉默,良久,应苏梦才说:"你等我消息。"

确定能参加比赛后,千岁和应苏梦跟尔萌又提了一件事情,尔萌还挺惊讶:"真的要组团参赛啊。"

千岁点头,只不过她有些忧心应苏梦,没有想到她会提出三人去参赛的想法。

那天放学,趁着静姝出差,千岁让应苏梦和尔萌都去家里排练。千岁在路上再三犹豫,跟应苏梦说:"你还是别参加了,我担心你的身体。"

"那怎么行啊,赛制本来就要求三人以上,再说了,我不参加你找谁啊?"应苏梦笑,眉眼弯弯,"也算是圆我一个梦吧,我小时候其实也爱跳舞呢。"

即使她不明说,千岁也知道她执意参加的原因。

这次参赛的编舞,千岁是下了一番苦心的,她不能让应苏梦过于消耗体力。排练过程中有过两三次应苏梦感到头晕,千岁一度想要放弃,却被苏梦阻止了。

她们的保密工作做得很好,在班里谁都没有说,就是担心周周老师或是静姝知道后引起不必要的麻烦。但是应苏梦和尔萌从千岁家里出来,倒是被寒江碰见过几次。

寒江好奇:"你们过来是?"

应苏梦没想瞒他,尔萌抓抓苏梦的手,示意不讲,然后说来写作业。

寒江当然不信,他点点头没有再多问。

即便她们不说,他也有办法知道。

在学校,他和迟到打篮球,贴身防守的时候,寒江运球说:"最近应苏梦有个事情你知道吗?"

"什么事情啊?"

寒江咧嘴笑,故意拖尾音:"哦……原来你不知道啊。"

这倒让迟到不爽了,他紧跟着寒江:"梦梦什么事情我不知道!我们可是好朋友!"

"那倒未必。"

寒江一个转身,躲过他又说:"看来你也有不知道的。"

迟到闪神,让寒江钻了空子,寒江上篮,故作无辜摊手。

迟到明晃晃被挑衅,叉腰喊道:"你到底什么意思?"

寒江把球拿上,又从篮球架下翻出自己的校服,甩在肩上:"这我可不能说,自己问去吧。"他背过身去的时候,扯起了嘴角。

千岁没有想到大学城比赛现场竟然来了那么多人,尤其看到迟到带着一帮举着灯牌的同学时,头都炸了。她赶忙想了个法子,从外头借来了三个面具。

轮到她们上台,寒江冷漠地环胸看着眼前三人。

哪怕戴着面具,他还是一眼就认出来了。

身旁的迟到也认得出来,举着灯牌嘶喊狂叫,还用劲撞撞寒江的胳膊:"快点喊呀!Hey!Hey!我爱你!"

隔壁的男生们很是喜欢:"挺可爱啊,哪个系的?"

"你帮我跟她们拍一张。"还有人摆好了手举舞台的动作。

迟到都喊到咳嗽了,还在卖力呼喊,寒江扭头望他,那眼角竟然还挂着晶莹的、貌似泪花的东西。他甚感无语,抬头望天,刺眼的霓虹让他垂下脑袋,按着太阳穴缓解头痛。

Hey组合最后拿了第四名,奖金500块钱。

千岁大概也知道因为三人能力悬殊,拿不到高名次,但她还是很高兴。

在后台，千岁拿出200块给尔萌，尔萌没有接："我就当来参与积累舞台经验啦，苏梦也跟我说了，你要钱有用。"

千岁看向苏梦，她的额头上汗珠密布，正喘着气，还在用手平抚胸口。千岁心生感激："苏梦，谢谢你。"

迟到也不知道从哪儿进来的，手中捧着一大束百合，嘴角能咧到耳后根去了："梦梦，你跳得真是太好了，这花送给你，祝贺你参赛成功。"话毕还乐滋滋地问道，"喜欢吗？"

应苏梦一个响亮的喷嚏打出来，回他："不喜欢。"

后来迟到非要请吃火锅，千岁、尔萌都去了，还有寒江。

吃完饭回家的路上静悄悄，千岁在江边走着，寒江就在前头。

这厮应该不清楚她参赛的真正目的，苏梦是谁都不会说的，哪怕是相识多年的迟到。但现在看这人寡言少语的样子，该不会在琢磨着什么坏心思吧？想到这里，千岁步子一迈，与他并肩。

"你该不会是想告诉我妈吧？"

"什么？"寒江疑惑。

千岁说："我来参加比赛的事情。"

寒江算是看明白她了，嗓门有些大："在你河千岁的眼中，我就是那样的人吗？！"

"你喊什么呀！"千岁给吓了一跳，莫名其妙生什么气。

寒江不语，就瞪她，连迟到都能知道的事情他现在反倒不能知道了。

千岁有些心虚，是自己心眼小了，寒江他从来都不是多话的人，她只是有些担心。因为有了歉意，目光只好在别处流连，也不敢看眼前人。

寒江轻哼一声，不想争辩，继续在前头走着，走几步又回头望。

他说："不想让我多话也行，给我买碗小面吃。"

千岁："……"

Chapter 6
我愿意她倒是应承啊

千岁想低调、隐藏身份参加大学城比赛的事情已经不现实了。

有人拍了短视频上传到网上,在 C 市的几所学校中传得热火朝天,认识千岁的都知道是她,包括周周老师。

周周老师后来倒是没说什么,就叮嘱加紧练习,千岁弱弱地问了句:"能不跟我妈妈说吗?"

周周老师了然一笑:"知道了。"

但是这口气没松多久,反而因为突如其来的一件事情加速发酵。有一家演艺公司看到了视频,觉得三人很有明星潜质,后来又在网上看到真人照片,很是欣赏。演艺公司的经理先联系到了林老师,林老师把这个消息带给千岁三人的时候,就被办公室里其他几个同学听见了。

一时间,Hey 组合三人要当明星的消息一下子就传开了。

因为三人都没有成年,又是学生私事,林老师建议演艺公司与三人家长进行商议。林老师想要通知家长的时候,千岁急忙阻拦:"林老师,我对当明星不感兴趣,您别给我妈妈打电话了。"

一旁应苏梦也说:"我也不太感兴趣。"

林老师看向尔萌,尔萌闪着大眼,举手:"老师老师,我感兴趣。"

尔萌是真的感兴趣,还为此兴奋了很长时间,三人在教室私聊的时候,好多来自隔壁班的同学,尤其是男生们,都站在教室走道往里头看。

三人都把课本竖起来挡住脸，尔萌咬唇笑："千岁，我可是体会到你当时被人围观的心情了。"

应苏梦说："你不是要当明星吗？到时候成千上万双眼睛盯着你。"

"那我也不怕，再说了，现在八字还没一撇，我得先去公司面试呢，约的星期天我妈妈带我去。"

"你真的考虑好了吗？我觉得现在还是学习最重要。"千岁的话，应苏梦也点头赞同。

"可是我真的喜欢啊，我就是想试试，我妈把我爸都给说服了。"

尔萌既已决定，千岁与应苏梦就只管支持，不再说什么。班里走得近的几个同学还拿着作业本过来让她们签名，闹着说以后成大明星，再签就没机会了。

迟到也在倒饬一些签字本什么的，寒江在一旁说："别浪费时间了，应苏梦是不会去的。"

"说的好像你很了解一样，这个世界上除了我，再也没有人懂得她了。"

迟到不信，拿起本子过去，没一分钟，人回来了。

他往桌子上一卧，滚来滚去："心伤……她真的不去，我还想毕业了做她经纪人呢。"

寒江瞥他一眼，用笔指了指他乱七八糟的桌面："治疗心伤的最好办法就是干活儿，把你这堆垃圾收拾一下。"

迟到夺过笔凑上脑袋，挤眉弄眼："你就不好奇河千岁去不去？"

"我为什么要好奇她？"

"少来了，我还不知道你？"迟到坏笑。

"我不用好奇她。"

她更不可能去的。

尔萌拿到演艺公司的入选通知，请千岁和应苏梦出去吃了一顿，后来走了程序，正式与公司签约做了练习生，又请她们俩吃了一顿。

日子一天天地过，时间长了，千岁也没再受大学城比赛的困扰。

只不过宋白的生日越来越近，她有些着急。那日放学回家，老五又端着便餐盒在门口等着她，一看到人影就招手："快快快，抄手，热乎着呢。"

千岁例行扭捏一番："妈不让我吃东西……"

"行啦，她又看不见，你再不吃抄手都该生气了。"

老五陪她坐在家门口吃完东西，起身的时候一个趔趄险些摔倒，千岁赶忙扶住，瞧着他的脸色异样苍白。

"叔叔你不舒服吗？"

老五站定，随后笑着摆手："老毛病，没事的。"

千岁扶着老五回家，当时子君外出，寒江在学校打篮球也没回来，千岁根据老五的指示找出药来，吃了药之后就让他半躺在沙发上休息。

千岁知道老五心脏不太好，几年前刚做过支架手术，所以她没敢先离去，坐在一旁等着子君或是寒江回来。中途老五接了一个电话，好似明天要给哪个朋友送什么文件。

因为明天是周六，地点是景区她又熟悉，就说替他送。

老五不想让她跑："我让寒江送就行了。"

"没事的，叔叔。"千岁抿嘴浅笑，"您平时对我那么好，这是应该的。"

一听千岁这么说，老五内心忧喜参半，当年襁褓中的孩子已是亭亭玉立，他比谁都要关切，天天操心着，生怕这孩子受委屈。如今千岁不仅成人还成才，老五由衷欣慰，但又惋惜，这么好的孩子，父亲却没有看见。

想到这里，老五叹口气："千岁，你受苦了。"

老五这样说，千岁多少是有点懂的，她只是笑了笑没有说话，老五也不想气氛变得不自然，就开玩笑道："没事，等你将来成家了，我给女婿好好说道说道。"他一拍大腿，很是风趣，"我就说，我家千岁从小都是活在我们手掌心的,你敢让她不幸福,娘家坚决不让!你必须好好疼她!一定让他把你没享受到的幸福都补偿给你。"

老五就这样笑着说着,千岁也随之沉浸在遐想中。

良久,老五喘气间隙,她说:"我没有享受不到的幸福,别人有的我都有。"

千岁鼻尖酸涩:"叔叔,谢谢您。"

第二天一大早,千岁就如约去了景区送文件。老五的朋友大约四十多岁,应该是这景区的负责人,他来拿文件的时候身后跟了好几个人,都在汇报工作。

千岁本来准备走,但她听见他们在说急需几个发传单的,钱多给点都没关系,于是就鼓起勇气问那个叔叔:"我能不能去?"

因为是熟人,工作也简单,这个叔叔就给她安排了。

千岁在景区待了一天,就在游客咨询台附近发新启动的游乐项目单子,腿站酸了就蹲在花坛边休息,中午随便吃了点面包。结束的时候一个小姐姐过来跟她说可以去财务室领钱。

小姐姐多问了一句:"明天你有事吗?"没等千岁回,她就说道,"明天你要是还能来,就明晚再结算费用。"

千岁心中一喜:"我能来我能来。"

千岁跟这小姐姐又聊了一会儿,周日两人还一起发了半天单子,算交了朋友。千岁后来拿了400块钱,单独请小姐姐吃了些小吃。

晚上临睡前泡脚的时候千岁还在一张张数着钱,仔仔细细夹在钱包里。现在她已经有900块钱了,再把自己存的零零碎碎加起来,应该快够了。后来又想到了什么,她顾自说了一句:"嗯,明天问一下。"

早上开门就碰到寒江,千岁也没说声早,直接问:"你有TP运动的会员卡吗？"

寒江点头："有，怎么了？"

"你借我用一下吧。"千岁说。

"你要那个干什么？"寒江还在问。

千岁瞥他："你借还是不借？"

问人借东西还有你这样的态度，这丫头越来越过分了！

寒江："放学回来给你找。"

千岁书包一甩，大步朝前。寒江要不是躲一下，书包就甩到他胸口了，他本来可以更早出门的，只是一直在屋内玄关处等着某人，想问问她周末早出晚归都干什么去了，可看着前面那人爱理不理的样子，肯定问了也不说。

她现在越来越不爱同自己说些什么。

寒江一想到这里，有些气。

但更气的还在后头。

寒江在从小卖部回教室的路上，遇到了千岁和应苏梦在说话。

应苏梦问："那你后面还要去景区吗？"

千岁点头："去，费用还挺高呢，所以我得跟林老师请假，到时候就说身体不舒服。"

应苏梦面色有些犹豫，想想还是劝道："千岁，我觉得你这样不太好，你不能为了……"可是看到千岁嘘的手势，她便也不好再说什么。

应苏梦有些后悔了，她不知道这样支持千岁到底对不对。

千岁是周五那天没有来上课的，寒江晚上放学回家就一直在门口小路上等，直到天黑，路的尽头才冒出瘦小的身影，伴随着咳嗽声，寒江听出是千岁。

为了解疑，寒江翌日就去景区，想看看千岁到底在干什么。

景区内人群熙熙攘攘，寒江找不到千岁的身影，直到在一群穿着皮卡丘玩偶服发传单的人中，看到千岁拿下厚重的皮卡丘脑袋，寒江不是惊讶，简直就是惊吓。

她满头大汗，热到把单衣都脱了，用手作扇猛扇一番，又把玩偶头给套上。

寒江耐着性子看千岁发了传单，陪着游客拍照，有调皮的孩子跳起来对着皮卡丘的脑袋就是一拳，随后她又跟着大部队去搭建的舞台上蹦蹦跳跳。想是因为服装太过笨重，千岁转圈的时候差一点摔倒。

寒江再没忍下去，直接从侧面冲上舞台，将角落那只歪歪扭扭的皮卡丘给拉了下来。千岁站住脚，寒江替她将头套摘下。

千岁一看是他，刚想发火，寒江就怒嗔："你妈送你学跳舞，是让你在这儿跳的？"

千岁抹了一把汗，突然就有些发晕，她不想与他理论转身想走。寒江拉住她又问："你昨天是不是也来了？你脑子有问题吗，为了什么事情你敢逃课出来跑到这儿瞎闹？你想干什么你？"

连番发问让千岁心烦，她回头："跟你有关系吗？"

这倒把寒江噎住了。

"我……"

千岁不理他，又跑到台上去蹦跶。寒江也气，索性不管她，自己先回去了。

晚上寒江在写作业，多次冲动想要打电话告诉静姝阿姨，好好治一治她，但一想到她耷拉脑袋那受气包的样子，也就偃旗息鼓了。

老五给寒江送橙子进来，顺口问了一句："怎么我星期天都见不上千岁，是在学校练习吗？"

"不知道。"寒江语气有些硬。

老五"嘶"了一声:"我跟你说了多少次啊,这长兄如父,你……"

老五话说到一半,寒江把笔用力往书桌上一拍:"长兄如父长兄如父,我愿意她倒是应承啊,天天鼻子都要长脑袋上去了,这个爹谁爱做谁做!"

"你……"老五张大嘴巴,莫名其妙,"你小子,把炸药包吃了吗?"

子君听到声音上楼,就看见老五捂着胸口指着寒江呵斥:"小五,你迟早有一天能把你老爸气死,我就让你关照下千岁又怎么了,掉你肉还是流你血了?哎哟,气死我了,我这心……"

寒江起身,有些歉意,想去扶老五,子君上来对着寒江后背就是一阵打。

"你气的不仅是你爸,还是我老公!"

老五撇嘴,对子君点头:"嗯,就是的。"

寒江青了脸,亲爸太会演戏,他已经分不清楚到底哪次是真疼哪次是假疼。

他真的是要疯了,在那个人面前受气,回家还要受气。

千岁感冒了。

寒江在景区看到她不停地擤着鼻涕,还多次蹲在花坛边揉着太阳穴,看来身体很不舒服。他心里明明还有气,双脚却控制不住往前走去。

千岁发觉有人挡住了光线,她皱眉抬起了头,又是对门烦人的邻居。

"又干什么?"千岁有气无力。

寒江说:"跟我回去。"

"我不。"

千岁埋头,手中拿着一根树枝在地上乱画,她其实有些想回家,脑涨鼻塞的难受让她也不好工作,但又舍不得外快,所以一时有些纠结。

"我要打电话告诉你妈了。"寒江下最后通牒。

"喂。"千岁噌地起身,瞬间头晕目眩站不稳脚跟,要不是寒江拉上一把就直接倒灌木丛中去了。

两人距离只有几毫米，近到可细数弯弯睫毛。不知为何他的眸子如此深邃，千岁突然就不敢直视，继而垂眸盯着他洁白的下颚。

他的皮肤，也挺好啊，千岁咽了咽唾液："回家就回家。"

"有什么了不起"六个字就是没说出口。

千岁是坐寒江自行车回家的，他们穿过森林公园，又经过陵江。江面吹来的风有些凉，千岁一开始只是抓着寒江两边的衣角，后来冷得不行，就紧紧抱住他的腰。

"有些冷。"也不知道是解释给寒江听的，还是安慰自己用的。

寒江侧首看了看她，开口："后面别再去了，要是被静姝阿姨知道，你又得挨骂了。"末了，他又说，"你要是缺钱，我给你。"

风将他的声音带到千岁的耳中，她的心中五味杂陈。

晚上星子高挂，千岁伏在书桌前补作业，对面传来口哨声。她抬头，看见寒江卷了书，示意她靠边，随后用力一扔，书稳稳落到桌子上。

书是用带子绑起来的，千岁解开，一个牛皮纸信封夹在里头。

上面写着：不拿我就告诉你妈你去景区的事情。

千岁抽出，里面是十几张红票票。说不感动是假的，没想到关键时候是寒江帮她一把，这份小恩情，她记下了。

钱的后面还有张字条，千岁好奇打开，醒目的"借条"二字映入眼中，她扫过内容，上面写着年息按 30% 算，千岁当即气得翻白眼。

王八蛋，以为自己放高利贷的吗？

对面，寒江早已拉好窗帘，躲在后面偷笑。

他的脑海中是那人气到跳脚的模样，她生气而泛着白光的小巧鼻翼，敢怒不敢言的杏眼圆瞪，全部都是他的缱绻依恋。

第三章
喜欢你是意想不到的美好
Like she

我和世上所有尘埃一样

等候着,等候着天空青色的降临

我总在雨中想起一个人

他一步一步走向江海中央,抵达我的身畔

Chapter 1
我对你的意思你还不明白吗

千岁在商场门口好巧不巧遇见了邱诗嫒,她和班里几个女同学出来逛街,看到千岁就招呼一起。拗不过热情,千岁只能跟着大部队。

女孩子们叽叽喳喳,一逛就是好几个小时,经过 TP 运动店千岁也没敢进去,邱诗嫒将她的心不在焉看在眼里,还误以为是自己故意多次提起寒江引起了她的不悦。

其实千岁半句都没听进去,同学们还在打趣邱诗嫒和寒江。

她们离开商场的时候,千岁在广场看到了一个临时摆起来的摊子,旁边的展架上写着限时特价、心脏病的救星、国外高科技等字眼,吸引了一拨大爷大妈瞩目,千岁好奇,也就跟着挤了进去。

邱诗嫒朝她招手:"千岁,那我们先走了。"

千岁回头说了一声好,就跟着大爷大妈们看销售人员展示产品。

一直跟在邱诗嫒身旁的同学说:"我们干什么要同她一起逛街啊,好没意思。"

"别呀,大家都是同学,我跟千岁也是特别好的朋友呢。"

"诗嫒,你就是脾气好。"

邱诗嫒笑了笑,挑挑眉。

千岁此时跟一群大妈大爷齐刷刷昂起头,听着一个大叔扯着嗓门在介绍磁铁手链,说戴在手上或是挂在胸口不仅预防高血压还能治疗心脏病,原价 1888 元,现在只要 999 元。一开始千岁没有全信,就问身旁一个大妈是不是真的。

大妈举起那根粗壮的胳膊就说:"是真的呀,自从我戴了手链再也不用吃药了,我老头儿心脏病多年了,吃了多少药都没用啊,现在就指望这个喽。"说完嗖地掏出一沓钱,"给我来两个!两个!"

大叔又继续喊:"我们活动只有这一天啊,明天就要恢复原价了,好不好用了才知道……"

千岁看着身旁人跟疯了一样塞钱抢产品,一时激愤,也没有考虑自己到商场究竟是干什么来的,就鬼使神差地从钱包里掏出钱,抢到了那价值 999 元的磁铁手链。回家的路上,她都没有想起有什么不对劲。

待她看到在家门口停车的静姝,一个激灵,当下就把买的东西塞书包里去。之前静姝回来几次,都是待两三天就走了,这次回来能在家多待一段时间。这些信息都是在老五家吃饭,大人们之间聊起的。

吃饭时,静姝似无意问了一句,是问寒江的:"最近你们在学校怎么样,千岁表现还可以吧?"

千岁本在埋头吃饭,闻言抬眸,眼神直杀对面的那个人。

寒江不动声色,回望,意为:怎么样,平时还横吗?

千岁盯着他:你敢多说一句,我让你横着。

寒江放下筷子,露出标准的假笑:"挺好的,学校也没什么事,就是作业有点多。千岁她每天都在我们家练习到很晚。"

老五只管附和:"对呀,千岁刻苦着呢。"

他们的话让静姝比较欣慰,晚上回家的时候从钱包里掏了些钱给千岁:"请你要好的同学吃点好吃的,剩下的就当零花钱。"

"谢谢妈。"

静姝拍拍她的脑袋:"你只要好好跳舞,不辜负妈妈的期望就好了。"

"嗯。"千岁垂眸。

千岁在老五早上晨练的时候把东西给了出去，老五感动得泪眼婆婆："多少钱哪，我这闺女……哎呀孝顺啊。比家里那只狗崽子好呀。"

给老五买东西是意料之外的，但静姝给的钱立即又填补了缺钱的困扰。千岁担心再出其他状况，就把那套护膝给买上了，好好藏在了床底，夜深的时候再爬起来动手做包装。

她还写了一封信，一封表明心迹的信。

全部小心翼翼地放在书包里。

宋白的生日班上也只有和他要好的几个同学知道，千岁看见他将礼物放在桌膛里，突然宋白抬头往她这个方向看来，吓得她赶紧转回头。

千岁抓紧书包，心脏疾速跳动。这一天，该是很难熬了。

她的心情，就跟窗外一直狂风大作却不见雨点的天气一般。她一直在找合适的时机，因为有些紧张，她频繁出去接水喝缓解情绪。

邱诗媛在帮英语课代表发作业本的时候，在千岁的位置上停留了一会儿。

书包里露出一截粉色信封，上面清晰地写着"宋白"二字。

好不容易挨到放学，宋白去老师办公室送练习册还没回来，趁着班里没几人，千岁走到宋白书桌旁，一鼓作气地从书包里掏出护膝和信塞进去，再假装要走的样子。

"你干什么？"身后响起声音，把千岁的冷汗都吓出来了。

千岁回头一看是寒江。

她结结巴巴："你你……你又干什么？"

寒江进教室，回到自己桌位："我忘拿练习本了。"

"我给班长还练习本。"千岁脱口而出，为了脱身她又道，"我要去舞蹈室了，周周老师今天叫我过去。"

"马上下雨了还练习？"

寒江在问，千岁也不回答，紧了紧书包带子，转身就跑了。寒江离去前看了宋白座位一眼，想了什么却没有动，继而也离开了教室。

晚上老五和子君又弄了火锅，寒江第一次去千岁家喊人的时候，门是开着的，静姝好像在房间打电话一直没有出来，他本想坐在沙发上等一会儿，却在沙发边上看到了一套新的护膝。

他觉得很奇怪，为什么千岁家里会有这个？难不成……

寒江顿顿，想当然地想了个结果，千岁给他买的？

这个越想越有可能，她们家里又没有男性，而且这个护膝就是自己用的那个品牌，怪不得前段时间她总是问这个事情。

只是，为什么买的跟自己之前护膝同一个款式同一个颜色？

寒江把东西拿在手上反复看，自作多情地认为她要给自己惊喜，毕竟前段时间帮助过她。一想到这儿，内心噗噗冒小心心。他将东西放回原处，既然要送给自己，就等她亲自拿过来，他也压根不去想人家为什么要送。

寒江是一路蹦跳回的家，过了十几分钟再来的时候，静姝还在打电话，只不过是在客厅打的。

静姝的手上拿着一张纸，脸色很是阴沉。

看静姝挂了电话，寒江才轻声说道："阿姨，我爸让你和千岁过去吃火锅。"

"河千岁人呢？"静姝突然叫千岁的全名。

寒江这才意识到哪里不对，他解释："千岁在学校舞蹈室呢，应该快回来了，她最近很是勤奋……"

静姝当即打断："小五，你还跟阿姨撒谎吗？我刚才给周周老师打过电话，今晚根本就没有课！"

寒江愣了愣，他现在分不清静姝阿姨生气的原因究竟是什么，是千岁偷懒还是其他原因？静姝不再同寒江多言，鞋都不换就往对门走去。

寒江刚进家门，静姝越过他就大喊："哥、嫂子，你们看看河千岁干了什么事情！"

老五不明所以，接过静姝手中的纸看起来，子君也凑了上去，随即两人的脸色都变了。老五折起纸，干笑两声："青春期的孩子嘛，交个朋友很正常。"

子君说："对啊对啊。"

寒江杵在一旁，随着静姝那句"她谈恋爱啊"，瞬间蒙了，无法相信。

千岁拿钥匙开门的时候，静姝、老五一家人齐刷刷地在身后出现。老五刚上前喊了她一声，静姝就冲过来，举着那张纸问："这是什么？"

千岁看到那张再熟悉不过的信纸时，心跳陡然漏了一拍，她颤颤巍巍喊了声："妈……"

下一秒，一个响亮的耳光响起，把所有人都吓坏了，包括寒江。他本来是很气的，甚至很想让静姝阿姨质问她，可当她挨上那巴掌的时候，寒江的心，狠狠地揪了下。

寒江大步上前，将千岁搂在怀中，按住她的脑袋，用背朝着静姝。

老五也没想到静姝竟然动手打孩子，他怒喊："你干什么？就不能先问问吗？你做什么事情都毛毛躁躁，就你这样还能养孩子！"

静姝气到发抖，指着千岁："这么多年我这么辛苦都是为了谁？你就这样报答我？我培养你不是让你谈恋爱撒谎的！"

"我没有……"千岁在寒江的怀中发出微弱的哽咽。

"我真的对你太失望了！河千岁，你跟你爸爸就是一个样……"静姝说着说着就带了哭腔。

子君不停地在安抚静姝，老五只管叉腰教训静姝，他们就站在楼道里争吵，附近的邻居都闻声出来看。一向爱面子的静姝什么都不顾了，她已经控制不住自己的情绪。

千岁的左耳嗡了一会儿,才听得真切。

她咬牙,喃喃道:"说什么都是为了我……是我要的吗?"

她推开寒江,慢慢走到静姝跟前,红着眼:"总是逼我做这个逼我干那个,你什么时候问过我想不想要!"

"你想要什么我没给你!"静姝大吼,一向温顺的女儿竟开始犟嘴,她简直无法接受,紧接着又道,"别人有的什么你没有!"

"对啊,在妈妈眼中,别人有的我都有……我当你是妈妈,你当我是女儿吗?我每次生病的时候你在哪儿?我饿到胃痉挛的时候你在哪儿?我学校开了几十次的家长会你又在哪儿?你没有当我是女儿……你只当我是满足你虚荣心的工具。"

静姝听到这话哽咽不止,她指着路的那端:"既然妈妈如此不堪,你就走吧。"

子君推静姝,急急道:"你过分了啊,千岁可是你亲生女儿啊。"

"她才不是我女儿。"

千岁泪流满面,抽泣着要走,寒江拉住她:"别闹,回来。"

谁知千岁突然一把甩开他的手,哭泣着嘶喊:"你滚开!我讨厌你!我最讨厌的就是你第五寒江!"

寒江感受到她满满的恨意,对他的恨意,和他们之间从未有过的冰冷与失望。看着她毫不犹豫奔跑的背影,他无法再忍下去,他一定要问清楚。

大雨滂沱,疯狂而下。

寒江多次拦住千岁的去路。

"你凭什么这么对我?"寒江质问。

千岁的脸上也不知是雨水还是泪水,她倔强地抬头:"就凭你干的好事。"

只有他看到了自己往宋白桌里放东西。

"你什么意思?"寒江觉得可笑,"你想说是我把你跟宋白的事情告诉阿姨的吗?"

是你自己写的信!大白痴!

"我送给宋白的护膝跟你的一模一样,不是你告的状还能是谁?信是不是你也看过了?亏我还一直相信你……我辛辛苦苦攒钱送他的礼物就这样被你毁了,第五寒江,你的心可真深啊。"

"礼物……我心深?"

寒江这才全部明白,咬牙切齿道:"你拿着我给你的钱去给宋白买礼物?"

千岁不想与他再理论下去,寒江死死拉住她不让她离开半步,两人就像困兽一般,在那冰冷的大雨里对峙。

"你究竟还想怎么样?"

寒江冷了声音:"我想怎么样你不知道吗?"

说罢,他将她拉至怀中,紧紧抱住她,不让她有丝毫动弹的力气。

千岁被压制得透不过气。只听到寒江说:"河千岁,你是傻子吗?傻子都比你明白。"

"你什么意思?"

寒江抿唇,任雨水流进唇齿间,他清晰地说道:"什么意思,我对你的意思……我对你的意思,你还不明白吗?"

当应苏梦打开家门看到淋成落汤鸡的千岁时,就知道发生了不好的事情,那不好的事情一定跟宋白有关。

那一晚,千岁在应苏梦家住下,应苏梦细心照顾她,什么也没有问。

千岁给宋白写的信,其实没有那么夸张,只是静姝望女成凤,一点风吹草动都如临大敌,再加上千岁冲动之下说出的话让静姝难以接受,所以静姝表态,这个女儿爱干什么都随她去。

于是老五就想让寒江在学校劝劝，谁知他这儿子谜一般地沉默。

自那晚大雨之后，千岁只要与寒江碰面，他一定掉头就走。

千岁本来就怨寒江背叛自己，再看他这副模样更是气不打一处来。

邱诗媛邀请寒江一同去图书馆写作业的时候，寒江没说话。倒是千岁在一旁经过阴阳怪气地说了句："人家是第一名，高高在上，不是谁都有资格一起写作业的。"

这句话是冲寒江去的，邱诗媛听出意味来，想做好人："小五才不是这种人呢，对吧？"

这声"小五"喊得千岁莫名对邱诗媛起了反感，寒江收拾好书本对邱诗媛说："当然，那种忘恩负义、良心坏透的人，我没脸做。"

千岁咬牙目送两人离去，转眼又看到宋白，刚想喊他，宋白拿上书像是没看到她，也出了教室。他连招呼都没有打，是不是真的没有看到她？

寒江路走了一半停了脚步，邱诗媛问："不去图书馆了吗？"

"我没说要去图书馆。"

宋白快要走到身后，寒江说："你自己去吧。"转身几步挡住宋白去路，目光如炬，寒江语气极为冷淡，"我有话要跟你说。"

"什么事？"宋白不满。

"你的事。"

Chapter 2

那个谁，把头给我抬起来，明明可以靠颜值非要拼才华

寒江放学回家，在玄关处看到千岁的鞋子歪在一旁。他弯腰给扶正摆好,这时子君从厨房出来,看到他说:"正好,吃饭吧,上楼喊一下千岁。"

"我不喊"三个字刚涌到嗓子眼,就接收到坐在沙发上看报纸的老五扫来的犀利眼神,寒江噎了下,说"好的"。

千岁已经在他们家住了有两个星期了,当时还是老五去学校门口等千岁,好一番劝说才将人拉回家来。静姝在子君的安抚下也消了气,虽说不再追究给男同学写的信,但还是对千岁的话耿耿于怀。

寒江天天被爸妈洗耳洗脑,让他私下做千岁的思想工作,去跟静姝认个错也就结了。但这件事情的肇事者,满脸无辜倔强,没事人一样在地上横叉竖叉地劈着。

"吃饭。"寒江言简意赅,连门都没靠近。

"不吃。"千岁回他。

寒江本来走了又扭过头,看她:"你自己下去说。"

千岁瞪他一眼,起身,随寒江一起下楼。

两人到客厅的时候,寒江先发现静姝也来了,本能地将千岁护在身后,生怕静姝脾气上来把人再打一顿。

这顿饭吃得有些沉闷,千岁只敢夹面前的一道菜,老五就把静姝面前的竹笋肉换过来:"来,你妈说你可爱吃这个了。"

这么好缓解气氛的话题,硬生生被静姝一句"我没说"给扼断了。

老五皱眉"啧"一声,千岁是举着筷子夹也不是落也不是。最终,千岁示弱说:"叔叔,我吃好了,吃太多发胖。"

老五嗔静姝:"你连孩子都不如吗?"

"说什么呢?"子君指着桌上几道菜,替静姝辩解,"这都是我和静姝去超市买的,都是静姝付的钱。"

子君放下碗筷:"都说父子没有隔夜仇,母女更是心连心,我们大家今天就把话都放到台面上来说,哪有母亲不心疼自己孩子的,千岁啊,你就跟妈妈认个错吧。"

千岁就坐在寒江旁边,她紧紧抓住衣角,有些踌躇。也许是内心挣扎有了结果,她抬起双眸缓缓道:"对不起,妈妈。"

她还是妥协了。

寒江以为,她会固执得如同千山万水,任何人都无法逾越。

可是她就是清晰地、直白地认输了,浑身隐散的痛,只有寒江感受得到。她不是为了自己而选择这样做,她一定是有原因的,只是寒江不愿自己想到那个人的名字。

千岁与静姝,算是就此和解了。

寒江在房间做作业,门特意没有关,听着她收拾东西的动静和老五、子君对她的叮咛,随着一声声的"嗯""好",直到楼下房门关上,寒江放下了笔,作业本上只字未写。

寒江开了窗户,微风中带着青草与泥土的味道,梅雨季节已提前来临,他的心也随之阴柔缱绻。也许是被千岁的倔强倨傲给传染,在楼下散步的时候,他见到出门扔垃圾的静姝,喊了一声:"阿姨。"

静姝应了寒江,面有微笑。

他捏捏手,声音如同耳畔的风一样,轻柔而又坚定。

"千岁,从来都比任何人要努力。她不知道您替她选的人生方向是不是对的,只知道活成别人眼中的样子就是对的。但那不是她,等她看清自己的时候,那一天便谁也劝阻不了。"

静姝不语,待她回神,雨又下了起来。

千岁月考成绩比上一次又提高二十多名,林老师特地在班会上进行表扬。迟到趴在桌上上坏笑,寒江看他,小声说道:"你笑什么?"

"跟宋白学习的人就是不一样,再看看我。"迟到把试卷铺开,满目的红色叉叉,"我跟你学了这么久,什么结果?"

"你学个屁。"寒江都忍不住骂脏话。

林老师在讲台上拍了两下黑板擦,指着迟到的方向:"哎,要不你俩上来讲好了。"

迟到缩头,双手做出请的姿势:"不不,您讲您讲。"

"我感觉你想讲啊。"林老师故意逗弄他。

"我不想讲。"

"那你下课到我办公室来一趟。"

迟到噌地站起来:"老师,我突然想讲了。"

他绕开桌子小跑到讲台前,装模作样咳嗽了一声:"都听讲啊,我要说一下大家近来的表现。"

尔萌示意千岁看他,千岁还奇怪怎么今天林老师任迟到胡闹,尔萌紧接着就说:"林老师昨天喜获小公主一枚,二胎哦。"

"首先呢,此次大家总体成绩还是不错的,但是有些同学我想在此提一下,啊。"迟到将老师们习惯性的语气词"啊",着重点了一下。

"那个尔萌啊。"迟到突然点她,尔萌咻地直起身似要爹毛。

"你不要以为拍了几张海报有两个粉丝就不好好学习了,你代言的那个棉毛衣啊我乡下二姨妈的婆婆都说差劲得很……"

班上哄堂大笑,尔萌要拔刀:"我去……"

这个毒舌又出动了,千岁稍微低下头生怕他找上自己。

果不其然,第二个就是她。

迟到指指点点:"那个谁,把头给我抬起来,明明可以靠颜值非要拼才华,你天天跟着我们班长,难怪人家现在得不了第一。"

寒江本来想使眼色警告,一听此言,就转换成看戏的心态。

千岁悄悄看向宋白,果然他脸色不太好看。这个迟到,真想上去一脚把他踹下来。

随后班上好几个同学都被点了名,直到说应苏梦。

113

迟到还立定站好，咧嘴笑得跟条温顺的小奶狗一样："在此我们要特地表扬应苏梦同学，她对自己严格自律，与同学友爱团结，积极发挥副班长的职能，带领我们1班勇攀高峰、超越梦想。正所谓泰山不是堆的，火车不是推的，我们的实力更不是吹的，相信我们在苏梦同学的带领下，携手并进，定能共创辉煌！"

迟到张开双臂："来，掌声。"

应苏梦早已羞得抬不起头，林老师看着迟到自顾自的表演，还跟下面同学挥挥手："行了注意点课堂纪律，吹口哨多不雅观……"

迟到又弯腰朝林老师谄媚一笑："老师，怎么样？"

"嗯。"林老师点头，"我刚才还一直想下周家长会用什么开场白，你既然这么有能力，就你来吧，顺便把你乡下的二姨妈也叫来。"

迟到挫败得五官都拧变形了。

"怎么又开家长会啊……"

这下大家才敛了笑容，果然开家长会比出考试分数还要恐怖。千岁也很忧愁，以往静姝不在家，她总希望妈妈来学校，现在她不出差了，人就在跟前，反而开不了口。

静姝知道学校要开家长会，还是从老五口中得知的。她问了下千岁是不是周五下午，千岁点头，又说："妈，你有事可以不去。"

静姝看着她，摇了摇头："不，我没事，我去的。"

千岁知道自己妈妈的性子，她说可以去，是代表她愿意放软身段试着跟自己共处，但不知为何，就是因为清楚地感受到此意，千岁的心才会那样不舒坦。

静姝去开家长会那天，千岁十分担心她找宋白。

但想想又不太可能，那样的场合下该没时间去找，顶多知道谁是宋白多看两眼，千岁这样想着便沉了心。

千岁不知道静姝开完家长会去而复返。

邱诗媛跑去送爸爸出校门的时候，就看见静姝在学校的传达室放了特别大的包装盒，还跟工作人员说："这是高中部林修恺老师的东西，请转交给他。"

末了，还递上一个信封。

静姝要走的时候邱诗媛远远喊了一声阿姨，她跑过去礼貌性弯腰，笑着说："阿姨好，我是千岁的好朋友，之前人太多了，没有机会跟您打招呼。"

"你就是千岁的朋友？"静姝问。

"对啊，我们是特别好的朋友。"邱诗媛说，"我们经常一起写作业，千岁这次考得特别好呢，多亏了我们班班长宋白。"

"宋白？"听到这个名字，静姝多问了一句，"他们只是朋友吗？"

"是……朋友吧。"邱诗媛露出尴尬的难色，特地强调，"虽然他们走得近，但一点都不影响成绩，真的。"

静姝沉默，然后点头，跟邱诗媛打了招呼就先离去了。

邱诗媛看了眼传达室放着的东西，转过脸，扯扯嘴角往教室走去。

尔萌第一次听到有人议论千岁是在小卖部，后来在教室跟应苏梦写作业的时候又听到几个女同学在说些什么。

"喂，能不能不要乱说？"尔萌扭头大声说。

应苏梦大概也听到了一些，委婉开口："大家都是同学，你们这样凭空猜测有伤感情，平时千岁也没得罪你们，这样说她不太好吧。"

"我们可没瞎说，是有人亲眼看见了她妈妈给老师送礼。"

"对啊，她都敢做还害怕人说吗？"

尔萌就问："行，那你说，是谁说的，名字说出来。"

"那不能随便告诉你啊。"

"我看你就是胡说八道。"

尔萌和她们争执起来,应苏梦在其中劝说一番,打了上课铃之后大家也就不再说话了。但后来尔萌又遇到她们在议论此事,这次直接演变成千岁妈妈给林老师塞钱。

当时她们在教室外面的花园小道上,尔萌走过去大声呵斥:"来学校是来嚼舌根的吗?"

走近了尔萌才发现,邱诗媛也在。她嗤笑:"哦,我说呢,以前大家都不是这个样子,真是一颗老鼠屎坏了一锅粥。"

"你说谁?"邱诗媛冷脸。

"谁问说谁。"

有女同学开口:"尔萌,我觉得你是签了演艺公司就觉得自己是明星了吧?现在说话总是高人一等的样子。"

"对啊,骄傲得不太理人。"

眼下的话题已经从千岁妈妈送礼转到尔萌做艺人这件事情上,她们这样一说,尔萌倒是发现,原来有不少人对她也有意见。

"你们要是这样想我也没有办法,我就是觉得大家同学一场,别闹得太过分。不然——"尔萌看着邱诗媛,"我骂起人来可真的高人一等。"

尔萌虽然嘴皮子也厉害,但输在人少没气势。邱诗媛被她们护住,尔萌后面没说几句就抵挡不住了。如若不是宋璐璐经过问声怎么了,可能少不了一场大动干戈的口舌之争。

宋璐璐曾在高一因千岁不上体育课的事情而与尔萌拌过嘴,后来两人不打不相识成为朋友,虽然她分到文科班去了,但两人还经常见面聊天。

尔萌刚恢复了点心情,回教室发现邱诗媛坐在她的位置上跟千岁说些什么,顿时很不爽,她过去说:"对不起,这是我的位置。"

邱诗媛没说什么,起身回了自己的座位。

Chapter 3
其实，我是因为尔萌才跟你走得近

没多久，千岁就在学校听到关于自己的谣言了。

她没有上去跟别人解释或是对峙，一方面是碍于情面，另一方面是她不确定静姝是不是真的那样做了。但她还是很在意，因为有人在宋白面前提到了此事。

当时她课间上完厕所回来，一些同学围在宋白桌前找各自出了成绩的物理卷子，不知道怎么他们就聊到了她，千岁一进教室就听见了。

有人说："班长，你不要再跟她走得近了。"

宋白没有回答。

千岁慢慢走到自己的座位。她们看到千岁后，便结束了话题。等宋白将试卷发到她的时候，千岁看到分数一百二，很是高兴，举着试卷给宋白看："我考了一百二哎。"

兴奋的千岁脸上挂着大大的笑容，宋白却像是没有听到一样，什么话都没有说，转身去发其他人的卷子。千岁的笑容渐渐变僵，她放下卷子，低头不再言语。

那几节课，千岁上得心里很不是滋味，老师找她回答问题，答出来之后老师例行夸奖，她似乎听到了底下有人发出嘘声。这让她莫名心虚，好似真的做了什么亏心事一样。

她不想让宋白因为这些无厘头的传闻误解自己。

千岁决定找宋白问问。

放学的时候，千岁故意晚走一点，看宋白开始收拾书包，她连忙把书和笔一股脑儿塞书包里跟上去。在楼梯间，千岁看没人就喊了宋白。

宋白回头，看着她没说话。

千岁上前去，直接说道："班长，你对我是不是有什么误会，关于一些传闻？"

宋白面无表情，跟以往的他完全不一样，他淡淡说道："我得赶快回家了，还有事。"

这种疏离和清冷，很不像宋白。这让千岁更能确定他一定是听了传闻才对自己这样，千岁跟上他的步伐，急忙解释："事情不是你想的那样，我妈妈她……"

"河同学。"宋白打断她，"对不起，我真的有事，先走了。"

说完，宋白根本不给千岁一点说话的机会，大步离去。那个时候教学楼下有不少学生，千岁怕引起不必要的误会，便没有再喊他。

回家的路上，千岁心烦意乱。到家门口的时候，寒江拎了袋盐恰好要开门，看到千岁脸色很不好，还想主动开口问候下，人家直接将他忽视，开门后"砰"的一声又用力甩上。

寒江转钥匙的动作僵住，拧眉道："你怎么不把门直接拆了算了。"

千岁在写作业的过程中一直侧耳听着静姝的动静。等静姝工作电话打完了之后，她放下笔，深呼吸口气，走出书房去客厅。

"妈。"千岁喊。

"嗯。"静姝坐在沙发上看着工作文件。

千岁没有去坐下，而是站到一旁轻声呢喃："那个，我想问下，你……我们林老师……"

静姝这才放下手中的东西，转头看着千岁："你在说什么？"

千岁掐着指尖，紧紧咬着下唇，沉默了几秒后继续说："妈，你是不是给过林老师什么东西？"

"东西？哦。"静姝想了下点头，"对，怎么了？"

得到确切答复之后，千岁的心瞬间沉了下去，她焦躁的情绪一下子上来了，像是质问一般跟静姝说："为什么要这样子，这样子……有考虑过我吗？"

这弄得静姝有些蒙了，她皱眉说道："什么这样子那样子？"

"你给林老师送东西为什么不跟我说一声，知不知道别人会怎么看我啊，可不可以在做之前跟我商量一下？"千岁有些委屈，在学校受的排挤让她很难受。

静姝这才反应过来千岁为什么不高兴，自从上次争吵过后她一直都是轻声细语的，不像现在这般带着微怒和不耐烦在问话。想到这些，静姝也很不开心，她起身说道："你管好自己的事情就行了。"

千岁被妈妈的话噎住了，她明白，妈妈是在提醒自己之前犯的错。

千岁根本无力辩解，静姝缓缓呼口气，似乎也在控制自己的情绪。

母女二人间一时无话，尴尬的氛围升起，静姝又坐回沙发上，装作继续看文件。

眼下情况，已不适合再多说，千岁慢慢挪步，回了书房。

重新伏在书桌前的千岁，手中紧紧握着笔，笔尖甚至有些发颤。她迟迟落不了笔，因为她的脑子一片混乱。

心中的委屈在不断蔓延，直到鼻子一酸，眼眶中落下两滴泪，千岁这才伸手擦掉，重新看起题来。

第二天在学校，应苏梦让千岁帮忙一同把练习册抱去老师办公室，办公室里十分热闹，老师们都在聊林老师家的小宝贝。林老师看到千岁的时候喊她过去，然后跟身后的人说："张老师，我给宝宝买的一套护肤品就是她妈妈帮我从美国买的。"

"哦,是吗?"张老师就说,"能把她电话给我吗?我也想给孩子买点。"

林老师摆手:"人家妈妈很忙的,什么时候再去国外也说不准,等下次她再去我帮你问问。不麻烦吧?"

最后一句是跟千岁说的,千岁当时还没反应过来,哦了声又点点头。

林老师又想到什么,随即从办公桌上的一摞书中找出一本《麦田里的守望者》,递给千岁:"这本书就送给你吧,之前请你妈妈帮我买东西挺不好意思的,她还给我整理了好多适合新生宝宝用的产品单子,我想给你妈妈多付点辛苦费她也不收,还请你回去再次替我表示感谢。"

后来千岁才知道,林老师家的宝宝皮肤容易过敏,听说国外的一个婴用品牌效果不错,才委托静姝帮忙代购。这下她心里不是滋味了,想到自己还那样去质问妈妈,满满都是懊悔。

晚上吃饭,千岁给静姝夹了一筷子菜,别扭地说了句:"妈你吃。"

静姝看看她,也给她回夹了蔬菜:"你也吃。"

千岁嘴里咀嚼着饭菜,脑中却一直在盘旋该再说些什么,直到静姝又说:"少吃主食多吃蔬菜。"她"哦"了一声,脑中组织好的对不起也没再说出口。

但是千岁决定,不可以再让别人误解自己的妈妈。尤其是宋白。

那日是周五,最后几节课不是那么繁重。

千岁终于找到机会,在自习期间,宋白出去接水,千岁悄悄拿着水杯跟了出去。

"班长。"

宋白回头,看是千岁,不语。

千岁抓紧时间,开门见山:"我希望你对我妈妈不要有误解,她没有那样……"

宋白突然打断她："我以为我该说的都说清楚了。"

"什、什么？"

宋白环顾了四周，接开水的地方远离教室，靠近楼梯处，此时也没有人。他这才说道："看来我还是要跟你亲自说个明白，河同学，我对你真的只是同学情谊，请你不要误会。"

"我、我知道。"千岁小声呢喃。

"所以，我把你给我的东西，送还至你家。"

宋白此言对千岁来说无疑是雷霆一击，她一时还沉浸在是寒江干的坏事里头，不敢相信那不是事实。再说了，她是想说下妈妈的事情啊，怎么听他的意思，好似从始至终两人对话都不在同一个频道？

还有，信，他看过了？

千岁有太多的疑问想要问他。

宋白抿抿唇，像是做了什么决定，继续说："也怪我，让你产生误会，其实，我是因为尔萌才跟你走得近。"

这下千岁彻底蒙了。

"但是你也别多想，现在我们还是要以学习为重。我把这些话明白地告诉你，是为了让你……"宋白轻叹，"让你死心。"

他的话，怎的有些矛盾？告诉她是因为尔萌，却又说不要多想。既然要以学习为重，又为何要把这个事情说出来？

千岁没有想到真相会是如此，无力地垂下手。

她没什么好问的了。

末了，宋白还叮嘱一声："也请你不要告诉尔萌，不要告诉其他人，我不想给尔萌带来不必要的麻烦。"

Chapter 4
千岁心头的小乌云就这样飘走了，现在只有寒江明亮亮的眼

寒江看着千岁紧跟宋白出去，放下笔往座椅上一靠，恰好一个纸团飞他脸上。

身旁的迟到嘿嘿两声，停止写卷子，从他手中拿过纸团，寻找来源方向。两个女同学拧眉，还戳戳某处，意思帮忙递过去。

"这些女生，整日就爱写小字条。"迟到摊手，开始耍赖，直接打开纸团，惹得那两个女同学急得打手语。

"哎，我就偏要看。"

迟到看起字条，寒江未管，又开始写起作业来。

"你看你看，关于那谁的。"

寒江甩开迟到的爪子："别动我。"

迟到直接把纸放他眼前，说道："你看呀。"

寒江这才抬眼，大致扫了一下，虽然纸上关键人物只用了一个"千"字，但明眼人都知道在说谁。写的都是关于河千岁妈妈送礼的事，还说了其他不好听的话。寒江直接将纸揉起，起身到两个女同学座位处，扔给她们。

"你们就这么闲吗？"

他响亮的声音打破自习的宁静，所有人都抬头看了过来。其中一个女同学觉得很没面子，就回了一句："跟你有关系吗？你还偷看我们东西。"

"寒江，怎么了？"应苏梦在座位上问。

迟到站起身快速走过去："没事没事。"他拉了一下寒江，"回去回去，这么多人呢。"

寒江本来不想再说什么，女同学哼了声："以为成绩好就了不起。"

"你别说。"寒江又回过身,"我还真就了不起,总比你垫底要好吧?"

寒江此言引得女同学脸颊羞红,班上也有一些看热闹的发出起哄声音。寒江向来少言少语,按迟到的话来说是情商低不会来事,今日这般高调倒是让人很新奇。

"既然知道自己成绩不好,就不要再把时间花在这些无聊的事情上。"寒江又给人一击,女同学面子挂不住了,眼泪汪汪,随即就趴桌子上哭了。

这时班上有其他同学看不过去了,说:"寒江,再怎么样你也不能这样打击女孩子啊。"

"就是啊。"

"说不定有什么误会呢。"邱诗嫒站出来说了句。

"大家别说了,寒江你回座位去吧。"应苏梦起身,从书包里掏出面纸,走到哭泣的女同学身边安慰几声。

迟到硬将寒江拉回座位,咬牙小声道:"你净给我家梦梦惹事!"说完又热情地跑到那个女孩身旁,要拿纸团,"你别哭了,我帮你递字条。"

他的手指还没碰上纸边,也没料到寒江会尾随而来,直接将那字条夺走,一个用力扔向教室角落,稳稳地落到垃圾桶里去了。

此事件看来没有消停的可能,连尔萌都抻长脖子,摆出最舒适的姿势看戏。

本来还在哭泣的女同学直接发飙了:"我要去告诉林老师!"

"你去,最好把那字条带上。"寒江抬颚示意垃圾桶。

女同学一个发狠,拿起桌子上的书就往寒江身上扔过去,吵架升级到了动手,有调皮的人想溜出去告状,被应苏梦喊住不许去。

寒江捡起掉落的书,封面都撕裂了。他嗤笑:"你不想要?"说罢又伸出手,对准角落的垃圾桶。

迟到心中顿时万马奔腾,这哥们今天真的是被踩到尾巴了。

如果不是那双手拉住他,寒江真的要把书扔垃圾桶里。

千岁制止他，面容有些倦意，她软软说了声："别闹。"

寒江看到宋白也在身后，宋白一脸不高兴："你这又是干什么？"

"有一些误会。"应苏梦先开口。

"对，误会误会。"迟到也说，然后碰了碰还坐在那儿抽泣的女同学，小声说了一句，"你不想这事闹到老师那儿吧？"

女同学支吾半天，终是妥协："我没事……是误会。"

迟到生怕寒江再来一句"谁跟你有误会"，赶紧把这语言终结者给再次拖回座位。

这一幕就这样落下了。

尔萌一见千岁回来，立刻凑过去将刚才的事情花式讲述一遍，还笑道："你这邻居脾气不太好啊。"

千岁正视她，尔萌笑得灿烂，单纯且天真。哪怕心中有太多话想问她，可看着这张脸，她什么都说不出来。

"你怎么了？"尔萌问她。

"没什么。"

尔萌继续写作业，又想起周末要练习，她说："周六来公司吧，陪我一起。"

千岁迟迟没有应答，尔萌又撞了她一下，这才"嗯"了一声。

放学回家的路上，千岁与寒江并肩走着。

千岁还在想着宋白的话，原来那封信是他送回去的，甚至愿意同她接触也是因为尔萌，想到这儿她有些难受。再看看身旁的倒霉少年，为此还莫名背了锅，心底更是一阵喟叹。

寒江虽然直视前方，但是余光不知扫了千岁多少次，她默不吭声地踢着小石子在走路，似乎想要把小石子给踢回家去。

很明显，她又有心事。

一闪一闪亮晶晶,满眼都是喜欢的她

◀《我所喜欢的她》随书附赠

于是，寒江主动搭话："要期末考了，复习有什么问题吗？"

"没有。"她无精打采地回答。

"数学卷子都写完了？"

"嗯。"

再次敷衍回答。

寒江眯眼，他又问："你是傻子吗？"

"嗯。"

千岁想也没想就这样说了，等反应过来的时候，嘶了声，一巴掌拍到他肩上，喊着："你才是傻子！"

寒江笑了，伸手给她拿下书包："我给你拿。"

千岁怀疑地看着他："这么好心，有什么企图？"话是这么说，还是让他拿了。

"能有什么企图，不过是……"寒江坏坏地笑，将她的书包举起，作势就要扔出去。

"你敢扔！"千岁带着微怒，追着寒江就要开打。

寒江腿长跑得快，哪会那么容易让她追上，两人边跑边闹，千岁心头的小乌云就这样飘走了，现在只有寒江明亮亮的眼。

她追得累了，笑了。

"寒江，以后别跟女生闹别扭，不好。"

两人离得远，千岁还在喘气。

寒江冲她招招手，将书包往后一甩："知道了。"

两人再次并肩走着，落日的余晖将他们的影子拉得好长好长。

周六，千岁去了尔萌的公司，她坐在练功房外时，有个男性工作人员喊她："嗨，那个姑娘，来帮个忙吧。"

喊她帮忙的是公司摄像人员，公司要求拍摄记录练习生的练习素材，因为人手不够，摄像师需要一个助理。

"我不会啊。"千岁摆手。

"没事，我调好，你就帮我拍些照片，这些按钮的功能是……"摄影师开始给她快速普及一些基本技能。

那一天千岁就一直在帮忙，拍照片、看摄影机、搬脚架。中午，摄影师还请她在公司楼下吃了午饭，两人聊天时了解了彼此一些事情，千岁喊他林哥。

林哥是家里的独子，大学毕业后本想读研，但家庭条件不是那么好，所以他选择了参加工作。前几年他一直坚持在拍自然动物类的纪录片，所有经费都是靠自己，后来妈妈生病，他只能暂停自己想做的，开始接各式各样的活儿，最后被迫屈服在生存的脚跟下。

按他的话说，当时三天三夜不睡觉在北方拍雪豹都精神抖擞，现在拍小姑娘跳舞一分钟他就打瞌睡。

"所以你啊，一定要好好学习，要考上自己喜欢的大学，坚持做自己喜欢的事，不要像我，三十岁回头看，全是惋惜和遗憾。"

千岁在林哥说话的全程都仔细盯着他的眼睛，那些情绪忽闪忽若，但是，似乎他自己都没有发现，眼底有一束光，还在颤动、发亮。

周末，千岁又跑去尔萌公司，她还自愿给林哥打下手，除了得到一份午饭，还有林哥以前一腔热血的梦想小故事。她觉得拍摄很有意思，闲了就拿着那些机器在捣鼓。

林哥觉得这个小妹妹不错，还把自己的相机借给她玩。

后来千岁把相机带到了学校去，尔萌坐在长椅那儿吃着薯片，看着千岁还在摆弄，吧嗒吧嗒地说着："差不多行了啊，你是要做舞蹈家又不是摄影师。"

应苏梦在一旁说："她喜欢就让她玩吧。"

三人在那儿聊了会儿天,快到上课的时候,宋白经过,尔萌先看到他,还乐呵呵招了手:"班长好!"

应苏梦也点了头,却不想千岁背过身去,佯装在调整相机。

宋白本想走近说话,看到千岁的动作他便没有动,远远对着尔萌说了句:"别又被主任逮着你吃东西了。"说完就绕道走了。

其中微妙,应苏梦感觉到了。

她看千岁低着头,脸上无任何表情,于是试探性问了声:"怎么了?"

"嗯?"千岁这才抬头,回看应苏梦,想说却又不知该怎么说。她只能淡淡回一句,"没事。"

也许是心乱,也许是紧张,她在说的时候不小心按了一下快门。

后来导照片的时候,她才看到,那是一张未对上焦拍虚了的背景。

宋白离去的背景。

他们之间就这样,再也没有说上话,连点头交流都不再有。千岁觉得自己应当是要难过的,或者是内心深处还有一丝不甘在抵抗着,但是没有。她对宋白,也许在他说出信与礼物是他亲手交到静姝那儿去的时候,她就不再心存幻想了。

在这样的心境下,千岁结束了高二的生活。

暑假的时候,老五说十五号去家里吃饭。

静姝在前一天收到了包裹,是两个一模一样的手机。静姝递给千岁一个,说:"拿着查查学习资料什么的,我看你的旧手机好久不用了。"

千岁接过,静姝又说:"小五也应该会喜欢吧,我实在想不出该给他买什么成年礼物。"

"寒江?"千岁疑问。

"对啊,明天不是他十八岁生日吗?"

生日啊，十八岁了。

千岁翻看着新手机心想，那明天，空手去他家吃饭？

于是寒江过生日那天晚上，静姝拿着精心包装的手机，千岁拎着一个黑色塑料袋进了他家。老五招呼着上座，桌子上摆了一个大大的蛋糕，子君还在厨房炒最后两道菜。

寒江接过静姝的礼物，拆开发现是手机，刚说了声谢谢，老五就道："你怎么买那么贵重的礼物啊，买个本子笔什么的就行了，这不破费吗？"

"小五成年了，总觉得该送点正式的礼物，但我又不了解男孩子心思，就想着给买个新手机。"静姝又说，"不贵重的，我给千岁也买了一个。"

老五笑着，还开了瓶红酒："静姝，今天能喝一杯吧？"

话说着，子君把酒杯拿过来了，又拿了瓶果汁递给千岁："千岁你和小五喝这个。"

"喝什么果汁啊，成年了喝点酒。"

子君嗔一声："他还是孩子喝什么酒。"

"你可别惯了，成年了就是男人了，酒都不能喝还是男人吗？"

寒江："……"

千岁的余光还在盯着脚跟前的塑料袋，又听到寒江说："我不喝酒。"

"那千岁喝一杯？"老五笑嘻嘻把话题引到她这儿。

"我看你又皮痒了。"子君要去厨房，静姝起身要帮忙，她制止，"你坐这儿看着，别让你哥乱来。"

"开玩笑的嘛。我怎么可能让千岁喝呢。呵呵，喝果汁喝果汁。"老五说着，也感觉到千岁在盯着脚下，又问，"塑料袋里什么啊？"

"哦，那个。"千岁不好意思了，其实她在进门前就后悔了，她真不应该把这东西拎进来，怎么就没想到也包装一下呢？

寒江转眼看她。千岁感受到众人目光齐聚在自己身上，浑身开始起鸡皮疙瘩。

她万分艰难地吐出:"礼物。"

寒江双眸有微光闪烁,千岁扭扭捏捏倒是让老五很是好奇,他把子君招呼回来,说千岁也买礼物了。

这下真是太尴尬了,一群人等着她把塑料袋提起来。

黑色的塑料袋,皱皱巴巴,千岁掏出里面厚厚一摞本子递给寒江,清了下嗓子认真说道:"祝你生日快乐!这是我一早去商贸城给你批发的作业本,每种颜色都有,全是少女小樱哦。"随后眨眨眼,佯装手中有个魔法棒一挥,"隐藏着黑暗力量的钥匙啊,在我面前显示你真正的力量,现在以你的主人小樱之名,祝你——生日快乐!"

众人一脸疑惑。

寒江的表情,有点,艰涩难懂。

他肯定喜欢小樱,因为像她啊。

千岁还特地翻开一些,说:"这个纸张特别好喔,你看这个颜色,淡淡的绿又有点米黄,是护眼的,这样你写作业写到天亮眼睛都不会难受。"说完在塑料袋里哗啦啦翻,拿出一大把碳素笔,举到他眼前,"看,专门给你配的。"

寒江还是如上表情。

千岁眨巴眨巴眼睛,心中想着,是本子不好还是她说的话不好?

老五咳嗽下,打破沉静:"这礼物,特、特殊啊,好、好得很。"

寒江盯着千岁看,终是回了一句:"谢谢你啊。"

"不客气。"

千岁很自然地以为寒江喜欢,还补充一句:"笔都是免费送的,你要想要别的颜色还可以去换。"

"嗯。"寒江的声音像是从鼻腔哼出来的。

子君此时说道:"那就吃饭吧,我去把汤盛来。"

"来来来，动筷子。"老五挥手。

吃饭间隙，静姝小声问了句："我给你的零花钱不够吗？"

千岁开心地啃着鸡爪，点头，含混不清地说"够啊"。静姝轻叹："吃饭吧。"

再看向埋头吃饭的寒江，千岁说："麻烦你给我切点蛋糕。"座位离得远够不上。

寿星冷冷地回了句："自己弄。"

这个人，怎么收了人礼物还那么横啊？

真是越长大越乖张。

Chapter 5
他操碎了的心揉吧揉吧又上线了

临开学的时候，千岁拿着林哥的相机在家附近拍了些照片。巷子里最近不知从哪儿跑来两只野猫，挨家串门，寻点儿吃的后就蹲在墙头阴凉的地方卧着。

千岁本来没有想把家门口巷子拍一拍的，之所以开始拍，是因为前几天她回家听到老五在巷子里跟邻居们说这片住宅区要被征迁。

千岁就站在一旁听着，好似是一位叔叔在政府部门上班，听到 C 市未来五年规划中，他们这片老城区要规划到公共服务设施建设当中。

"那我们住哪儿啊？"千岁问了一句。

老五笑着说："八字没一撇呢，就算要拆迁，那也得要几年。"

这个消息不管真实与否，都在千岁心中激起一些波澜，有好几晚她都没有睡好。她从来没有想过家会有拆迁的时候，原以为它会陪伴自己走过这冗长一生。

但想想，她都不知道自己怎么过一生，又怎能预料到房子可以陪她呢？

这心，莫名地不安起来。

千岁在拍那两只猫的时候，其中一只调皮，它顺着墙角和树干，噌噌跑到寒江家顶楼去了。寒江此时打开大门，恰好与千岁对上视线。

千岁先笑了一下，还指指爬上屋顶在喵喵叫的猫咪。

不知道她究竟是怎么想的。自从那次大雨之后，寒江每每面对她都不太敢主动对视，因为他打破了维持两人之间友谊的天平，还在这错误的时间中妄想得到些什么。

直到看到那句话，寒江明白了。

那天他把千岁送的生日礼物——一摞作业本扔在书桌上的时候，掉出了一张卡片。淡蓝色的硬纸片，黑色的字迹：对不起，谢谢你。

没有什么比这句话更能抚慰寒江的内心了，她如此傲娇的一个人，竟也在照顾他的感受，如果认真算起来，还是他将两人推入现下的处境当中。

但他从来没想过要让千岁难办，所以，他应当遵循事态的正确发展。

专心学习，考个好大学，守在她身边，闭口不提。

寒江也抬头看那只猫，拧眉："不会摔下来吧。"

"怎么可能，它可比你矫健多了。"

还是那个千岁。寒江幽幽看她一眼，又道："你这些天又去哪儿了？昨天阿姨还问我，你是不是去找应苏梦写作业了。"

"啊……"千岁有些紧张，"那你说什么？"

寒江答："我还能说什么，你肯定说去找同学写作业了，我就说是的。"

千岁抿嘴，点点头。

"你到底干什么去了?"

寒江提问,千岁也无法对他隐瞒,以后还要靠他打掩护呢,哪怕到目前为止,静姝还是对她心有提防。

千岁靠近他,确保身边没人这才道:"我认识的一个朋友,他是个摄影师,这些天他接了一些活动拍摄,我去帮忙去了。"

寒江的眉要拧到头顶去了。

"嘶,你这丫头……你又在哪儿认识的人,现在外面多乱,你就这样随便跟陌生人出去吗?"

他操碎了的心揉吧揉吧又上线了。

"林哥不是陌生的人,他是尔萌经纪公司的摄像,他是一个正直的人。"

寒江像是听到了什么笑话一样:"男的吧?我告诉你,是个男的都不正直。"

千岁:"……"

跟他说也说不明白,千岁收好相机,转身要回家。

"干什么去?"寒江还以为她要去哪儿。

"把这个放回去,再去楼上练功。"

千岁示意寒江家楼上,寒江这才放心,说了句"我去找迟到打球了",末了又加一句:"你注意劳逸结合。"

"知道了。"

那个唠唠叨叨的人又回来了。

这个让人不省心的丫头也开始了。

千岁担心频繁出门会引起静姝怀疑,多次给应苏梦或是尔萌打电话,让她们来一趟,佯装在门口等着,千岁再背着书包跟出去。

中间有过一次,静姝问寒江:"千岁经常到那女同学家写作业吗?"

"对。"寒江说的也是实话。

可能是因为回答得毫不犹豫，静妹是半信半疑的。寒江心里也知道，自从上次事件之后，也许静妹阿姨对自己已经不太信任了。

应苏梦还说："要是被你妈发现怎么办啊？"

"没事的，林哥就是假期接的活儿多，需要个助理。我学习的时候，他是不会找我的。"

"这样啊。"应苏梦还是有些担心，"你是不是又缺钱？"

"这次真不是。我只是，单纯喜欢这个工作。"

跟着林哥拍摄的时候，千岁从没有那样兴奋过，她不停地在探索和学习这门技术，本是枯燥乏味且要扛机器的体力活，她干得比谁都起劲。林哥也说，很少见女孩子能这般坚持的。

但是千岁自己却是明白的，她心中有郁结，需要时间和事物来疏解。

这天跟林哥外出拍摄，三十多摄氏度的高温下，千岁在盯着机器屏幕，一个看似也是参加活动的大叔跟她搭讪，他穿着休闲装，头上戴着棒球帽，看起来四十多岁，温文尔雅。

他可能是出于好奇，问："你还在上学吧？"

千岁怕给林哥带来麻烦，即便她也快成年了。她就敷衍地"嗯"了一声。

"你看起来很小啊。"

隔壁大叔还在问话，千岁不语，对着机器摸摸这儿摸摸那儿，假装很忙。

"这么小就工作了，很辛苦吧？"

千岁心想，这个大叔还准备聊起来了。刚想怎么摆脱他就感觉头上压了个东西，千岁抬头，大叔把棒球帽戴在了她的头上，微微一笑："你真厉害，既然还要工作，可别晒着了。"

就是这句话，让千岁纷乱的心沉静下来。那种清凉，从心底溢出，惬意得不可言喻。

千岁觉得，这是一种新的生活方式，她需要。

这种需要打破了即将到来的，让人恐慌的高三生涯。

升了高三的千岁，似乎一点也不为学习着急。

她在书桌的抽屉中悄悄看着一本关于摄像入门的工具书，身旁的尔萌睡得昏天黑地。直到尔萌被打铃声吵醒，她扒拉下脑门上乱七八糟的东西"哎呀"一声："怎么还有这么多试卷要做啊？"

各科课代表看尔萌在睡觉，索性将长长的试卷盖在她脑袋上，谁知越摞越高整个儿将她埋了进去。

尔萌长叹："你怎么也不帮我收拾一下。"看千岁没回答，这才发现她还沉浸在书本当中，她的桌子上也是一片杂乱。

尔萌一边帮她收拾一边说道："你别看啦，上课了。"

"嗯嗯。"千岁将书推进抽屉里。

这节是林老师的物理课，刚说没几句就开始找人上黑板做题了，看来是要检测昨天布置的习题。

千岁低头，心想千万别叫我千万别叫我。

果不其然，林老师开口："河千岁。

"宋白。"

千岁看宋白都已经起身上黑板前，她也不能再磨叽了。

在黑板跟前，千岁拿着粉笔的手杵在上头，写了擦，擦了写。昨天新学的知识点，本该晚上温习的，她却一直在研究摄像的工具书，最后忘了时间，累了倒头就睡了。

唉，后悔。

千岁的余光看到宋白很快解完题，她本是可以偷偷瞄一下答案的，但她不愿意。宋白转身放粉笔的时候，千岁还刻意往边上挪动脚步，不想和他有任何接触。

宋白看了她一眼，放下粉笔下去了。

"还能不能写出来了？"林老师问。

"对不起老师，我不会……"千岁小声说。

"那你找个会的人上来帮你写。"

千岁放眼望去，指着尔萌就说："尔萌。"道出名字的同时，才发现尔萌冲她一个劲摆手，还唇语示意："我，不，会！"

林老师说："上来，尔萌。"

尔萌耷拉着脑袋上去了，接过千岁手中的粉笔在黑板上写了几行过程，也没结果。尔萌讪笑："林老师……"

林老师挑眉："你也不会？那你也找一个会的吧。"

尔萌继而指指："那个，副班长，应苏梦。"

尔萌和千岁就站在一旁，看着应苏梦解题，未到60秒应苏梦就写好了。林老师示意她先下去。

"你们两个，就站这儿听我再讲一遍。"

千岁和尔萌就站在黑板跟前听林老师讲了十几分钟，随后才被放回座位。如果千岁没有感觉错，宋白一直在盯着她。

下课的时候，林老师把千岁和尔萌叫办公室去了，叮嘱训诫一番，千岁算是逃过去了。林老师问尔萌："大明星，你现在退步得可越来越厉害了啊。"

"林老师，您可别埋汰我了。"尔萌挠挠头，"我现在还没有红。"

"老师才不关心你红不红，只希望你的学习不要落下，之前测试的卷子好几道大题你都没答对，你的水准可不是这样子啊。"

"谨遵您的教诲！"尔萌还敬了个礼，"下次绝对不这个样子。"

林老师笑了，边说边从抽屉里拿出个红色本本，是证书。他说："你们啊，跟应苏梦多学学，你看人家，物理竞赛，一等奖。"

尔萌接过，还夸张地"哇"了一声："苏梦现在物理这么好了？我一定要现在立刻马上告诉她这个好消息，林老师，那我先走了。"一个鞠躬就先溜了。

对面隔壁班的女老师还说:"你这学生可爱啊。"

"调皮得很。"林老师面上温和,又补充一句,"好在也懂事。"

千岁也在一旁笑,林老师看她:"千岁,你也要加油啊。"

"嗯,我会的。"

"那去吧。"

千岁没有想到宋白会找来舞蹈室,他就站在玻璃门外面,千岁无法装无视,看宋白的冷峻的神情,应该是有话要说。

宋白带她离教室远了些,这才开口:"千岁,我觉得有些事情可能有必要再跟你说一下。"

"什么事?"

宋白犹豫片刻,这才开口:"我觉得你这样子对尔萌,不是君子所为。"

千岁原本十分好奇究竟是什么事情,他竟主动找自己说话,可一听到这个原因,千岁先是有点蒙,而后更蒙。

宋白看着她认真道:"你今天喊尔萌上去做题,不是故意让她出丑吗?你们走那么近,怎么会不知道她不会做那道题?"

宋白的直白质疑,让千岁听明白了,顿时心中有一大堆话要辩解,还未组织好语言,宋白又说:"即便我……我拒绝你,你也不能这样对尔萌,我告诉你尔萌的事情,是为了让你能死心,能好好学习,你却利用这个做一些对尔萌不好的事情,枉我还信任你。"

千岁看着他,心中的千言万语终是汇成一句:"说完了吗?我要进去了。"

"你站住。"宋白拉她,"你怎么这样子?"

"对不起,我不知道我是什么样子。"千岁按捺住心中的情绪,挣脱开他的手,"班长,你不必再提醒我之前的事情了,因为,你的做法已经给了我深刻的教训。我从未想过让你回应什么,只是想告诉你我的想法,所以,哪怕知道了你内心的秘密之后,我都没有向任何人开口说过,更遑论我要对尔萌做什么。再说了,尔萌是我最好的朋友,我跟朋友之间玩闹也好,争吵也罢,都不关你的事情。"

"你们,也只是同学。"千岁还是不忍打击他,说尔萌对他毫无想法,她只能说,"所以,在合适的位置,做正确的事情,就像你说的,我们都该好好学习,不是吗?"

千岁说完离去,宋白欲言又止,随即也转身离开。

千岁回教室的时候,同学上来跟她说:"刚才有个女生找你。"

"是谁?"

"不知道,我告诉她你跟人在外面说话,她就去找你了。哦,那个女孩戴个眼镜,说话斯斯文文的。"

是应苏梦。

千岁再向外望去,没有人影。

Chapter 6
千岁很久很久没有叫他小五了

静姝要请周周老师吃饭,就定在明晚。

千岁在写作业,静姝又问了一句:"你听到了吗,你跟我一起去。"

"妈妈,我不想去。"

静姝挂了电话,接着要去忙工作,所以语气果断且不容回绝:"不行。"

她没有任何权利去做选择。

千岁知道妈妈请周周老师吃饭要说什么事情,新一届的全国舞蹈赛就快要到来,这一次,静姝要严格把关,千岁的一举一动都得在她眼皮子底下。

前几天,静姝在千岁的床头看到摄像工具书,问她这书哪儿来的。千岁心慌,先是出口说图书馆借的,随即又想到上头没有图书馆标签,又解释:"寒江借给我的,好像是他从图书馆借的还是同学那儿借的。"

这个蹩脚的谎话,不知道静姝信不信,反正千岁自己没信。

"无关你学习和舞蹈的,都不要乱看。"

下一秒静姝做了一件让千岁很心痛的事情,她直接把书给撕了,扔进了垃圾桶中。千岁双手紧紧抓住衣角,不敢喘一口气。她憋得满脸通红,静姝走后,她看向垃圾桶中那堆碎纸,瞬间红了眼睛。

没错,静姝识别了她的谎言。

这样毫不留情当面摧毁她的东西,就像活生生撕扯她的皮一样,疼。

跟周周老师吃晚饭的时候,千岁不主动说一句话,除了被问话。静姝和周周老师一直在探讨今年比赛将会遇到的竞争对手和参赛相关的话题。

"她要是不听话您只管教训。"静姝说。

"千岁还是很听话的,也很勤奋。"

静姝看一眼一直埋头在吃的千岁,皱眉说:"少吃点。"

"哦。"千岁有些不舍地放下筷子。

周周老师给她夹了片牛肉:"没事,吃点这个吧。"

"谢谢老师。"

晚饭过后,静姝说要和周周老师逛逛街,让千岁自己回家。千岁在回去的路上经过一家抄手店,咽口水咬牙经过,最后还是折回头跟老板说:"抄手二两。"

老板快速往漏斗里下了抄手,千岁就站在旁边等着,熟了之后老板拿出一次性纸碗给她盛上,千岁准备掏钱,一摸口袋,全空的,这才想起换了衣服,连手机都没带。

"哎,是你啊小姑娘,好巧。"身旁有人说话。

千岁认出,竟是之前帮林哥拍摄的活动上,给自己戴帽子遮阳的叔叔。

"您好。"

"你也吃晚饭?"

千岁"嗯"了一声,又看老板还端着碗,万分尴尬:"那个,老板,我忘记带钱了。"

身旁的大叔这才看出她的窘迫,连忙掏出钱:"没事没事,连我的一起算。"

"谢谢叔叔。"

千岁如愿端着那碗抄手,热气腾腾,香味弥漫。她见店里面坐满了人,就蹲坐在门口的台阶上,帮她付钱的叔叔也端着抄手坐在旁边。

"我能坐下吧?"叔叔蹲下来前还确认了下。

"能……"千岁被热抄手烫了嘴。

"你慢点吃。"叔叔笑了笑,也吃了起来,"哎哟,真烫。"

千岁看他烫得"嘶"了一声,笑了笑,叔叔呵呵两声,继续吃了起来。

"叔叔你电话多少,我回头把钱还给您。"

"没事,几块钱的事情。"

"我还是还给您吧。"千岁坚持。

"好,吃完我就把电话给你。"

千岁跟叔叔又闲聊一会儿,才知道这个叔叔刚从国外回来没多久。叔叔知道她在念高三时问了一句:"你这么小就开始打工了?"

"我没有在打工,我是给一个哥哥帮忙去了。"

"你喜欢拍东西吗?"

千岁咬着抄手,点点头:"喜欢。"

"喜欢是好事，难得像你这个年纪有个喜欢的东西，不容易。"

"您不觉得会影响学习吗？"

叔叔摇头，很认真地说："不会啊，学习固然重要，但兴趣才是你最好的老师，它会引导你往正确的方向前行。前提是，你必须热爱它。摄影是个有意思的行业，我支持你。"

千岁一直盯着他的脸看，仔细听这个叔叔讲话，叔叔被她盯得不好意思了，笑了笑："怎么这么看着我？"

"没有人，"千岁依然看着他，目不转睛，"没有人跟我说过这样的话。"

"没有人吗？"叔叔的双眸也随之暗淡。

"嗯。"千岁回过头，望着碗中零星几个抄手。

叔叔看她失神，本想转移话题，说："吃饱没，要不要再给你点一两？"

"不用了。我不能吃饱。"最后那句话声音很小，但是叔叔还是听见了。这一回，他没有再说什么。

随着舞蹈比赛的临近，千岁压力越来越大，因为她还要准备模拟考。那段时间，她没有再去找林哥，连尔萌都在学校安安稳稳上课备考。

每日练完舞回家，她还要写一大堆试卷试题，寒江有次半夜一点多起来上厕所，还看见千岁的书房亮着灯。透过窗帘，依稀能看见伏在桌子上奋笔疾书的人影。

他拿起手机给她发了个信息过去：这么晚你还不睡？

一会儿，千岁回：怎么了？

寒江心想，怎么了？也不看看你白天那双熊猫眼：麻烦你把灯关了，亮得我睡不安稳。

千岁：滚。

寒江：……

千岁：今天数学课第四章的概念我没听懂，你给我讲讲。

寒江：同学，请问现在几点了？

千岁：不讲算了。

随后她立刻又发一条：你看现在的时间点，像不像去年我借你的款？我如果学不好就上不了好大学，肯定也没有好工作……

寒江电话直接打了过去，千岁轻轻"喂"了一声，寒江冷冷道："把书翻开。"

后来这样事情多了，寒江白天在学校，一到课间就睡觉。迟到喊他去操场耍，寒江只无力回一句："不行，我困……"

这天放学回家，寒江戴着耳机听音乐解乏，此时天色微暗，走出学校几里路后，突然身后一个力量冲过来，猛然抓住他的胳膊。

寒江最受不了这样的惊吓，捂着胸口差点叫出声，一看是千岁，喘口粗气："你想吓死我吗？"

谁知千岁紧张兮兮，抓住他的胳膊不松。

"小……小五，有人跟着我。"

"谁跟着你？"寒江这才警觉起来，回过头看看，身后都是在走路的行人，暂时没发现谁不对劲。

"我不知道，就是感觉有人跟着我，我刚一回头，还看到一个男人的身影。"

千岁今天提前练习完，想回家写作业，她刚出校门就觉得有人盯着自己，好几次她都能感觉到，因为担心遇到变态，她就大步疾走，所幸遇到了正回家的寒江。

"别怕。"寒江再一次回头确认，安抚她，"我在呢。"

千岁不敢回头，寒江看她紧张得似乎在咬着牙，又有些想笑。他感受到胳膊被抓得有些痛，伸手拂了下。千岁以为他要挣脱开，吓得急忙松手继而抓住他的手掌。

寒江感受手心突如其来的温热，千岁的双手紧紧地握住他，毫不松懈。

他显然是没有想到，一个气血上涌，咽口水时竟被呛着了。寒江一只手被抓住，只好用另一只手捂住唇猛咳。

"怎么了？你发现谁了吗？"千岁警惕。

寒江咳得满脸通红，摆手："没……没谁。"

"那我们赶紧回家吧。"

"好……"

这一路，千岁都死死地抓住他的手。

临到家门口的时候，千岁才松口气，她看向寒江："我以前听学姐们说，学校附近小树林有变态啊，时不时跑到学校来。"

"那个变态已经被抓走了好不好。"

"万一还有呢？"

寒江看她："那你就早点回家，我不是每天都能这样在你旁边。"

"我又不怕。"千岁开始狡辩。

寒江啧啧："你看你都恨不得把牙齿咬碎。"

"喂，你胡说什么？"

寒江学她刚才的样子，抿嘴，咬牙，抓手。千岁气得直接把书包甩了过去，恰好老五打开门出来，准准地被砸中了。

"啊！"老五捂住胸口。

"爸。"

"呃，叔叔。"

老五一把抓住寒江，怒斥："你个臭小子，这是把你爸往死路上逼啊，你给我进来，看我今天让你妈打死你。"

"爸，头发，疼……"

"你也知道疼啊？"

千岁拉着寒江，还一直在道歉解释："对不起啊叔叔，刚才是我，不是小五。"

"别替他说话了，我都看到了。"

寒江就这样被老五抓着进屋，千岁担心得不行："小五你没事吧？"

那一天，老五确实是心脏不舒服了，寒江也承受了"冤屈"。

但是寒江也有个意外收获，他在睡觉前想起一件事，猛然从床上翻起。

那就是，千岁很久很久没有叫他小五了。

而今天，竟然叫了三次。

他们之间，在经历过青春的波澜之后，还有幸能回到最初的时候。

千岁去参加市赛的时候，陪同的除了周周老师、静姝，还有寒江。那天是星期五，寒江本该是要上课的，千岁问他："你怎么逃出来的？"

"我请假的好不好。"

实际是因为子君那天陪老五去医院看专家，本来老五想跟来看比赛的，现在只能委托儿子前来。寒江当时被老五扯着书包带，无奈望天："爸我得上课啊。"

"你那课少上一节半节有什么关系，见证千岁夺冠的荣耀瞬间才重要。"

她夺冠的瞬间，是荣耀，但不欣喜。

寒江在相机中看到她淡然的双眸便知道，她舍弃的是心中的光，拾起的却是他人的理想，所有人都在为她鼓掌，却从不问她想不想。

静姝跟周周老师去跟朋友们问好的时候，千岁拿着奖杯就站在角落默默等候，寒江走过去，给她递了个东西。

是一块巧克力。

千岁可能是饿了，撕开一口吃下去，还捂住嘴怕给静姝看见。

"甜吗？"寒江问。

"废话。"千岁口齿不清，"巧克力怎么会不甜。"

"巧克力有苦的。"寒江看着她,一眼望尽,"如果是苦的,又怎会甜?"

千岁咀嚼的动作变得缓慢,她听出了寒江的言外之意。在这一刻,终是有人问问她在攀往高峰的时候,累不累了。

"谢谢。"

谢谢你小五。

比赛的捷报传到学校,同学都跟千岁说恭喜。

邱诗媛也过来祝贺,因为尔萌在旁边,千岁点点头没有说什么。下课在小卖部的时候,邱诗媛也在,她还给千岁拿了一瓶饮料。

"我请你吧。"

"谢谢,我不喝饮料的。"

"那好吧,那我买给小五,他爱喝。"

千岁又看了眼饮料上的字,蜜桃口味,他何时爱喝这种小清新的饮料了?

出了小卖部,邱诗媛又问:"你是不是还要继续比赛呢?"

"嗯。"

"那我下次能不能去看?小五跟我说现场特别好看。"

千岁心想,看来寒江跟邱诗媛真的是什么都说。两人往教室走去,在路上看到宋白和应苏梦抱着作业走在一起,宋白好像说了什么笑话,引得应苏梦笑个不停。

他们两个……

邱诗媛说:"班长和副班长最近一直在一起学习,还给同学们出了如何快速记住知识点的方法呢,千岁,你进步那么快,是不是也有什么方法?"

"我哪有什么方法,都是死记硬背。"千岁在回着话,视线却不离他们。

"你就告诉我嘛,我又不告诉别人。"

千岁一下有些心烦,脱口道:"找你小五去。"

邱诗嫒"哎"了一声:"寒江。"

千岁还没完全回过头,就看到寒江的"死亡凝视",迟到还幸灾乐祸在后面笑着,千岁撂下一句:"我有事先走了!"

说完,她撒开腿就跑,还差点绊了一跤。

第四章

他的小青梅跑了

Likeshe

勇敢是耀眼的纯白自湖底生长而来
浆白冰霜、光和时间
烟火下晕开璀璨少年一生的歌谣
于是山河旺盛昼夜发光

Chapter 1
看这是什么东西，霸道总裁……你个小娃娃重口味啊

班上最近好多同学放学后都留在教室自习。窗里窗外没什么大动静，耳畔能听到的都是同学们唰唰写卷子的落笔声，抑或是喝水的声音。

千岁盯着试卷，眼睛开始发涩，身旁的尔萌伸了个懒腰，碰到了她。

"我这个老腰，哦，感觉要断了。"

千岁也放笔，起身捶捶自己的脖子，再回头看看寒江的位置，桌面空荡、整洁。尔萌也顺着她的目光四处观望，随即叹气："唉，太羡慕寒江了，成绩那么好，我们还得苦哈哈地猛刷题。"

"他回家也写作业呢。"千岁说。

寒江聪明是毋庸置疑的，但是他也很刻苦，平时除了跟迟到打篮球，他也就剩学习了。在家中很少见他看电视，更别说玩手机玩电脑了。

以前千岁的想法跟尔萌一样，觉得他是天生脑子就发育得好，可当看到他卧室书桌上摞得跟小山一般高的卷子时，便由衷地感慨，不怕别人聪明，就怕聪明的人还比你勤奋。

当时千岁和寒江一起做作业，千岁还借着吃甜瓜的空当喘两口气，偷点小懒什么的，寒江是头也不抬地在题海中刷刷刷，千岁托腮看他，说了声吃瓜啊。

然后就瞧着第五同学缓慢地朝果盘伸出手去，眼睛一刻也不离卷面，摸着摸着，千岁看他触碰到了自己的橡皮，继而瞪大眼睛看着寒江将橡皮

147

放进嘴里。

最无语的是,他还嚼了两下。

"啊你!"千岁惊了,直接扑上去扒开他的嘴,伸手就把那碎裂的橡皮抠出来。寒江被她紧紧捏着下巴,口水都没好好咽,糊了一嘴。

"你干什么啊?!"寒江怒道。

"我干什么,我救你!"千岁随后抽出一张餐巾纸,上去就给寒江擦嘴,边擦还边说,"你以为你是王羲之啊,人家喝墨水你吃橡皮擦,真是。"

寒江未动,连眼睛都忘了眨。

千岁在认真擦着,彼时好看的眉毛轻轻拧在一起,嘴巴嘟起顺道说了他几句。寒江又看了会儿,开始脸红了,感受到内心的那股热意后,当即垂下双眸。

千岁说声"好了"。

所以,认真起来连橡皮都吃的人,能成绩不好吗?

"尔萌,我们走吧。"千岁开始收拾课本。

"好,我也写不动了。"

她们要从后门走,经过宋白位置的时候,尔萌打了招呼,还未等宋白回应,抬眼一看千岁走了,她道了声拜拜就追上去。

尔萌跑至千岁身旁:"你怎么不打招呼就走啦?"

"谁?"千岁不动声色。

"宋白啊。"尔萌说,随后想想又道,"你们吵架啦?都没看你们一起做作业。"

"没有,这不备考嘛,大家都太忙了,刚才我是不想打扰他。"

对于千岁的回答,尔萌没有任何怀疑,她"哦"了一声,又说起公司练习的事情,而关于宋白,尔萌压根没有过多兴趣。

千岁低头走着,想着,尔萌"喂"了好几声,千岁抬头:"嗯?"

"我说我要考戏剧学院呢,你是不是艺考也快了?"

千岁止住脚步,静姝早已在帮她准备艺考事宜,只不过舞蹈大赛和学业考试让她忙得没空再想其他,思及此,她叹口气:"人生除了考是不是就剩考了。"

尔萌看着她问:"感觉你最近状态不太好,是有什么事情吗?"

"我就是觉得……"千岁耸肩,"有点累了。"

"所以你要区分孰轻孰重啊,你可是要上舞院的人,文化课成绩达到就可以了,咱们跟苏梦、寒江他们不一样。"尔萌挽上千岁的胳膊,笑嘻嘻晃着,"我们以后要当大明星。"

千岁忍不住笑了,心中却是一酸。

她不想当大明星,她很想跟苏梦、寒江一样。

回家的路上,千岁的步子一缓再缓,快到家门口那条巷子的时候,她无聊地四处张望着,转身的时候扫到一抹身影,他躲得极快,千岁的心"咯噔"一下。

这个身影,好像曾在学校附近见过的。

如果她想的没错,自己一定是被变态跟踪了。

千岁扭头就跑,百米冲刺到巷子里,远远地,她就看到寒江,也顾不上那么多,边奔跑边招手:"小五小五小五!"

寒江都没反应过来,千岁就狠狠撞进他怀里,说后面有人,又赶忙躲到寒江身后。寒江揉着发痛的胸口,看着空无一人的巷口。

"没有人。"

"有的,我看见了,好像是个男的。"

寒江往前走了几步,千岁抓住他,有些担忧:"小心点。"

"没事,在家门口怕什么?"

寒江一直走到巷子口,观察了好一会儿,确定没有人这才返回。寒江在小坡上走着，千岁还惊魂未定地站在坡上看着他，可能因为刚才疾速奔跑，书包的左边袋子落在了手腕上，校服的领口也坠向了一边。

"回去吧，没人。"寒江说着，帮她把书包背好，领口弄好。

千岁皱眉："真的吗？"

"真的。"

两人往家门口走去，寒江再次看看身后，说道："这几天放学你就跟我一起回来，别待在学校了。"

"我不想那么早回来。"千岁小声说。

寒江看她一眼，又是受气包的模样。他道："你回来直接上我家写作业不就行了吗？"

寒江的提议，千岁认真思考了下。

"那好吧。"

千岁开门要进去的时候，寒江又想起什么，他喊了声"喂"。

"地区赛，尽力就好，别受伤。"

千岁点头："我知道。"

寒江没再说什么，倒是关门的时候飘出一句："你知道个鬼。"

嘶，心中刚想暖一番，千岁就知道，这个人终不会说好话。她冲那扇门做了个鬼脸，却又扯起嘴角，满面欢喜。

西南赛区的决赛现场，千岁众望所归，她的分数是第一名。

静姝难得给千岁一个拥抱，拍拍她的脑袋，夸她做得好，千岁看妈妈如此开心，自己心里也很舒坦。

静姝又跟千岁说："但是不要松懈，总决赛你一定要保持这样的水准。"

"好。"千岁点头，很乖巧。

赛后，千岁在车上等静姝的时候，看到一辆黑色轿车停在路边不远处，车上下来两人，其中一人千岁认识。

她按下车窗，挥挥手："嘿，叔叔！"

那位叔叔闻言转身，看到车上的千岁后笑了笑，也挥挥手。千岁下了车小跑过去，她说道："好巧啊，叔叔你是在这儿工作吗？"

这位叔叔就是曾给她付抄手钱的人。

还未等叔叔回话，千岁就从口袋里掏出零钱。

"我之前给您发过信息，您也没回，正好我把钱还给您。"说完递上二十元。

"真不用，你还惦记着呢？"叔叔依旧温和地笑，将手中的公文包给身旁的人，那人就拿着包走远了些。

"您还是拿着吧，要不然，我总觉得怪怪的。"

千岁执意要还钱，叔叔只好收下。

"你在这儿是干什么？"叔叔问她。

千岁指指身后："我有个比赛。"

"舞蹈比赛吗？"

千岁一愣："您怎么知道？"

叔叔捏捏衣角，随意整理下，说："哦，我猜的。"说着指指她的脸，"看你好像化妆了，女孩子化妆，那应该是跳舞吧。"

千岁笑了笑，算是回答了。叔叔又问："比赛怎么样？"

"还行。"

"那就是成绩很好喽，祝贺你啊。"

"谢谢。"

"比赛应该很辛苦吧，家里大人是不是要带你去好好吃一顿？"

他们聊到这里，千岁想起静姝应该快出来了，她也没有回答叔叔的话，礼貌性地说要走了，再次道谢。

"那好，再见。"

千岁小跑回到对面，坐回车里，她看着那位叔叔远去。没一会儿静姝回来了。

看到千岁一直盯着窗外,静姝就问怎么了。

千岁回头,说:"没什么。"

"我们去跟周周老师见个面,再说下你艺考的事情。"

"好。"

第二天,千岁进教室的时候,耳边"嘭嘭"两声巨响,头顶有彩色纸花落下,迟到龇牙咧嘴地笑着,不过是冲身旁的应苏梦笑的。

"怎么样梦梦,我的力气大吧,你拧不开的。"

另一个礼炮是尔萌拧的,她被吓得不轻,捂着怦怦跳的胸口说:"我的妈呀,这个声音好大。"

千岁拿下书包,看着一帮同学都围着她:"干什么你们?"

尔萌把礼炮扔给迟到,走到前方给千岁开路:"都让让啊,冠军来了。"

千岁拿书包假意打她,这阵仗,也太夸张了。

"你给我好好的,这样一弄多丢人啊。"

有几个同学跟她说恭喜,千岁点头回谢。尔萌笑嘻嘻说道:"这礼炮可是迟到给你买的,看他平时小气吧啦,关键时候还是能顶些用。到底是冠军啊,咱们致远能出几个冠军啊,楼下那喜报做得老大了。"

尔萌张开双臂:"怎么样,全世界都在为你庆贺,开心不?"

千岁忍不住笑出声:"全世界……"

她照例看向后方,寒江坐在那儿,好似已做好要与她对视的准备,他放在试卷上的手竖了个拇指,随即转起手中的圆珠笔。

千岁含笑,挑了挑眉回敬。

寒江眯眯眼,这丫头,也太傲娇了。

应苏梦还在扫着地上的彩花,千岁跑过去帮忙,应苏梦抬头:"怎么没有休息一两天?"

"不用了，还有那么多作业呢。"

应苏梦点点头："那你可要辛苦了。"

两人快速扫好，上课铃恰好响了，宋白进教室看到应苏梦手中的扫帚和簸箕，伸手拿过。

"我自己放回去就好了。"

"没事的，我离得近，上课吧。"

千岁听到他们的对话，未回头，未言语，径直走回座位，准备上课。

很快又迎来一次月考，千岁的成绩直线上升，看到排名的时候连自己都惊到了，年级 123 名。其中物理分数最高，将近满分。千岁太激动了，这小半生都没考过这么亮堂的分数啊。

一个把控不住，她拿着成绩单跑到后面，啪地拍在桌子上。

"小五，你看。"说着，得意地指着物理分数。

寒江从作业中抬起头："我知道，我两年前考的也是这个数。"

千岁龇牙："我，你……"

我这是好消息第一时间跟你分享，你懂不懂啊笨蛋！

千岁气得直接抽走成绩单，还把他的作业本呼啦一阵乱揉。寒江只是笑了笑，待她走后抚平皱掉的纸张，身旁的迟到嘴里叼着笔套，看到寒江的表情嗤之以鼻。

迟到吐出笔套，捏着嗓子，阴阳怪气："小五，你看人家……"

话没说完，寒江噌地起身捂住迟到的嘴："我揍你信不信？"

"小五……唔唔唔。"

寒江加重手中的力道，恶狠狠地看他："你还说！"

两个大男生纠缠在一起，迟到被上方压得不堪重负，班里的同学们只听到"咣当"的巨响，齐刷刷回头，就看到迟到被寒江压在地上，桌椅倒得一片狼藉。

应苏梦本不想管,随即就听到迟到的嘶喊:"梦梦救我!快救我!我要失身了!"

同学们笑出声,应苏梦不好意思,这才红着脸去拉架。

千岁也仰着脖子看戏,尔萌沉迷于小说中头也不想抬。有几个男生拉不开,索性就去帮应苏梦扶桌椅,直到迟到告饶的声音传出:"五爷五爷,小的错了,你放开人家好不好……"

这一幕看得千岁心中莫名舒坦,这才是她喜欢的日子呀。

爱闹的同学,斑斓的青春,就该是挨不到一点多余的忧愁。

期中过后,天气越来越冷。

尔萌的公司对所有练习生进行了季度考核,尔萌一次通过,再加上期中考试成绩也不错,高兴得一顿简直能吃三碗饭。

尔萌在林老师办公室的时候还乐得不能自已,林老师拍拍桌子:"嘿,同学,嘴巴合一下。"

"好的,林老师。"尔萌换抿嘴笑。

"那老师给你说的都记住了没有?"

"记住了,少看小说多做题,不吃零食去跑步,爸爸妈妈操心你,老师的嘱咐更要听。"说完,尔萌自己都笑了。

林老师嗔她:"你还笑,这小说和零食我都没收了,好好学习,再让杨主任捉到,我可保不住你了。"

"好吧。"尔萌还在可惜没看完的小说。

看她丧气的模样,林老师笑着说:"我这儿还有一件事情,你听了可能会心情好点。"

"什么事情啊。"尔萌好奇。

"到发挥你文艺委员特长的时候了。"林老师勾勾手,示意她靠近点。

尔萌凑过去,林老师小声说了几句。她听闻,瞪大眼睛,完全不敢相信,惊讶了有三秒,立刻捂嘴大笑。

林老师做了个嘘的手势,尔萌点头如捣蒜。

"就下周六,恰好还是学生节呢,给你们释放压力。"

尔萌急着要去分享这个消息,临走前还回过脑袋,举了个"耶"的手势。

尔萌之所以到林老师这儿,是被杨主任给逮过去的。她吃零食被杨主任抓个正着,还拎出了她的小说。

"看这是什么东西,霸道总裁……你个小娃娃重口味啊?是试卷不够写还是课文背少了?啊?你给我起来,把那辣条还是什么一起拿上。"

尔萌吐吐舌头:"去哪儿?"

"自行去你班主任那儿领罚,都高三了还看这些乱七八糟的书,你看这桌子上的油点,一看就不是吃一两天了,立刻马上赶快去。"

尔萌拎上东西往外走,杨主任还吼了声:"别耍花招,两条辫子的,我可记住你了,我会跟林老师确认的。"

杨主任把尔萌骂走了之后,又在班里转了一圈。因为是课间,班里好多人都不在,剩下的那几个不是看小说就是吃东西的,之前看到杨主任进来个个火速握起笔,算尔萌倒霉,警觉性不够被抓到了。

"桌子弄得乱七八糟,也不收拾收拾。"杨主任帮着收拾了一张桌子,摆正书本。

好不容易等杨主任出教室,所有人松口气时,又听到杨主任在后门喊道:"你们几个,头发怎么回事?"

大家回头,看到杨主任逮着寒江和迟到两人。

"留这么长的头发,学校的校规有没有规定,男生头发不能留长。"

迟到抱着篮球,有点心虚:"我没留长啊。"

"还没有,脑门堆的都是什么?又学那些乱七八糟的韩流是吧,你以为你是男团呢?要出道啊?"

寒江扑哧笑出声,杨主任转脸就说:"你也是,遮住眉毛了没发现吗?

155

这多影响学习啊,第五同学,你可是优等生,要给大家做榜样知不知道?今天放学必须把头发剪掉,明天我就来检查。"

宋白从旁走过的时候,杨主任喊住他:"班长是吧,来来来,你看这头发。"然后抓住迟到的头发就做示范,"这个长度不行的呀,看到了吗,要到眉毛上头,你看,这儿这儿,耳朵。这周开班会要再强调一次。"

迟到被揪着头发,特别想翻白眼,为什么不揪寒江的,就因为自己成绩差吗?对,没错,就因为成绩差,杨主任临走还说他一句:"但凡你的成绩能跟头发一样长点儿,我都找不了你的毛病。"

杨主任走后,迟到狠狠揉揉头发:"又搞乱了我的发型!"

Chapter 2
我管你,一辈子

林老师开班会说要组织一次团体活动,他已经给学校报备过了,校领导能同意还是看到了 1 班的期中成绩,再加上几个拔尖的学生,物理化学英语艺术挨个儿拿奖状证书回来,领导一看红本本,行了去吧。

活动定在周六,尔萌进行了人员统计,本来大都能参加,临近时人数减少到了一半。在操场上,尔萌拿着单子坐在台阶边,千岁瞧她叹气便劝说:"三十多人够多的了,好多同学周六日都补课呢。"

尔萌说:"这可是班级活动啊,这辈子只有这一次,多难得啊还不珍惜,我还跟公司请假了呢。不行,我得再去动员一下。"说完拍拍屁股要回教室。

尔萌刚走,千岁就看到寒江手插口袋,两步合一步,迈着长腿上了台阶,在她面前站定后,盯着身侧的台面说道:"擦一下。"

你自己不能擦啊。

手比脑子动得快，千岁从口袋里掏出皱巴巴的餐巾纸，把旁边擦了一下，随后抬起脑袋，标准式假笑："您坐。"

寒江扬了扬眉。

坐下后，寒江双手撑在身后，两条腿平放在台阶上，慵懒地松了口气。

千岁看了当即说道："裤管那儿都弄脏了，拿上来。"

"哪里脏了？"寒江嘴里回着，双腿不自禁地缩回。

这两人，所言所行如出一辙。

寒江坐好，这才又问："那个尔萌怎么整天跟你在一起？"

做同桌还不够，下了课还总要黏在一起，他想找点机会跟她说话都不行，看着就让人生气。

"她找我说班里活动的事情。"

"要去哪儿？"

"好像是江边。"

寒江望着她，风将她的马尾吹开，碎发有的落在他肩上，有的从鼻翼擦过。凡她青丝所到之处都让人过目不忘，像是夜晚的凉，带点微香。

"那你要把外套带上，小心着凉。"

"我知道啦。"千岁回他，"你也是。"

"嗯。"

而后两人无言，异样的静默在两人之间弥漫，千岁微微转过头去，将耳畔纷乱的碎发整好，下意识地还摸了下衣领。

她得确认仪容得体，尤其在他面前。

下一秒她又觉得自己这个行为很莫名其妙，两人都那么熟了，为什么自己还要注意这些？突然感到脸上在发烧，她忍不住摸了摸。

算了，还是先走吧。

千岁起身的时候寒江拉住她，只听他问道："有件事情我想问你，你确定要上舞院吗？"

她还没回，寒江又道："不管上不上都要明确地告诉我。"

千岁清清楚楚看见了寒江眼中的深意，不用言说，她懂。

心中有异样的酥痒。

寒江借助拉千岁的力量让自己起身，将校服拉链拉起，双手插进口袋，点头示意："走，回教室。"

身后的千岁用小小、小小的声音问道："我要是考不上怎么办？"

寒江未回头，声音低哑："你在哪儿，我去哪儿。"

周六出行之日，所有同学都在校门口集合，坐大巴出发。在车上找座位的时候，迟到排除万难和应苏梦坐到一块儿，尔萌本来是要和应苏梦坐的，人被抢了，现在全程牵着千岁不松手，千岁回头望，寒江被邱诗媛给拉走了。

寒江经过迟到位置的时候，狠狠踢了下他的小腿。

迟到痛得哀号："五爷，我又哪里惹您啦！"

应苏梦探头询问："没事吧？"

迟到立马换上笑容："没事没事。"

应苏梦又扭头看向宋白的方向，迟到把她的脸扳过来，可怜兮兮地嘟嘴："我好像又有点事，你帮人家看看好吗……"

千岁和尔萌位置偏后，邱诗媛也不知道是有意还是无意，硬拉寒江坐在她们后面。尔萌和千岁眼神交流，都没说话。

寒江坐在千岁后面，看着她散着头发，有几缕搭在座椅靠背上，随后帮她理好。千岁感受到动静回头，寒江倒是面无表情，只是邱诗媛，面有不悦之意。

前去目的地的路上，大家聊天吃零食，林老师在说注意事项的时候才透露去的地方是妻子开的烧烤店，那是江边看日落最美的位置。

"哇,原来师母是个生意人啊。"迟到不举手,先发言。

林老师指指他:"你哦,到了那儿规矩一点,你师母比较害羞,不要欺负她。"

"护妻狂魔呀老师。"

迟到的话惹得大家都笑开了。

有同学问:"能不能见上您家小宝宝呢?"

"为了招待你们,孩子都送到奶奶家去了。"

"老师您家有没有烤鱿鱼啊?"

林老师笑了笑:"有,海陆空,想吃什么都有,老师请。"

一聊到吃的,大家都嗨了。尔萌和千岁撕开薯片,各自捏一片的时候,尔萌犹豫道:"吃了发胖怎么办?"

千岁想想:"那我们趁它胖起来快点吃。"

两人相视一笑,贼兮兮地同时开口:"优秀。"

邱诗媛递给寒江两块巧克力:"这是我爸爸从国外带的,特别好吃。"

寒江本来是不想接的,一看巧克力包装上画着榛子便接过了,他说了句谢谢,邱诗媛别提有多开心了。

千岁的右臂被点了两下,她微微侧眸就看到寒江的手,先是握了个拳头,随后张开,两颗榛子巧克力静静躺在手心。她不动声色,将那两颗巧克力拿下,还在寒江的手心按了一下,示意收过,寒江缩回手。

两人的举动无人发觉,大家都沉浸在各自喜悦当中。

林老师家的烧烤店不太大,环境倒是一等好。

师母在巷口摆了休息一日的告示,还提前在江边摆好烧烤要用的食物和炭火。一帮学生呼啦啦下了车后,更是叽叽喳喳闹个不停。

林老师召集大家排队站好,拿着名单开始点名,师母就在一旁看着,柔柔地笑,有同学冲她招手说嗨的时候,师母脸上还时不时飘些红晕。点完名后,林老师让宋白和应苏梦负责分组,筹备烧烤宴。

千岁很快就发现,林老师为何下车后还点名。他在向师母介绍学生,师母竟然记住了每一个人的名字。

洗菜的时候,林老师说起师母,在她那一届,曾是C市的高考理科状元,一开始也是做老师的,后来怀了宝宝身体不太好就辞职休养了。林老师说,他的妻子,是最厉害的人。

"哇,超强记忆力啊。"尔萌听了甚是佩服。

林老师让千岁去厨房找几个切菜板,千岁进去的时候看到师母在切水果,师母见她便喊她名字。

"我常听修恺提起你,漂亮乖巧,学习也努力,说你是舞蹈生呢。"

师母如此热络,倒是千岁不好意思了,她道:"谢谢,林老师他一直鼓励我。"

"不客气,那是他的责任和义务。要说谢谢我得谢谢你,之前你妈妈帮我家宝宝带的东西很好用,我一直想请你妈妈吃个饭,修恺说不太方便。我知道今天你要来,特地给你带了东西。"

师母擦手出去要拿,千岁连忙说:"不用客气的。"

"没事,小东西。"

师母从外头拿回一个纸袋,打开一看,里头是各式饼干。师母左右瞧瞧,抿嘴笑:"这是我自己做的饼干,你装包里去吧,大家吃的饼干在外头,这是单独给你的。"

"谢谢师母。"千岁盛情难却,只得收下。

"以后有空常来店里玩,想吃什么跟我说,师母请。"

"嗯,好。"

千岁去大巴上将饼干放在包里,回来的时候瞧见迟到端着一盘甜瓜奔跑,寒江还在后头喊:"喂!全拿走别人吃什么!"

迟到头也不回："你又不爱吃，我家梦梦爱吃！"

寒江："我……"待看到不远处千岁的时候，撇撇嘴，低沉说了句，"总有人爱吃。"随后转头去忙碌了。

千岁学着他撇撇嘴，怪声怪气："总有人爱吃。"

说完扑哧笑出声。

大家围在一起烤串的时候，因为炉子不多，烤出来一点儿都被迟到抢走了，这引起了群众不满。尔萌带领众人揭竿而起，把迟到按在地上一顿暴打。迟到拼出老命护住手中的羊肉串，待大家又去炉上抢别的吃的时，蹦蹦跳跳到应苏梦面前。

"给，你爱吃的羊肉串，少辣。"

应苏梦说："迟到，你这样不好。"

"没关系，想要的东西就得抢啊，抢不到只能算自己没本事。"说完硬是塞到应苏梦手中，"快些吃，凉了不好吃了。"

"好吧。"应苏梦拿过的时候，给迟到分了两串，喜得迟到眉毛快要飞到头顶了，又看应苏梦跑去给宋白分了两根，瞬间拉下脸。

于是，他气愤地一口撸下串肉，还被竹签戳到嘴巴疼得嗷嗷叫。

同学们一顿好吃好喝，师母看准备的分量不够，不断从厨房中搬食物出来。千岁、寒江他们坐到一起，尔萌还捂嘴偷笑说道："我们会不会把林老师家吃垮啊。"

迟到哼哧："你少吃点就行了，都胖成球了。"

尔萌白他一眼，看向应苏梦："副班长，麻烦您管一下行不行？"

应苏梦："迟到别闹。"

迟到挪到梦梦身侧，蹭蹭："嗯好，再多管管我嘛。"

"呕。"尔萌作势要吐。

千岁和寒江在一旁看戏。

他们聊着聊着，邱诗嫒过来了，她站到寒江身旁说着："要不要去我们那儿吃，我们烤地瓜了。"

"不要。"寒江言简意赅。

邱诗嫒不死心："我们的炉子火不行，能不能帮忙看一下？"

"不能。""能"字刚出口，迟到就扑过来搂住寒江，哈哈笑着："能能能，走起走起。"

寒江蹙眉看他，你有病？

迟到夸张地瞪大眼睛，转动再转动，有事啊，你忘啦？

寒江翻白眼，迟到一把把人拖走。

但是临走他还回头喊一声："千岁，一起。"

千岁是不想去的，但不知道为什么，因为是邱诗嫒来喊，她又想去了，于是立刻扔下肉串，跟上去。寒江在帮邱诗嫒那组弄炭火的时候，迟到拉她在一旁说着悄悄话。

千岁环胸，警惕地看着迟到说完事情，一脸"你这坏小子敢干些什么我打死你"的表情。

迟到无语，他拍掉千岁的手："你能不能别跟寒江一个德行？我就是单纯地想要你帮我把梦梦带到江边，我有惊喜。"

"我怕是惊吓。"

迟到抱头："哎，你还是不是好朋友？你就带她到江边就行了，大不了你和尔萌也跟着，这总行了吧？"

千岁又问："寒江呢？"

"他要协助我，所以同我先在江边准备。"

"好吧。"

也不知道迟到是要搞什么鬼，之前在学校隔三岔五给应苏梦准备"惊喜"，不是仓鼠出现在抽屉里吓得她弹起，就是蝎子躺在手上让人昏厥，迟到总是把他以为最好玩的、新鲜的、有趣的，一股脑儿输出给应苏梦。

任何时候，迟到永远不迟到，虽然结局很烂。

江边日晚，烟波满目。

在烧烤店的时候还有些光亮，到江边后，只剩一两盏微弱的路灯亮着光，加上地势偏低，周边显得模糊暗淡。

应苏梦拉着千岁问道："要来这里散步吗？感觉有些危险。"

尔萌在旁边走着，倒是觉得吹吹江风还不错，就说："挺好的呀，我爸妈饭后散步就喜欢来江边。"

"没事的，我们就随便看看。"千岁边说着边四处张望，此处除了她们三个，没见到迟到和寒江的身影。

正当应苏梦再次提出回去的时候，嘭的几声，有火光升天，在高空绽放出五色烟火，紧接着几束焰火在江边燃起。千岁看到了寒江和迟到。

尔萌率先拉着她们跑过去，迟到拿着已点燃的仙女棒递到应苏梦手中，脸上洋溢着最青春最好看的微笑。

"梦梦，这些烟火送给你，喜欢吗？"

"嗯，挺好看的。"应苏梦难得不嗔怪迟到，可见烟花是少女心爆棚的利器。

尔萌早已顾自找到地上放着的烟花玩了起来，寒江上前将千岁拉到一边去。迟到这才支支吾吾，反复搓着小手说着："那……我有点话想说……梦梦啊，我们认识那么多年了，你应该知道我是什么样子的，是吧？"

应苏梦看着他，点头。

"嗯，我觉得，我们可以做好同学、朋友，甚至还有，那个、那个可能……咳咳，我的意思是，不管以后你在哪儿，我都在你身旁，一直一直都在，所以你无须畏惧这个世界的好坏，在保护、爱护你这件事情上，只有提前，没有迟到。"

"你是我最好的朋友。"应苏梦突然这样说。

迟到看着她认真的眸子,下意识低头,即便早已知道她的心意,但还是不敢正面面对,这一刻的迟到,看不到往日嬉闹的调皮模样,他的认真、深情,跟烟火一般,璀璨而又寂寥。

他挠挠头,扯起嘴角:"当然了,好朋友,我知道……"

还是没说出口。

不远处的千岁看着迟到一脸的难过,不用听都知道他说了什么,不用想都知道结果是什么。明知结果还飞蛾扑火,于是她淡淡说了句:"幼稚。"

寒江站在她的身侧,低头看她。

"你不幼稚?"意在提醒,你当初也干了类似的事情。

千岁心中顿时羞愧难平,仰起头对上那张欠扁的面孔:"要!你!管!"

她气鼓鼓的,寒江瞬间就笑了,还摸摸鼻翼。

那笑容,比任何时候都要灿烂,也许是风,是烟火,让他的笑容变得不一样了,在她的心中不一样了。千岁看傻了。寒江敛了笑容,注视着她。

如果不是传来一阵嘈杂声,千岁不可能回神。那瞬间她慌了。同学们看到烟花便寻着方向过来,林老师看到是千岁寒江他们,嘱咐大家注意安全。

应苏梦和宋白拿着仙女棒站到一处,迟到屁股一撅,挤到两人中间,适才那演苦情戏的小伙子荡然无存,又变成了嬉皮笑脸嚷着梦梦长梦梦短的人。

邱诗媛和两个女生也到寒江跟前玩,只不过寒江和千岁一直盯着天空望,身畔是嬉闹的同学,是绽放的焰火,仿佛两人此刻还留在对视的那一秒。

千岁的心依旧怦怦怦直跳,在刚才的嘈杂声中,她清晰地听见了寒江的回话:"我管你,一辈子。"

Chapter 3
你要是欺负她，我跟你没完

那晚放完烟火，大家还升起了篝火聚在一起玩了好久。迟到趴在课桌上回忆的时候，寒江在写试卷，迟到痴痴笑着的时候，寒江还在写试卷。

"口水擦擦吧。"寒江无奈提醒自己冒傻气的同桌。

"讨厌。"

"还有两天就模拟考了，你多少看点书吧，就你这成绩还想跟应苏梦一起北上？"

迟到不以为然："凭我的本事，跟梦梦同一个城市不是问题。"

寒江放下笔，很认真地说道："只怕有人比你近水楼台。"

"什么意思？"

"前段时间，林老师叫了几个同学去杨主任办公室，说了北上保送名额的事情，听说名额只有两个，竞争很激烈。"

"这跟楼台有什么关系？"

寒江瞧他两眼，轻叹口气："我想要拿一个名额，那是小事一桩。还剩一个，估计会被宋白拿上。但如果我不争取，说不定应苏梦还有机会，这样她就可以和宋白继续做同学了，我听说两人都想选英语专业。"

迟到的五官都拧到了一起，他握紧拳头捶在桌面上，咬牙切齿道："第五寒江，这么重要的事情你早不跟老子说？！"

"跟你有关系吗？"

迟到："我，那……那你可要拿上啊，我不想让他们俩做同学呀。"

"那你想让应苏梦失去保送的机会吗?"

"不、不想啊。"

"如果我拿走一个名额,她争取到的机会就很小了。"

"那你就不要争取了啊。"迟到又急,好纠结呀。

寒江反问:"让他们梦想成真,比翼双飞?"

迟到心碎了,随后他又问:"你怎么就能确定你一定能拿到名额?"

寒江咧嘴笑:"这世上,还没有你五爷得不到的东西。"

"不要脸。"

迟到卧桌,想了好半天,这才无力地爬起来说道:"不管梦梦做什么,只要是她的选择,我就支持,即便是她想和宋白继续做同学都没关系。"说完,他又可怜兮兮地眨巴眼睛看着寒江,"所以,你是要还是不要那个名额?"

寒江翻开一张新的试卷,"咯噔"按下圆珠笔,再一次不要脸地说:"看心情。"

迟到咚地倒在桌子上。

那次杨主任谈完话,寒江几人出来的时候看到别班成绩好的学生又进去了,后来他到林老师办公室,说了自己的意愿。

林老师很是吃惊:"不要保送?"

"没有我喜欢的专业。"

"那你喜欢什么?"

"喜欢什么倒是没想出来,但是那些专业我确实不太喜欢。"

林老师拉了张凳子让寒江坐下,开始了长达六十多分钟的促膝相谈,末了,林老师觉得跟他聊不出结果了,便打算和寒江父母谈。当时寒江回教室的时候,恰好课间休息,他在楼梯间遇到了应苏梦和宋白。

两人应该是站在窗口聊了很久了,寒江听到应苏梦问了一句:"那你奶奶都把上大学的学费准备好了？"

"嗯，跟亲戚也借了很多，所以我一定要拿到保送名额，不能让她失望。"

应苏梦还想要说些什么，看到寒江上来便先跟他打了招呼，寒江点头算是回应。寒江与宋白只是眼神触碰了一下，连停顿都没有。

这个宋白，自从千岁信件那事儿发生之后寒江曾与他对峙过，自此相见都是剑拔弩张。回想起当时，寒江很是气愤，已经揪上宋白的领子了，要不是顾及某人的感受，他哪能几句话就作罢。

"一个女生给你写信，再怎么样那是她的真心实意，再不喜欢你也可以无视、扔掉，有必要还送回人家家里吗？成绩好又怎么样，你连最起码的尊重都不懂，算什么男人？"

"呵，跟你有关系吗？"

"有关系。"寒江一字一顿，"从她看你的第一眼起，就跟我有关系。"

宋白当即就明白了。

只是他不明白为何此事那么多人知道，他当时看完信件时还在想着要怎么处理，是邱诗嫒跟他说可以帮忙把东西还给千岁，说千岁同她是无话不谈的好朋友。

宋白这才将东西交给邱诗嫒。他以为，用这种归还的方式可以让千岁明白他的回答，但目前看来，事情变得复杂了。宋白不想再追究，因为再多解释都是多余的。

寒江说："你要是欺负她，我跟你没完。"

宋白心中多有怨言，可还是忍了，就当是对千岁的歉意。

而宋白和应苏梦事后走得又很近，寒江本不想多管，但总觉得哪里怪怪的。他曾多次提醒过迟到，迟到永远都是冲过去挤在两人中间龇牙咧嘴，咋呼一番，再没其他"有效动作"。

迟到还跟寒江提过，曾经有一次，应苏梦去舞蹈室找千岁，看到宋白在和千岁说了些什么,她独自躲在角落。

"她远远看宋白的眼神,不一样。"迟到说。

应苏梦不知道迟到还跟在她的身后,当她凝望别人的时候,某人却在瞧着她。所有迟到没见过的欣喜、仰慕都在那双眼睛中,却没有一个视线,是给他的。

所以,即便有再多的动作,都是无效的。

"寒江,我是不是长得不好看?"迟到的表情,似笑非笑。

寒江搂过他,点点头:"有点。"

迟到眯眼。

"但,是我喜欢的类型。"

"这还差不多,只可惜这话是从你嘴里说出来的。"

放学回家的路上,千岁看寒江步伐缓慢,悠悠走在后头,这些时日,他似乎有些心事。这太难得了,天才也有心事啊。

"嘿,小哥哥。"

千岁言语轻佻,寒江不悦蹙眉:"好好说话。"

"帮我拿下书包,我腰有些疼。"

寒江替她将书包从肩上取下,千岁伸展四肢,边走边高抬腿,寒江看着她的脚都踢到了后脑勺,对这种反人类的动作有些无奈:"走路就好好走行吗?"

千岁嘻嘻笑着:"你还是多说话比较好,动动脑子,老来不容易痴呆。"

寒江无语,拿着书包越过她走前头去。

千岁追上,在他耳畔叽叽喳喳:"明天模拟考哎,你准备了没?这周我光顾着练习了,也没做多少卷子,还有啊,这周六我就要去参加总决赛了。"

"周六?"寒江这才停下。

"嗯。"千岁点头，拍拍他的肩膀，"等姐姐我荣耀归来。"

"要注意安全。"

"知道啦。"

"及时换衣服别着凉了。"

"我有经验。"

寒江又问："谁和你去？"

"妈妈、周周老师，还有学校一个舞蹈老师，我们坐飞机去。"

"哦，那……"

千岁打断："你别唠叨了，我什么都准备好了，有我妈在，你觉得还会差什么吗？"

"这倒也是。"

"所以啊，你就安心等我回来吧，还有，可别让迟到再买礼炮了，上次进教室吓我一跳，那么多同学，多尴尬。"

两人说着进了巷口，老五早早就在门口等着，看到两人就招手："快点跑！今天放学怎么那么慢，火锅里的肉都煮烂了。"

"你家吃火锅啊？"千岁问。

寒江回："你也去吧，估计阿姨也在呢。"

到了门口老五拉过千岁就念叨："你妈晚点过来，赶紧趁她过来之前吃点肉，早上我去买的鲜切肥牛，还有你喜欢吃的羊肉卷……麻辣三鲜两个锅，西瓜，越南来的西瓜……就是一个字，甜。哎？小五，你吃不吃？"

寒江面无表情："您说呢？"

模拟考结束后的第二天，千岁到了学校，还没进教室就看见同年级的同学们扎堆在一起说着什么。在教室门外的时候，尔萌连书包都没放下又跑出来，抓住千岁就说："你听说了吗，这次考试试题提前泄露了？"

千岁不解："不是考完了吗？"

"不知道啊，学校现在把年级的所有老师都叫过去了，待会儿可能不上课呢。"

果真前两节课没有老师上课，林老师过来安排让大家自习。林老师走后，班里又炸开了锅，有几个同学还溜到了别班去打探消息，回来的时候气得不行。

"还说我们班出了奸细，我看那2班3班就嫉妒我们。"

"我听说是3班的人哎。"

"真相没大白之前，大家还是不要乱猜测了。"

自习的时候，千岁回头看了一眼，寒江难得和迟到趴在桌子上睡觉。她本想问问他这件事情，但寒江最讨厌议论是非，也就作罢了。

迟到最先醒来，看着周边议论的热度不减反升，推推寒江。

"这事情闹大了啊，我们是不是也应该聊一聊。"

眼也不睁的寒江回他："跟你有关系吗？"

"也是。还是睡觉吧，睡完咱们打球去。"

说完，迟到又趴回桌上，和寒江同一个姿势，继续沉睡。

等迟到再次醒来，天下已大乱。

最不该跟泄题案扯上关系的人被老师叫走了，1班的两位尖子生，宋白与应苏梦。其他班级里的同学，有的脱离嫌疑，有的待考察，但不管是哪种的，都跑过来看热闹。似乎大家都已经认定了是这两人偷的答案。

迟到当即去找林老师，想了解具体情况。林老师没多说什么，就讲杨主任发现自己电脑被人动过，浏览记录有人打开过考题答案，还移动了位置。

"那跟应苏梦有什么关系？她根本就不是那样的人！别人不知道我知道啊，我用性命担保，她要是那样的人，我就去死！"

迟到的话激起林老师的不悦，他一拍桌子："什么死不死的？胡说什么！只是监控看到她和宋白进去过，里头的摄像头有问题，现在技术人员正在修复,晚点再看图像能不能显示。"

林老师回想到当时的情况,也有些懊悔,因为急着要去开会,便让应苏梦和宋白将几个优等生资料送到杨主任办公室,那都是有望争取保送名额的学生。

杨主任在问应苏梦和宋白的时候,两人都说没有,偏偏那几天就他们两个进过办公室。杨主任说,现在不主动承认,如果室内摄像数据恢复了,查出是谁动过电脑,那就是很严重的问题了。

那一天,几乎所有人都忐忑不安。

晚上回家,千岁给应苏梦打电话,她没接。随后她又给寒江打,寒江接得很快。千岁问:"你还没睡?"

"嗯,刚跟迟到打完电话。"

"他没事吧?"

"没事,就是情绪有些激动。"

"是啊。"千岁在床边踱步,继而坐下,"发生这样的事情,他肯定很生气。"

"河千岁。"寒江突然唤她。

"怎么了?"

他说:"那个,宋白,你有多了解他?"

千岁顿顿,问道:"什么意思?"

"就是,问问。"寒江还是没将心中所想说出口,因为那也是没有实锤的事情,他只是,有些为她担心,担心她所担心的一切。

寒江说:"没事的,早些睡。"

千岁挂了电话,内心还是有些焦虑。

她看向窗外,不见星月,满眼尽是乌云片片。

Chapter 4
糟了！迟到他退学了

学校里，泄题事件依旧在发酵，很快，事件的主人公"自行投案"了。

应苏梦跟林老师承认，因为压力太大，她担心模拟考失利会影响争取保送名额，所以她偷偷拷贝了杨主任电脑上的答案。

"可不可以，不要再去查监控了，我想要留有一点点尊严……"

应苏梦在恳求林老师，她掐着自己的指尖，直到麻痛，才落下泪来。

林老师不敢相信这会是应苏梦做的，应苏梦哽咽着说："是请家长，还是什么，都可以……我已经承认了，不要再问我了行吗？"

林老师还在试图与应苏梦沟通。两人对话间，门外的身影一闪而过。

后来是教务处的老师前来通知林老师，他站在门口说："林老师，你快些跟我走吧。"

林老师心里"咯噔"一下："怎么了？"

"你们班的学生跑到校长那儿，说是他偷看了考题答案。"

林老师急忙起身："哪、哪个学生？"

"叫迟到。"

寒江在教务处门外一把揪过迟到，眼里是震惊也是愤怒。

他压低声音狠狠道："我告诉你宋白有问题，但是我没让你去顶罪！你做事情能不能长点脑子？你以为应苏梦就会感激你了？"

"她当然会感激我。"迟到一脸怅然的笑，他说，"你不是知道吗？

河千岁、应苏梦,她们都喜……"

"跟这没关系!"

迟到一把推开他:"怎么没关系!"

话至此处,林老师和杨主任都赶了过来。林老师上前抓住迟到:"你小子,长能耐了是吧?"

寒江退后,默守一边。

迟到有气无力,轻声道:"对不起老师,我让你失望了。"

"你为什么要撒谎?"林老师问道。

"我没有撒谎,一人做事一人当,老师,您就不要再问了。"

"我怎么能不问?你妈妈生病躺在医院,家里就你这一个孩子,你干什么去承认这件事情呢?"

"我不承认……"迟到有一瞬忧伤,"应苏梦承认吗?还是宋白承认?"

寒江站在一旁,怒瞪迟到,他觉得自己开始看不透迟到了,眼前的人就像是陌生人。

迟到看着眼前三人,继续说道:"应苏梦和宋白是好学生,既然是好学生又怎么会做这样的事情。可我不是,因为我不如他们,所以想走捷径,我已经认识到错误了,要打要罚没有怨言。"顿了顿,迟到又说,"这件事情拖着没有好处,难道我不承认,你们就在应苏梦和宋白当中找一个当替罪羊吗?他们是学校的荣誉,学校的脸面,不管是他们其中的谁出了事,都是很麻烦的,尤其在这高三的关键时刻。所幸,他们没有犯错,学校也能松一口气,对吗,杨主任?"

杨主任听后,叹口气,想说什么又憋回去了,转身离去。

林老师还在想办法,他说:"迟到,你先冷静冷静,什么事情都有老师在,你不要怕,我一定会跟学校说的……"

迟到打断林老师的话,无奈地笑了笑:"说什么,说我是一等烈士的后代吗?林老师,求您千万别说,我不想在我爸活着的时候没争气,死了还给他丢脸。算我,求你了。"

这句话,让寒江怒攥的拳头,缓缓松开来。

迟到是"真凶"的消息很快就被大家知道了,他的叔叔来到学校,教务处给出了处罚结果。迟到的桌子上莫名多了好多垃圾,废纸、塑料袋、铅笔头。寒江只要弄干净一次,出去再回来的时候又是那个样子。

千岁看着一言不发的应苏梦,她伏在书桌上,看似在写作业,握住的笔却一下都没动弹。就在此时,尔萌从教室外跑进来,喊道:"糟了!迟到他退学了!"

应苏梦急忙起来跑出教室,千岁最先跟上,寒江和尔萌紧随其后。

校门口是迟到的叔叔,他接过迟到手中的文件资料,给他打开了车门。迟到一眼都没有回头看。

应苏梦眼看着迟到上了车,继而缓缓离去,她终于崩溃大哭,嘶喊着迟到的名字,奋力追了出去。

千岁最先跟上,寒江和尔萌紧随其后,门口保安吓得急吹口哨,还用对讲机给其他工作人员传递学生跑出去的消息。

应苏梦从没有跑过这么快,她边哭边喊:"迟到!迟到!我错了!你下来!"

迟到在车里硬是没有回头,叔叔减了车速,从后视镜中提醒迟到:"你同学在追车。"

"不管。"迟到狠下心说道,"我们走,叔叔。"

"迟到,我错了,拜托你,求你,你回来……"应苏梦的胸口像是被大石头压着,喉咙干涩疼痛,还伴有一丝咸咸的味道,她感到所有血液直冲头部,像是要炸裂一般。

可是她不管不顾,拼尽所有力气追着小车跑。

她已经说不出完整的句子,她只能嘶喊迟到的名字,说着我错了、求你、拜托你。

风从耳畔过,所有景物已然模糊,是眼中的泪水还是真的这一切都要消失了,天地在旋转,一步一步像是踩在云端。

在倒下的那一刻,应苏梦泪流满面,晕眩让她全身酥软,身体中的力气渐渐被抽走了,但是她还是努力睁着眼睛,万一、万一迟到回来了呢?

闭上眼睛的那一刻,她还在看着远去的轿车,向苍天祈求着它可以停下来。

可是,没有。

应苏梦的心正在被反复撕裂,极其痛苦的脸上漾起一抹淡淡的笑。

她明白了。

这个世界上,所有让你后悔的,都是不珍惜的。

千岁扑到应苏梦跟前,跪地呼喊着她的名字,应苏梦凝着泪珠的眸缓缓闭了起来。

寒江喘着气,他看到千岁抱着不省人事的应苏梦,掌心全是鲜血,她大声朝周围的人群喊着:"帮我叫救护车!打电话!"

尔萌过来的时候被眼前一幕吓得哭出声来,她跪坐在应苏梦旁边,也不敢去抓应苏梦的手,一个劲地在抽泣。

寒江在行人的帮助下,叫来了救护车,此时学校的保安和几个老师也跑了过来,其中一个老师和千岁跟着医护人员上了救护车。寒江和尔萌被带回了学校。

迟到事情未息,应苏梦又出意外,林老师已经急得不行了。

班里暂时由杨主任看着,林老师便一直在医院跑前跑后。

应苏梦的爸爸妈妈和哥哥都来了,医生诊断说应苏梦在倒地的时候撞击了头部,目前已经排除了颅内出血,只是轻微脑震荡。

千岁在医院帮不上什么忙,应苏梦的哥哥应昭也认得她,便让她先回去。因为到了放学的时间,千岁就打算直接回家。

离开医院走了有七八百米,路过公交车站的时候千岁险些被人群挤到,她回过神,发现有人扶住了她的手臂。

"没事吧?"

那人眼中尽是关怀,千岁看着这张熟悉的面孔,脑中闪过无数画面。一个激灵,让她突然警觉起来,她清冷道:"你是谁?"

这个人,给过她棒球帽遮阳,买过抄手,还出现在西南地区舞蹈决赛现场的附近,甚至现在还扶了自己一把,这么多的巧合已经不再是巧合了。

他在跟踪自己。

千岁一把抽回自己的胳膊,与这个叔叔保持安全距离。

"你到底是谁?"她逼问。

叔叔有些诧异,他说:"我们不是见过好多次吗?"

"你是不是在跟踪我?我要报警了!"千岁说完扭头就想跑。

叔叔在后头急忙喊道:"千岁!"

千岁一怔,顿时觉得浑身发凉,他竟然知道自己的名字!千岁僵硬地回头,叔叔小心翼翼地上前一步,千岁下意识后退。

他便不动了。

沉默了几秒,他终于说了实话:"没错,我是在跟着你,千岁,我是……"他鼓起勇气继续说道,"我叫,河世华。"

千岁躺在床上,用被子将自己捂得严严实实,她在里头喘着粗气。慢慢地,她开始抽泣,直到呼吸不畅才将脑袋露出来,伸手就用胳膊挡住眼睛。

她的嘴角微微抽动,耳鬓间的头发因为眼泪的浸湿而粘在脸上,为了不让自己发出哭声,她硬是憋着呼吸,脸颊也因此而通红。

不知道哭了多久,直至天际泛起鱼肚白,微光落进窗台。

千岁下床，收拾妥当之后，轻轻地出了门。在巷口，千岁等来了要去晨练的老五。

老五甚是奇怪："闺女啊，你在这儿干什么，这才几点你就起来了？"

"叔叔。"千岁嘶哑着嗓子喊道。

"你这嗓子怎么了？感冒了吗？"

千岁摇头，只是一个劲儿地看着老五，她心中万般酸楚，奈何眼泪已经流不出来了。她抿抿唇，直言问道："叔叔，我爸爸是叫河世华吗？"

老五显然是被问住了，他完全没有想到这个名字会从千岁的口中说出来，也压根儿想不到她会关心自己父亲的事情，毕竟这个人，已经"死去"十七年了。

"怎、怎么突然问这个啊？"老五也有些无措。

"他究竟是什么样子的人？妈妈说，是爸爸背叛了他们的感情，是他抛弃妻女，说他已经死了，是这样子的吗？"千岁艰难地问着。

"千岁啊，这个都是过去的事情了……"

千岁上前一步拉住老五，神态万分恳切："告诉我吧，叔叔，求你了，告诉我好吗？"

老五安抚她，却总是避开不提，千岁无奈只好作罢。

"就连叔叔，都不愿意告诉我吗？"千岁难受的样子看得老五一阵纠结，千岁见问不出什么，转身就跑掉了。

老五在后头喊着，她头也不回。

老五急忙回家，子君刚起床准备给花草浇水，他把刚才的事情一说，子君也是一愣，两人想了会儿，随即对视。

"千岁不可能无缘无故问起世华的。"老五这样说。

子君点头："那就只有一种可能了。"

寒江起床下楼吃早饭，就看见老五和子君坐在沙发上打电话，厨房里也没有早饭，他只能从冰箱里找面包出来吃。

177

寒江听着爸妈分别在打电话，像是在找什么人。他本没有刻意去听，老五口中反复在说着"世华世华，对，我发小"。

后来寒江听到一句："姓河，河水的河，一直在美国生活的。"

寒江听到这姓氏，愣了半晌。

他默默地嚼着面包，开始仔细地听老五和子君的话语。最终两人确定了，要找的河世华，现在在C市。

老五捂住胸口，重重往沙发上一躺："完了，这下要出事了。"

子君劝说："你不要激动好不好，八字没一撇，万一两人没碰上呢？"

"这还用说吗，大清早问我那话，这不明摆着两人见面了吗？"

"静姝知道吗？"

老五这才想起静姝，起身要去对门："我去探探。"

"你先别去！"

子君也起身，这才发现一直悄悄站在餐桌边上的寒江，三人一时间都沉默了。直到寒江说要去上学，老五这才说话："那个，小五啊，你是不是都听到了？"

寒江垂眸："差不多。"

"差不多是多少？"老五面部有些抽搐。

寒江淡淡说道："千岁的爸爸，河世华，回来了。"

老五尴尬了，事到如今也隐瞒不了，他嘱咐寒江："你自己知道就行，别问也别说好吗？大人的事情小孩子不要管，也不要去跟千岁说什么，好不好？"

寒江不语，老五急了，追问："听到没？"

"再说吧。"寒江背起书包就出门了。

老五还不死心地跟在后头喊了几句："千万别说！听到没！"

Chapter 5

我爸爸，河世华，他说，我是世界上最好的人

迟到转学之后，泄题案就算到此为止了。只不过应苏梦的突然住院让大家感到很奇怪，听说她的家里给她请了好长时间的假。

有同学感到好奇："这个时候请假，到底为什么啊？"

"也许是因为伤心吧，听说她跟迟到是好多年的同学，处得很好。"

"可是之前，怀疑偷答案的人是应苏梦和宋白啊，突然又变成迟到，你们不觉得奇怪吗？"

"谁知道呢，咱们有那闲心还不如多做几道题。"

即便是班里还有些闲言碎语，但已经不像前几日那般激烈了。

尔萌说晚上要去医院看应苏梦，问千岁能不能一起去。

"喂，喂。"

千岁回神："怎么了？"

尔萌感到疑惑："我要问你怎么了啊，你今天不在状态啊，我都喊你好几声了。眼睛也是肿的，嗓子也是哑的，你昨晚哭啦？"

尔萌还以为她是为了应苏梦和迟到的事情在烦忧，安慰她："苏梦这个时候还需要我们，我们可不能倒下。"

"我知道。"

尔萌看着她，也是心疼："周六你就要去比赛了，肯定压力大，苏梦的事情就交给我了，你还是好好准备吧。"说完叹气，看了眼窗，"怎么会变成这样子呢？"

千岁放学后一刻也没耽误，收拾好书包就走了。她从书包里掏出手机，翻到那个人的电话，通了之后点头说了句："我知道，海寓酒店。"

因为脑中在思索着路线，她并没有注意到身后跟来的寒江。他一路跟

着千岁，在海寓酒店的外头，看到了千岁和一个中年男人见面，他们坐在酒店的大厅，远远的，也听不见在聊些什么。

这个人，想必就是河世华了。

寒江看到河叔叔的面容，觉得很是和善，河叔叔在摸千岁脑袋的时候，嘴唇轻启，那三个字，寒江看懂了，他说对不起。

随即就看到千岁低头，肩头开始颤动。

全国舞蹈总决赛上，发生了一件让人万万没想到的事情。

千岁在音乐的高潮部分本该纵身跳跃，可她只是轻轻旋转，在众人诧异的目光下，鞠了个躬，终止比赛。

千岁狠狠地攥紧了手心。

抬头看着上方刺眼的舞台灯光，千岁心中百感交集。她想流泪，也想笑，身体像是卸下了千斤巨石，轻松却又疼痛。她的口中说不出任何话语，因为现场没有人愿意聆听，她的双臂轻轻垂下，甘愿等待一场狂风暴雨。

静姝大惊，周周老师更是难解，在她们回C市之前，静姝硬是忍住脾气，因为她不好当着老师的面爆发。静姝在进家门之前，一路无言，而开门之后，静姝先进去，千岁正想迈脚，静姝冷冷道："你还想干什么？"

千岁缩回脚，看着静姝。

静姝问："你把所有人的付出都践踏在脚下，很好玩吗？你如果不想参加比赛可以明说，你这样的举动摆明了就是要给我难堪，对吗？"

"妈。"

"别再叫我了，我根本不认识你，这样一个自私、无情的人。"静姝的心里除了火气，也涌出凉意，她看着自己养了十八年的女儿，如此陌生。

而千岁又何尝不是。

"我是一个自私、无情的人……"千岁这样念着，直视静姝的眼睛，雾气弥漫开来，她道，"可是我的爸爸，他却说我是世界上最好的人，只要我开心,什么都是好的……"

静姝陡然变了脸色,心像是要跳出来一样,她颤抖着问道:"你说什么?"

千岁哭了,她一字一顿回应:"我爸爸,河世华,他说,我是世界上最好的人。"

这一天,终是来临。

老五家中,弥漫着从未有过的沉重气氛,静姝进来的时候,是红着眼睛的。她看着坐在那儿的河世华,冷言道:"你挺有本事,女儿没养几天,几句话就把她给哄走了。"

河世华起身,多年未见,她还是这般性子。

"静姝。"他唤了一声。

"别喊我!你滚!"静姝狠狠地将包扔在地上,子君上前安抚,千岁坐在河世华身侧,口中的"妈"字也被吓了回去。

老五跟静姝解释:"世华这次回来真的是因为出差,想着千岁也快高考了,就过来看看,没有别的意思。"

"没有别的意思?"静姝突然哽咽,指着千岁说道,"他怂恿千岁不要习舞,这是我半辈子的苦心啊,他不是故意的是什么?当初是你背叛我们,你有什么资格回来!你有什么资格管千岁!"

"我没有!我究竟要解释多少遍?是你自以为是,是你疑心重,我没有做任何对不起你的事情!"

他们再次牵出过往旧事,老五眼神示意寒江将千岁带到楼上去,寒江拉起千岁。刚走两步,静姝就冲过来拦住,她硬是要把千岁从寒江手中拉走。

这一举动吓坏所有人,寒江以为千岁又要挨揍,急忙推开静姝:"阿姨,阿姨您别这样。"

老五大步上前:"静姝,你冷静点!"

静姝盯着千岁，抓住她的手腕丝毫不松，狠狠地说道："千岁，我要你今天就说明白，从今以后不准跟这个人再来往！我们跟他没有关系！"

河世华生了怒气："你何必这样逼一个孩子？难道这么些年你就是这样把她逼出来的？"

静姝也有委屈，老五向河世华说道："静姝有静姝的难处，这么多年了，静姝养大一个孩子多不容易，你呢，你在外过好日子，想过她们娘俩吗？静姝，你今天听哥一句，千岁毕竟与世华血脉相连，你就给个机会，大家好好谈一谈。"

"还有什么好谈的？"静姝擦了下眼泪，对寒江说，"寒江，你松手。"说罢用力一扯，将千岁扯了过去。

千岁手腕一痛，拧了拧眉。

寒江心疼："阿姨……"

静姝依旧逼迫千岁选择："河千岁，我要你现在、立刻、马上做出选择，你要是发誓再也不跟他见面，明天我就带你改了姓，我们离开这里！"紧接着又说道，"你要是不答应，从今以后，我们母女恩断义绝。"

静姝说得如此决绝，千岁很是慌乱，她哀求静姝："妈，我们可不可以不做这个决定？爸爸，爸爸他说可以跟你解释的，你们的误会可以解开……"

"误会？"静姝如鲠在喉，她红着眼看着河世华，"事到如今，误会还重要吗？解了又能如何？解了就能偿还我二十多年的苦痛了？我放弃了的所有，一句解了就能算了的吗？"

静姝看着千岁，缓缓道："从你在舞台上放手的那一刻，你就已经不再选择我了对不对？"

千岁摇头："不是，不是的。"

"那你说，你选择跟我不是跟他。"

千岁还是摇头。静姝松开她："我知道了，好，我知道了。"说完就冲了出去。千岁急忙跟在身后。

静妹进了家门，将千岁放在客厅的书包拿起，直接扔出门外，凡是目光所及千岁的东西，衣服、鞋子，就那样全部被扔了出去。

老五和子君阻挠、劝说着，千岁止不住地哭泣，河世华在捡静妹扔出来的东西。这混乱的一幕深深地烙在寒江的眼里。

直到很久很久之后，他还能想起当时自己的心境，无能为力的挫败和懊恼。

河世华带千岁去住酒店，寒江一家目送他们远去。寒江很想出口喊住千岁，但是他没有。因为他知道，千岁对父亲的渴望，一直埋藏在内心深处，而这颗种子一旦破土，便注定野蛮生长。

尔萌在艺考的二试里停住了脚步，她十分沮丧，也不好找千岁求安慰，因为她觉得千岁比她还惨，筹备两年没有拿到总决赛名次就算了，竟然还彻底放弃了艺考的道路。

尔萌从作业中用余光偷偷瞥她，有疑问也不敢问，怕触及她的痛处。但是她又很想安慰千岁，却不知从何安慰起，简直郁闷到极致。

千岁的心思也没有在习题当中，她算着算着就出了错，最后索性埋头趴在桌上。尔萌轻轻拍拍她："没事吧？"

"没事。"千岁又抬起头。

她看向班里空着的两张书桌，迟到转学已尘埃落定，应苏梦请假两个星期了，从医院回到家中休养。她跟尔萌前去探望过好多次，应苏梦没多大生气，脸色一日比一日苍白，她们在一起除了学习，其余闭口不谈。

后来，应苏梦问千岁迟到的近况，千岁便如实告诉了她。

"我之前日日夜夜都在想，为什么迟到不肯见我，除了不给我带来麻烦，更重要的是，他是要让我牢记这次教训。"应苏梦坦然一笑，"他该有多难受啊，用他自己来给我上一课，比起我的痛苦，他要看着我难过还得咬牙挺过去,迟到他,就是这样子的人。"

千岁想了下,还是开口:"泄题的事情……"

"这件事情,"应苏梦看着她认真说道,"我与那个人再无瓜葛,迟到已经为此付出代价,我欠迟到的该怎么还?千岁,我真是错了,大错特错啊。"

从那之后,她再未听应苏梦提起关于迟到的只言片语。泄题事件的具体情况,也无人得知。

宋白曾与千岁多次单独碰面,最近一次是在教师楼的过道,千岁去交作业,恰好碰到了他。这一次宋白鼓起勇气喊住她,把"对不起"那三个字,同千岁说了。

千岁问:"是同谁说的?"

宋白垂眸,一时无言。

"班长,我还记得初次见你那会儿,你帮助同学,替大家解决各种问题,那个时候,我悄悄以你为榜样,成绩、品德,都想做到同你一样。我不知道现在的你还是不是我记忆中的你,往后,可能也不知,所以,你自珍重,也无须再说这些话,因为我不是那个要听对不起的人。"

千岁认认真真地看了宋白一眼,这个皮肤白皙、清清秀秀的男同学,以后,他就真的只是男同学了。

在教室的时候,千岁的手机振动了一下,她悄悄拿出来看,是寒江发的。她回头,寒江正看着她。信息上说:晚上和你爸来家吃饭。

你爸,这两个字千岁看了好久,在她这小小半生中,居然还可以拥有这么幸福的字眼。

那晚他们从酒店前去老五家的路上,河世华突然跟千岁说:"千岁,要不你跟爸爸去美国念书吧?"

千岁微微一愣,随即摇头。

"妈妈在这儿。"

河世华说:"爸爸很对不起你,也对不起你妈。"

千岁咬唇,小声说道:"妈妈这些年,很辛苦。"

"我知道。"河世华叹气。

两人齐肩走着,河世华又叹了口气,终是沉默。

Chapter 6
来信人的备注:喜欢的她

在寒江家吃饭的时候,老五和子君一直在询问河世华在美国的情况,他在美国从事金融行业,生活倒是不错。

老五问他:"你有没有再……"

河世华笑了下:"哥,我至今独身一人。"

老五又跟他说了很多静妹的事情,河世华细细地听着,中途多次给千岁夹肉,他说:"多吃点肉,你太瘦了。"

寒江本来心里就有些小九九,看到河世华和千岁相处得如此和谐,觉得不搅两下就难受。于是,他插嘴说道:"您不知道吗,千岁是舞蹈生,要控制体重的?"

在场所有人都听出寒江带有几分刺人的语气,他似乎不太喜欢河世华。

千岁最先瞪了他几眼。子君在底下掐寒江的大腿,呵呵笑道:"我家这小子,说话吧,就是这个调,听起来总是不舒服。"

老五赔笑:"就是,小时候我打得还是太少了。"

河世华在一旁说道:"怎么会呢,我听千岁说寒江的成绩特别好,从小到大都护着她，就跟亲哥哥一样。"

亲哥哥，寒江心中嗤笑。

千岁还在盯寒江，就怕他一吐字让所有人都尴尬死。

"过奖。"寒江说。

子君又是用力一拧，寒江蹙眉看着亲妈，子君满面微笑："不吃了吗？要写作业啊，那行，你先上去写作业。"说着就把寒江薅起来，推推搡搡往楼上走去。

老五重新掌控桌上的气氛："世华，吃，别客气。来，尝尝这个牛肉，看有没有美国牛好吃，哈哈。"

"谢谢哥。"

子君下来后，千岁便以吃好了为由，上楼看寒江写作业去了。老五看着千岁的身影感慨道："这两个孩子，处得特别好，真的跟亲兄妹一样，世华，我跟你说他们俩小时候啊……"

寒江在楼上都能听到自家老爸的大嗓门，忍不住翻了个白眼。身后传来房门打开的声音，寒江回头，看是千岁进来，没理她。

"你干吗对我爸那么凶？"千岁往书桌旁一靠，环胸看着他。

"我怎么凶了？"

"你就那样。"千岁学着他的语调说，"你不知道吗，她是舞蹈生！"

"喊。"

千岁哼哼："以后你再也不敢欺负我了，我爸回来了。"

"我欺负你？"寒江把笔一扔，也环胸瞧她，"我爸我妈、静姝阿姨、我，我们四个人，但凡你要什么我们没给你？"寒江很不服气，"还千岁，我看你干脆改叫万岁得了。"

"你……"千岁忍住，这小子，又嘴欠了。

"自从他出现，你张口闭口爸爸爸爸，你有想过静姝阿姨吗？她现在该有多难过，你个没心没肺的。"

寒江这话，倒是触了千岁的心痛之处。他说出口就后悔了，刚要补上几句暖和话，就被千岁一巴掌击中后脑勺。

她气冲冲地甩门而去。

寒江吃痛地揉着脑袋，敢怒又不敢骂，只能看着那扇紧闭的房门唠叨一句："什么长兄如父，亲爸来了，我便什么都不是！"

千岁不是没有找过静姝，却得不到任何回应。她还在试图挽救爸爸妈妈的关系，即使他们丝毫没有复合的可能性。能破冰，就是她现在最大的希望。

然而所有人都低估了静姝的倔强，她将千岁的户口信息、保险等资料全部整理了出来，递给河世华："既然千岁选择你，从今以后她跟我就再无关系，她的东西我也会全部扔了。"态度强硬到老五和子君劝说都没有用。

寒江事后跟千岁说："你去告诉静姝阿姨，说你以后绝不会再跟你爸联系了。"

"为什么？"千岁没有想到竟然连寒江都会这样想，"我不，我要跟爸爸在一起，我也要跟妈妈在一起。"

"你怎么这么不懂事？你就非要这样伤你妈的心吗？"

千岁觉得很无辜："我怎么不懂事了？我就想要爸爸妈妈在一起我有什么错吗？"

"我看你是想去美国吧，这样子你想做什么都没人拦你。"寒江突然这样说。

千岁气愤，所有人都这样想她都无所谓，就是寒江不行，可如今连寒江都这样认为，她真的是孤立无援了。索性破罐子破摔，千岁毫不犹豫地怼他："对，我就是要去，离开这里，离开讨厌的你！满意了吧！"

她再也不想理寒江了。

千岁又气又伤心，在学校里都避着他走，寒江也像是故意避着她，两人开始赌气。千岁无处可言说，放学后去了应苏梦家，是应昭给开的门，被告知，苏梦去乡下外婆家了。

千岁忧心地问道："她没带手机吗？我打了几次都关机。"

"嗯，在家里呢。"

应昭看着她一脸心事，便问道："你是不是有什么事情？"

她摇头，然后又问道："苏梦她什么时候上学？缺这么多课，她还要拿北上的保送名额呢。"

应昭笑了笑："她应该不会北上了。"

千岁诧异："为什么？"

"这个她没说，但是应该会留在C市念大学，她说想跟同学在一块儿。"

千岁还想问些什么，但是担心说多了会让应昭多想，于是她只好作罢，与应昭告了别。

那晚，千岁没有跟河世华说，独自回了家。家中是暗的，千岁便在巷口处等。静姝开车回来的时候便看到蹲在路边的千岁，那瞬间心中多少有些不忍。

"妈。"千岁看到车，急忙站起身喊她。

静姝下车，千岁紧紧跟随其后，她问："妈，你吃晚饭了吗？"

见静姝不理睬她，千岁又喊了一声"妈妈"。

那声妈妈喊得小心翼翼、如履薄冰，静姝终是开口："有什么事情吗？"

得到了静姝的回应，千岁怀抱的希望又再次燃起，她说："妈，晚上我能回家吗？"

"我是还没有跟你说清楚吗？"静姝站定，继而看着千岁，"其实你爸跟我单独聊过，他说你很喜欢摄影，喜欢交朋友，喜欢我不喜欢让你做的一切。你的人生，除了自己，谁都无法主宰。"

千岁不安地绞动着手指："什、什么意思？"

"我的意思是，你去美国吧，他会给你一个完全不一样的成长环境，可能那才是你想要的。"

"妈,我没有说要去,我想陪你……"

"我不用你陪。"静姝咬咬牙,深深地看了女儿一眼,"我知道你不甘于现状的倔强,那么你呢,你知道妈妈吗?"

寂静的巷口,橙黄的路灯下,千岁与静姝,一场关于爱的对峙与凝望。

静姝去美国了,听公司的人说她以后要常驻美国,归期不定。她走得不声不响,也没有给任何人留下信息,千岁还在家门外一个劲地拍门。静姝将她的东西全都打包好放在了老五家,还把门锁给换了。

老五劝河世华:"静姝从小就这坏脾气,但心眼不坏的呀,世华,她可能也就逞一时之气,没准几天就回来。要不你先回美国,顺道也能找找她,千岁嘛,就住我这里。"

"这……"世华有些为难。

老五舍不得千岁,他也怕千岁跟世华走,就说:"当年你就是跟静姝两人赌气,离婚,静姝当时产后抑郁,看到女同事给你发那样的短信,她当然生气啊,你又不和她好好解释,最后呢,她带着不到十个月大的千岁,独自拉扯养活,你给的钱她一分都没要啊。你明白吗,你走了,千岁就是她的命啊。"

"我知道哥,我没有想要跟她抢千岁,只是千岁需要爸爸,她有自己的理想,我会一直支持她的,不管我在哪儿。"

海寓酒店。

河世华的签证即将到期,于是就把选择权交给千岁,是同他一起去美国读书,还是选择留在这里。

千岁一时难以抉择,而此时寒假即将到来,她到底是去美国找妈妈,还是留下,备战高考呢?

她想问问那个人。

千岁在学校找不到能和寒江单独说话的机会,当时刚物理小测完,寒江一直跟着林老师在给大家划重点题,出寒假作业。她在办公室门外悄悄看过,邱诗媛也在,她一直跟在寒江的身边。

她已经没有时间考虑了,就给寒江发了一条短信。

内容:我在陵江边等你。

林老师办公室。

寒江和林老师去了打印室,之前邱诗媛自告奋勇来整理卷子,为的就是跟寒江在一块儿。

寒江的书包就在她的身侧,里头嗡嗡嗡叫了三声,她听是手机的声音,怕被别的老师听见就将手机找了出来,本想替他调静音或是关机,待看到信息的时候,神色复杂。

来信人的备注:喜欢的她。

邱诗媛知道来信的人是谁,大概思考了两分钟,眼见四周没人注意,她当下拿了手机大步走出,直冲卫生间去。不知怎的,她脑袋一热,开了水龙头就对手机猛冲。

手机不能开机了。

她用衣服将水渍擦掉,又拿回办公室,悄悄放回寒江的包里。

待寒江回来后,她主动说道:"寒江,你手机之前一直响,我就替你接了。"

寒江闻言不悦:"你为什么要动我的东西?"

"我没有要动,是它一直在响,我担心有急事,而且——"邱诗媛眼波微转,"是千岁打来的,她说她在昌江边等你。"

寒江一听是千岁,便拿出手机,却发现开不了机。

邱诗媛上前娓娓说道:"我接完就自动关机了,想来是没电了。幸好我接了吧?"

邱诗媛的好意让寒江有些疑惑，但是他也没空多想，收拾好书包就跑了出去。此时天色已晚，寒江担心千岁等太久便打了车前往昌江边。

C市位于陵江和昌江的交汇处，它的夜景奇丽，是这山水之城的一大特色。

千岁会拍照之后，曾带寒江来江边，说要给他拍几张照片。寒江觉得有些别扭，拍出的照片除了剪刀手就是剪刀手。

当时千岁还说他："真是生生浪费了这张脸，那么好看偏偏不会笑。"

寒江明明听见了，还故意问一句："你说什么？"

"我说你丑，丑出天际。"

寒江抿嘴，趴在江边扶栏之上，眺望远方。千岁抬眸便见这幕人景交融的画面，"咔嚓"一下，记录了他完美的侧颜。

千岁在陵江边等了很久很久，也不见寒江。她冻得耳根通红，裹紧了外套，在青砖上来回跺脚。

她要等，等一句话。

只要他说留下，她就不走。

直至华灯落幕，江面骤然起风，千岁的身心逐渐被冻得麻木。

她呆呆地看着前方，握着手机，脑中一片空荡，没人帮她、问她，就连这天地都逼着她做出选择。

千岁的心，一点点沉到了江底，她喃喃："现在，连见一面都不愿意吗？"

千岁回海寓酒店后，河世华就在大厅等着，他拿着两人的行李箱，见千岁失魂落魄地回来，上前问道："怎么了？"

"没事。"千岁轻摇头，待看到行李的时候感到奇怪，"这是？"

"今晚要住到我朋友家去，明天中午飞美国。"

千岁急了，说道："爸爸，我……我也要同你一起。"

河世华摸摸她的脑袋，从包里掏出机票和护照："这是你的，我早已经替你准备好。我在想，你应该会同我一起走的，去美国，一切都会如你所愿。学校的手续爸爸的朋友会替你办，如果你还想待些日子……"

"不。"千岁咬唇，从没有这般吐字艰难过，"我不想待了。"

寒江，你为什么没有来？

就真的不想见我吗？

千岁坐在飞机上的时候，还觉得这一切只是个梦。昨日种种，都是什么因果？有那么几秒钟，她有冲动，迫切地想要下飞机，想要回到小巷，回到寒江在的地方。

但是，他应该对她失望了吧，那又何必回去自取其辱？

千岁觉得喉咙发痛，她捂住眼睛埋着头，死死咬住嘴唇，不发出一点声音。

在这有始无终的结局里，我们是否还能不期而遇呢？

夏热如约而至，现在已是高考前的一个月。

应苏梦和尔萌坐在一起写作业，尔萌又悄悄往后瞥了一眼，寒江依旧在埋头写卷子，与往常无异，却又大有不同。

"他现在同你说话吗？"尔萌回过头问应苏梦。

应苏梦摇头："我说过几次，但他没有理我。"

尔萌拿笔戳着下巴，嘟嘴说道："他连看都不看我一眼，每天除了写作业就是写作业，话都不说两句。"

应苏梦喟叹。

尔萌不死心，再次问道："千岁真的没有跟你联系过吗？"

"真的没有。"

"那究竟是为什么啊，一声不吭就转学了？"

尔萌说这话的时候，邱诗媛从座位旁走了过去，尔萌抬起头看她一眼，大刺刺地翻了个白眼。

邱诗媛不高兴了，但又不想同她闹别扭，索性弯腰趴到尔萌的书桌上。

尔萌警惕起来："你干吗？"

邱诗媛笑说："你不是想知道河千岁为什么突然就走了吗？我告诉你啊。"她微微低头，小声说道，"因为她给宋白写信，宋白拒绝了她，可能太羞愧了，所以就走啦。"

应苏梦当即开口："你别胡说。"

"怎么，你知道？"邱诗媛反问。

尔萌丈二和尚摸不着头脑："什么写信，我怎么不知道？"

邱诗媛直起身，又卖起了关子，故意不说下去，惹得尔萌追着她询问。应苏梦看到寒江此时投过来的目光，黯然的，一闪而过，毫无生气。

那天放学后下雨，应苏梦看到寒江拎着书包在楼下躲雨，她撑伞上前，好心地邀请他一起走。

寒江连招呼都没打，背起书包便迈进雨幕当中。

"寒江……"

应苏梦沉了心思。

即便多次被无视，她也没有放在心上，毕竟寒江是迟到最好的朋友，在这样的时刻，希望这些关怀能让他别那般难受。

寒江行走在雨中，一路不快不慢，待到昌江边的时候，早已湿了全身，书包里灌的全是雨水，书本已被浸透，积压的水全都顺着书包底部往外流。

他的头发剪得很短很短，衬得五官更为挺拔，他踱步往前，双手放在扶栏之上，看着雨水击在江面，漾起无数个小小的水花。而他的脚边，落得尽是蔷薇的花叶，眼前的山城，清冷又凄美。

寒江动了动唇，像是要说什么，最终吐出两个字。

"骗子。"

眼眶忍不住落下了泪,和雨水一同在面庞横流。

想忘亦难,但绝不思念。

他动了动喉咙,猛地低下头,紧闭双眸。

绝不思念。

第五章

思念如期而至

Like she

整整九年

眼里的姑娘月夜归来

拾掇人间白菊一盏

这世上的光鲜明媚便都在她眼

Chapter 1
王宝钏寒窑苦等十八年的戏呢

周日早上八点的检察院,大厅内的门禁打卡机"哔"的一声,保安抬头,随即起身问好:"寒检,这么早就来加班啊?"

来人西装革履,身形修长,他单手将工作证套在脖子上,随即转过头来,那张俊朗的面容含着笑:"对。"

寒江又低头看着左手牵着的小东西,还耷拉着脑袋打瞌睡。

"球球,睁开眼睛,我们上去吃早饭。"

保安抬头看了一眼,是个两三岁的小娃娃。他正想问些什么,电梯门开了,寒江索性抱起孩子快步走了进去。

球球趴在寒江的肩头直接睡了过去,到了办公室门口,寒江只得又单手开门。这间办公室不大不小,外头有四五个工位,他走到里头还有两个,最里面是资料室,还有几张午休用的黑皮沙发。

寒江将沙发上杂乱的档案和书籍都推开,拿毛毯垫在上头,这才把球球放上去,又脱下外套给他盖严实了。

做好这一切的时候,寒江环顾四周,应该是没有什么问题了,既然孩子这么困就让他再睡会儿吧。

寒江走到两个工位处,将其中一张桌上摞的案卷资料分类出来,腾出桌面上的一角,又去将饮水机的开关打开,趁着烧水的空隙,他拿出手机翻了会儿,点了一份粥外卖。

没一会儿,手机显示"迟到"来电。

"怎么样,他有没有闹你啊?"接通后,迟到浑厚响亮的声音传来,还咯咯笑两声。

"没有,比你听话多了。"

"我大概五点多就到 C 市了,晚上直接来我家吃火锅吧。"

寒江觉得奇怪:"你不是家里出了点事吗,还有心思吃饭?"

迟到回他:"别提了,搞了个大乌龙,晚上见面再说。对了,中午给球球弄点面条吃,他非说要吃面条。牛奶昨晚给他冲了吧?那个米粉不要加太多,睡觉一定要把尿不湿穿上……"

寒江听着头都大了,赶忙出声打断:"行了我知道了,我还有工作,就这样。"

说完就把电话挂掉了。他揉揉脖颈,放松下四肢。昨晚赶鸭子上架,临时接到这个狗都嫌的"三岁熊娃",还照顾了一晚上。因为睡觉旁边多了个人,寒江夜里醒来无数次,生怕压到娃娃或是给人挤下去,都没怎么睡。

早上起来,寒江就看到球球四仰八叉地横在床中间,犹如现在躺在沙发上都不老实,一条腿跷得老高。寒江拿到外卖后,进资料室中就看到他这副模样。

他叹口气,去拨球球那条腿的时候,手心的触感不太对劲,再一摸,一看,崩溃了,球球尿了,在沙发上画了一幅超大地图。

"醒醒,球球。"寒江拍拍他的小脸,"快醒醒。"

睡梦中的球球醒来,一脸蒙地看着四周,喊了几声爸爸,又发呆地坐在那儿,还摸摸自己的屁股说有水。

寒江叉腰望着他半晌,终是扶额。

球球下半身裹着一件外套,坐在椅子上美滋滋地吃着米粥,拿着水煮蛋口齿不清地说着什么,好半天寒江才弄明白,他点头敷衍:"嗯,这是鸡蛋，你快些吃。"

寒江短暂地加了会儿班，又开车带着球球到附近商场。他用外衣将球球裹紧，到儿童服装店去买裤子。服务员估计也是第一次见家长这样带着孩子来买衣服的，全程抿嘴笑。

买完裤子后，球球开始满地跑，硬是给他找到儿童娱乐区，看到小汽车旋转木马就走不动路了。寒江要抱他还不让，非要去买游戏币来玩。

如果不是球球指示，寒江都不知道玩这些设施要买游戏币。

寒江在等工作人员数游戏币的时候，远远看到一个熟悉的人影走过，他的心"咯噔"一下，下意识就要跟上去。球球拉着寒江的裤子闹着要玩，寒江抱起球球，再往那个方向看去，之前那抹熟悉的身影此刻转过身来。

并不是他想的那个人。

"好，我们去玩。"寒江跟球球说，却有些无力。

球球坐在旋转木马上开心笑着，寒江面上回应，但他的心却笑不出来，那里早已一片纷乱，在这嘈杂的现实世界中，无处安放。

晚上寒江到迟到家的时候，迟到已经回来了。一开门，球球兴奋地扑过去："爸爸，爸爸。"

"乖儿子，听小五爸爸的话没？"

球球点头，指指一个方向："玩车车了，还有木马。"

"去游乐场了啊。"

寒江进去，把门带了起来："没有，就是商场。"又把一个纸袋递给迟到，"喏，尿的裤子，还没洗。"

迟到这才发现球球穿了条新的，还赞美这条裤子时尚。

寒江白了他一眼。

此时，有人接过寒江手中的袋子，对他说了声"谢谢"。

寒江看着围着围裙的应苏梦，点点头。应苏梦亲了口球球，问有没想妈妈,球球说想。迟到也问有没有想他,球球继续说想。

"我们家球球将来一定孝顺。"迟到很满意。

应苏梦说:"不求多孝顺,只求不给社会带来麻烦就好。"

"那怎么会呢?不管是像你还是像我,咱球球都不会的。"迟到将球球举高高,"对吧,胖球。"

"胖球球。"球球自己念着,笑着。

寒江看着这一家三口,其乐融融,甚是美满。明明是一幅好画面,可自己看着却很心塞,他只能走到客厅去,独自寻个地方坐着。

吃饭的时候,迟到才说,昨晚应苏梦接到妈妈电话,说乡下外婆得了绝症,吓得一帮子人马不停蹄赶回去,生怕老人家多想。

"我那丈母娘在车上哭得呀,"迟到忍不住笑说,"一回去才发现,是家里养的狗得了什么病要死了,外婆给丈母娘打电话也没说清楚,弄得丈母娘听成外婆得了绝症。"

因为车上人多加上又赶时间,迟到只好把球球暂时送到寒江那儿,说先去乡下看看什么情况。解开误会后,迟到就和应苏梦先回来了。

迟到和寒江喝了点啤酒,两人谈话间,外头传来敲门声。

应苏梦先站起来:"她到了,我去开。"

寒江扭头望去,客厅传来嗒嗒的高跟鞋声响,应苏梦说换拖鞋舒服点。迟到也不知道是谁,站起身一看,"哟"了长长一声。

"我说是谁呢,C市当红小花旦,肉包子君,您的到来真是让鄙人感到蓬荜生辉啊!"

来人高挑清瘦,剪着齐耳的短发,一撇嘴便是深深的酒窝。

尔萌说道:"苏梦,你能不能管一下你老公?"

"别理他,过去吃饭。"

尔萌大步往餐桌迈去,一看还坐了个人。

"呀,我们的检察官大人。"尔萌还伸出手去,寒江看她一眼,面无表情继续涮肉。尔萌抽抽嘴角,"怎么你们上学的毛病至今都改不掉?"

应苏梦给尔萌递筷子:"要是改了,就不是他们了。"

"说的也是。"

尔萌也加入了涮肉大军,外加啤酒战队。

桌上推杯换盏,应苏梦问尔萌这次回C市拍什么,尔萌说:"网剧,青春校园的题材。"

"啊,致我们逝去的青春。"迟到端着满满一杯酒,咕噜噜全下肚。

"你慢点喝。"应苏梦抽了张餐巾纸,给他擦擦嘴角。

"没事老婆。"迟到突然低头亲了下应苏梦。

寒江当没看见,尔萌一阵鄙夷,敲敲桌子:"我说你们注意下影响好不好,这两个活生生的单身狗还坐在这儿呢!"

"又不是我让你们单身的。"迟到指着寒江,"一个再来两年就三十岁了,连恋爱是什么都不知道。"再指指尔萌,"一个净跟小鲜肉逢场作戏,也不找找真爱。人生啊,就是被你们这样一蹉跎,浪费了。"

"哎,你说寒江就行,别说我啊。"尔萌不满,"我们做艺人的一身制约,不是你想谈恋爱就谈恋爱的,再说了,娱乐圈子里啊,真爱……"

尔萌举起食指,摇摇:"没有。"

"前段时间新闻不是说有个男的喜欢你追你吗?"迟到问。

应苏梦替尔萌先回了:"那是私生饭。"

迟到纳闷:"私生饭是什么?"

"就是打着粉丝的旗号,跟踪、偷窥的一类人。"

"好变态。"迟到抖了个激灵。

尔萌叹气,又埋头进了饭碗里。

迟到凑到寒江那儿,咧嘴笑,还小声说:"以前上学她胖成那样,现在你看她瘦得,该不会,碰那个吧?"说完故意挑了两下眉。

寒江放下筷子,对尔萌说:"迟到问你是不是吸毒了。"

迟到一口口水没咽下,尔萌眼神杀过去,吓得他直呛:"开个玩笑开个玩笑,咱这当警察的职业病,呵呵,职业病犯了……"这个寒江,才真的是上学惯的毛病至今没改!

吃完饭后,当红"炸子鸡"坐在客厅吃水果,迟到在陪球球,厨房就剩应苏梦在收拾,寒江便帮着收拾桌子。

"放着吧,我来。"

"没事。"寒江端起盘子到厨房去洗。

寒江在洗碗,应苏梦此时先是看了眼外头,像是有意无意般说起自己的工作——她是数学老师——应苏梦说自己的一个女同事在教学方面特别用心,深得大家喜欢,紧接着就说道:"我觉得她和寒江你挺像的。"

寒江不动声色:"像什么?"

"就是你们都很聪明,性格也比较像,如果相处起来,会很融洽吧?"

应苏梦话一出口还是觉得有些露骨了,寒江那么聪明,怎么可能不知道她想说什么。

果然,寒江直言:"我没有交女朋友的打算。"

"那结婚呢?"

结婚?

寒江洗碗的动作一滞,他想了想:"更没有。"

"寒江,你是不是……"应苏梦想问,但不敢。

寒江将最后一个碗洗好,他抽了张厨房用纸擦擦手,看也没看她。

"是什么,是还在想着那个人吗?"他竟主动说出来。

"嗯。"

寒江说:"那个人……她主宰了我的小半生,让我很是痛苦。所以,未来我不会再和她有任何瓜葛,就算哪一天,她重新站到我面前了,我也一样。"

他顿顿,良久:"无所谓。"

尔萌被经纪人先接走，说还要对戏。她的经纪人是宋璐璐，也算是大家的熟人，大学毕业后宋璐璐从事影视工作，圈子本来就不大，后来就做了尔萌的经纪人。

寒江因喝了酒，便把车放在迟到家。迟到下楼送他，两人在小区中散了会儿步。寒江异样沉默，迟到在一旁心中打小鼓，因为在饭前，迟到和应苏梦说好的，由应苏梦来提介绍对象的事情，毕竟女孩子提，寒江也不好说什么。

"以后你别再跟苏梦说这些事情了。"寒江突然开口。

"啊，什么？"迟到装傻充愣。

寒江深深看了他一眼，果然结婚的男人心中只有老婆。寒江对千岁的心思，只明确告诉了迟到一个人，但目前来看，显然应苏梦早就知道了。

迟到尴尬摆手："哎呀，都过去的事情了，还惦记干什么？"

"我没有惦记。"寒江为自己辩解。

你就自欺欺人吧，迟到抬头望天想着。

"难道我这辈子就该想着她吗？我又不欠她的。"

迟到立即拍手："你说得太对了，能认识到这一点证明你还有抢救的机会，所以啊，我给你介绍的姑娘，你没事就联系联系。"

迟到吧啦吧啦一路，寒江也不知道听进去没有。到了大门口，寒江说："你回去吧，我要再走一段。"

"我给你叫个车吧。"

"不用。"

迟到没再说什么，看着寒江挥挥手，很是孤寂地走远了。

这小子，他真的放下了？不对，这惨兮兮的小模样，怎么那么像……王宝钏寒窑苦等十八年的戏呢。

寒江还在街道上走着，月夜如水，视线所及皆是这城市的喧嚣与繁华，一抬头，就能看到广场的 LED 屏上播放着尔萌代言的葡萄饮料广告。

尔萌真的是女大十八变的代表性人物，尤其是瘦了之后星路犹如开挂一般，势不可当。她曾以女团出道，在合约到期后单飞又换了家经纪公司，开始走演员和综艺的道路。

尔萌一直全国各地飞，除了工作基本很少回 C 市，这次听说拍电视剧要待三四个月。尔萌应该是他们当中工作最辛苦的一个了。

应苏梦因为迟到，放弃北上，留在了 C 市读了师范，毕业后就应聘到致远初中部做数学老师。她说，终于找到了梦想。

迟到当年离开致远，上了另一所高中，没日没夜努力学习，考入了 C 市警校，现在在派出所工作，算是圆了爸爸的梦。

而他，第五寒江，上了政法大学读了法学，跟千千万万的公务员一样，他勤奋工作，努力生活，过着平稳简单的生活。

只是……

为什么他的心如此空荡寂寞？

他觉得是不甘。九年来，他受尽日夜无望的孤苦，这幸运，也该轮回了吧？

Chapter 2
他宁愿见她时流泪，也不要说一句我不喜欢你

应苏梦上午请假带球球去体检，中午赶回学校。她回去的时候还是上课时间，校内外比较安静，经过十字路口的时候，应苏梦远远就发现一个身影。

她站在树下,看着教学楼的方向。

应苏梦都没来得及过马路,也不管是不是,便急急唤了那个名字。

"千岁!"

那人回头,同是万分诧异。

千岁一眼便将应苏梦认出,她也没有想要逃走,只是站在那儿,一瞬间眼泪喷薄而出。应苏梦穿过马路,快步上前拥抱住她。

应苏梦惊喜万分:"千岁,是你啊!"

"嗯。"千岁回以微笑。

"是你吧千岁?"应苏梦还是不敢相信。

"是我,苏梦。"

应苏梦确定是她,这才缓缓松开,她调整情绪,心中有诸多疑问和思念要倾诉,但她还是先问了句:"你见寒江了吗?"

千岁听到这个名字,摇头。

"那尔萌呢?"

千岁还是摇头。

"跟我进去吧,我们聊聊。"应苏梦示意学校里面,随即浅笑说,"你还不知道吧,我现在在初中部教数学。"

"真的吗?"千岁仰头望去,那一排排白色教学楼似乎没什么变化,只是绿化做得更好了,操场的方向多了很多粗壮的大树。

她说:"我以为,这里谁都不在了。"

应苏梦转眼看她,俏丽的脸庞上带着忧愁的眸子,两人紧紧牵握的手心,也有些发烫。

应苏梦说:"这里,谁都没有离开。除了你,千岁。"

应苏梦下午还是跟学校请了假,和千岁在咖啡厅叙旧,这一聊就是七个小时。千岁告诉她,自己跟爸爸在美国生活的大致情况,也回忆了青春年少的校园生活,所有的酸甜苦辣都有,唯独没有寒江。

应苏梦忍不住开口问她:"你在美国这么多年,只言片语都不曾给过我们。千岁,就算你心中没有我和尔萌,那么,寒江呢?"

"寒江?"千岁苦笑,"我跟寒江怎么了?我们,也只是邻居而已,如果不是父母那一辈,也许我和他不会有任何交集。"

"那你可知——"应苏梦拧眉看她,有些不忍,"你知不知道,在你不告而别的一年后,寒江的爸爸,心脏病,走了。"

"什么?!"

千岁的心揪了一下,她难以置信,握住拳头:"我爸爸没有跟我说过,我爸爸说他们一直都很好的。"

"你爸爸……"应苏梦淡了眸子,"我并不是反对你和叔叔团聚,我也没资格来评论你的家事,只是,从我们谈话到现在,你一直在说叔叔,我不知道你在美国究竟过得好不好,但听你说做了喜欢的事情,我很高兴,因为你终于做了自己。但是千岁,人一旦做自己,就要舍弃一些东西,而这中间,你就会造成无形的伤害。寒江,就是那无辜的牺牲品。"

千岁还在揪心老五叔叔的离去,应苏梦继续说道:"寒江爸爸去世之后,寒江就变了,我们也不敢去问他你到哪儿去了,还有高考那大半年,他过得很是煎熬。"

良久,千岁说:"对不起。"

"你不用跟我说对不起。"应苏梦伸手握住她的手,"我和尔萌一直相信你是有自己的苦衷的,后来我听迟到说了你和寒江的约定,我们都不知道你们到底怎么了。"

"事情过去那么多年了,当时的我们都太小。寒江他,会变的。"

"想知道他变没变很简单。"应苏梦急忙说道,"我可以问出来,最重要是你有没有变。"

205

千岁沉默，没有回话。

她看着窗外，街道不再熟悉，过往的行人更是陌生，那这究竟，是她变了吗？

她说："苏梦，你知道寒江爸爸的墓地在哪儿吗？"

应苏梦与千岁相遇，是在回外婆家之前的事情。

所以在家中吃的那顿火锅，是应苏梦组局的。她本想将千岁回国的消息告诉他们三人，酝酿良久，最后还是没开口，但是她问了寒江一些话，不难看出，寒江至今未将千岁遗忘。

千岁再次回到致远是周末，有人在门口接她。

那人穿着印有"青春"的黑T恤，冲千岁挥手："嘿，大导演。"

千岁咧嘴笑："林哥。"

林哥摘下帽子，千岁小跑上前，"哎呀"一声："就两年不见，你都有白头发啦。"

"你也不看看我多大岁数了，倒是你怎么黑了？"

千岁捂脸："去了一趟非洲，就晒成这样了。"

"你现在可是大名鼎鼎，前段时间我去电视台就听说外聘了一个美国大美女，我还想着是怎样一个金发碧眼呢，一听朋友说叫河千岁，一拍大腿，不是我那小徒弟嘛！"

林哥口中的朋友正是和千岁对接项目的同事，他们要启动一个真人实录纪录片，千岁便是特邀导演，也才为此回国。

千岁在美国学电影专业那么多年，跟林哥也没有断了联系，她曾介绍林哥来美国参与一个拍摄项目，两人做了两个月的搭档。

千岁当年离开C市的时候，林哥也辞职北上，后来给一些剧组搞摄像，在业内小有名气。此次回国，知道林哥也在C市，千岁就到剧组来探班。

"你看,我们在你母校拍摄呢。"林哥出示证件带千岁进去,边走边问,"你的项目什么时候开机?"

"应该快了,已经做过调研了。"

"那你要待多久?"

"看情况吧,我其实想多待一些时日。"

"是怀念家乡了吗?"林哥指着学校,"看着旧物是不是很欢喜?"

千岁点头:"是啊。"

"待会儿你更欢喜,有大明星。"

林哥因为还有工作,便让她自己先转转,等他忙完再过来。

千岁在闲逛的时候经过了演员们的休息区,看到一个小助理端着两杯果汁,坐在躺椅上的应该是个演员,是个挺漂亮的姑娘,但千岁不认识。

助理说:"咱们还是客气点吧,人家出道那么早,算是前辈,老是顶撞不好。"

"我就是烦这种眼睛长在头顶上的,装什么清高!"

"你别说了,你把果汁先拿着,我把包包放车里。待会儿我给她送过去,示示好。"

助理走后,这姑娘打开杯盖,突然朝里吐了口唾液,还冷哼两声。

千岁本来想当看不见的,可当她走到别的地方时又看到那个助理,拿着果汁问工作人员:"你知道尔萌在哪儿吗?"

工作人员指指一个方向,助理便往那儿去。

千岁想也没想就跟上去,追上助理之后拦住她:"不好意思,这是给尔萌的吗?"

助理看着千岁,面色有些防备:"你是?"

"尔萌在休息,现在不便打扰。而且,她不爱喝鲜榨果汁。"

"你是谁?"助理又问。

207

千岁想想答道:"我是她团队里的人。"

"不可能,她团队的人我都认识,我怎么从来没见过你?"

千岁不打算再纠缠了,伸手拿过她的果汁。助理显然没有想到还会有人抢东西,"哎"了一声:"你干什么拿我东西?"

千岁直接扔进一旁垃圾桶,助理怒了,扬言要喊场工。千岁制止无果,冷冷说了句:"那你喊吧,让所有人都知道你家演员往这里吐了口水。"

"你不要胡说!"

"就在你去放包的时候,我看到她往里头吐口水了。"

助理还是有些心虚:"不可能……的。"

"你不相信就算了,你要喊人就继续喊,或者,果汁多少钱,我赔给你。"千岁掏出钱包,抽出一张红票,举起,"这个钱买果汁够了,但买不了一颗善意的心。回去告诉你们家艺人,只有骆驼才朝人吐口水。"

助理被说得很是难堪,想解释什么又咽了下去,钱也没接,扭过头就走了。

千岁将钱放回原处,刚合上包,身后就有人喊她。千岁一愣,未转身,那人又喊一声:"千岁。"

她只能回头,对上那人惊喜的面庞。

"尔萌。"

千岁和尔萌、应苏梦在一家小酒馆喝得酩酊大醉,尔萌一杯酒饮下,"啪"的一声掷在桌上,大手一挥:"从今天起,Hey 组合再次出道!"

应苏梦摸摸桌沿,打了个酒嗝:"别把桌子磕坏了。"

千岁撑住脑袋,敲敲桌子:"老板,这里,再拿两瓶。"

"咱不喝了吧,差不多了,我有点想吐。"应苏梦话也说不利索,凭借着一丝残留的清醒,拿出手机打了个电话。

尔萌跟千岁撞杯:"我混酒场这些年,还没人喝得过我。此时,棋……

棋逢对手。"

千岁："将遇良才。"

"干！"

"干！"

"千岁啊，你怎么那么狠心啊，一声不吭就走了，这么多年，连个信都没有。"尔萌说着说着抹眼泪，"我其实很想很想很想跟你说些话，我真的好辛苦，我快要坚持不下去了，老子不想干了……"

应苏梦在一旁轻拍尔萌的背："喝多了喝多了。"

"我没有喝多，想当年我为了一个角色，连喝四场，眼皮都不带眨一下，最后还是被人抢了。"

应苏梦安慰，千岁沉默独饮。

"但是我不放弃啊，千岁，你那么小就学跳舞，也没有放弃啊对不对？那我就得向你学习，坚持，就是一种习惯，我一定可以的。对吧千岁？"

尔萌突然就抽泣起来，一发不可收。她与千岁高中同桌近三年，她们的感情难以言喻。

"千岁，你过得好不好？"

千岁点头，哽咽："我很好。"

"不，你肯定过得不好，我知道的。我知道你的，千岁，你一定过得不好，一定比今天任何一个人都要难受。宋白，宋白你还记得吗？我到现在都特别怨他，因为他，你才远走他乡，我到现在都没有原谅他……"

"不是的，尔萌……"

尔萌双手撑在桌边，一字一顿："就怪他。""砰"的一声，倒在桌上。

紧接着，应苏梦也倒下。

迟到到店里看到的就是这幅画面，两个沉醉不省人事，还有一个屹立不倒。待看清是千岁时，迟到蒙了。

寒江就坐在自己车上，看着迟到独自一人将应苏梦、尔萌挨个儿扶出来。迟到关上车门，走到寒江处，气喘吁吁道："这喝醉的人真的比死人还重。"

寒江环胸，面无表情："你一辆车就行了，喊我过来干什么？"

"本来我是想让你送尔萌回去的，但是——"迟到挑眉，拇指戳戳店里面，"里头那个可能需要你送。"

"谁？"

迟到拍拍他的车门："你自己去看吧，我先撤了，累死我了。"走几步又回头，问，"你没心脏病吧？"

寒江白了他一眼，神经。

寒江极不情愿地下车，进到店里面，目光快速搜索一圈，锁定一个埋头的女孩。他慢慢靠近，女孩终是抬头，瞬间，寒江胸口一痛，身体像被什么东西箍住一般，怎么都动不了。

下一秒，他一个箭步上前，伸手托住千岁，她险些要倒在桌上。

寒江想过无数次两人重逢的场景，在机场，在车站，在街道，在商场，抑或，在索道上，在江边。眼前狼藉的桌面，迷离的她，让寒江难以接受，他应该留下，还是一走了之？

店里冷气开得太足了，寒江找回了一点思绪。他将千岁放好，缓缓拉开外套的拉链，脱下，盖在她的身上。待他弯腰将千岁抱起，目光依旧不舍离开她的眉眼，她竟一点都没有变，还是这般清冷。

寒江将她放在车上的时候，千岁突然抓住他的胳膊，口中说着什么。

好几声，才听清。

她在喊："寒江，寒江。"

眼角湿漉漉，不停地在流眼泪。

车上了高架桥之后行驶了好久，寒江握住方向盘的手紧了紧，他逼迫自己不去看向躺在后座的人，他只想不管不顾地开下去。

一路下去，没有尽头。

直到眼前一片模糊，寒江伸手抹了下，鼻子一阵酸楚，终于忍不住哭出声来。凉薄如他，明明告诉自己不要在乎，心口的那股气就憋在喉咙处，只要他愿意，只要他一喊，就可以了。

寒江却没有。

他宁愿见她时流泪，也不要说一句我不喜欢你。

Chapter 3
她眼里的星光，是他不见的温柔

寒江大学毕业那一年，子君要从城里搬到乡下跟姨姨们居住，其实当年老房拆迁之后她就不想在城里待了。临走前喊了静姝一同吃饭，饭桌上寒江话少，都是两个妈妈在说。

静姝期间问寒江："小五，还没交女朋友吗？"

寒江放了筷子，神色淡然："没有。"只是垂下双眸的瞬间，有丝丝无望。

子君在一旁笑说："他啊，他这闷性子不讨喜，这么多年也就能跟千岁玩到一起……"突然就提到了千岁，场面陡然静默，子君也有些感慨，忍不住问，"千岁她，还好吧？"

寒江也看向静姝，她没什么不高兴，似乎这么多年已经把这件事情放下了。静姝不想因为大家顾虑自己而小心翼翼的，她主动说着："她前段时间还给我寄了照片，和实习公司的同事们聚餐，过得很好，比跟在我身边的时候开心。"

"话也不是这样说。"子君于心不忍，轻轻握住静姝的手说，"我了解你，了解咱们做妈妈的感受，你始终放不下千岁，就像她惦记着你一样。静姝，别逼自己了，给她一个机会吧。"

这对母女，明明深深相爱，却苦苦纠缠。

寒江在送静姝回家的时候，帮忙拎着子君给的蔬菜，静姝看他辛苦便让他在家中坐坐，要拿些点心给他带回去。

静姝去厨房忙碌的时候电话响了，寒江顺手帮忙接了起来。

话筒中传来的声音一瞬间让他怔在原地。

他期待的、失望的，埋藏在心底深处的记忆，那一刻悉数如泉涌般涌入脑海。

"妈妈。"

千岁呼喊着，声音温婉还似以往让他心动。

寒江蹙眉，为什么听着她的声音浑身像是被针扎一样痛，不是早已在心中与她分离了吗？他的喉结滚了滚，终是无言。

千岁以为静姝不愿意同自己说话，担心被挂电话，连忙解释："我没有想打扰你，就是想问问照片收到了吗？我实习的公司特别好，同事们也很照顾我。"她说着。对方还是无言，只听见微弱的呼吸声。

代表着没有挂电话，就是在给自己机会。

千岁鼓起勇气问道："你想我吗？"

她的柔软一点点在瓦解寒江的心房。

"我想你啊。"

如果这句话，是对他说的，那该有多好。

寒江眸中凝了雾气，千岁还在说着，大多都是生活的琐事，每一件事都是幸福的，而那些快乐却始终没有他。

就像他从未存在一般。

寒江的下颚紧绷，强压住翻腾的怒气。

"这里很好，我不后悔来到美国……"

不后悔，你不后悔。

寒江啪地把电话挂了，他双手按住桌沿儿，指尖像是要抠进木头里。他如果再不挂电话可能就控制不住要去质问她，但是他挂了，也便没有听见千岁最后说的：只是我很想你和寒江他们。

电话旁有个牛皮纸信封，露出了相片一角。

寒江舒缓了下情绪，将那些照片拿出来，是四年不见的千岁。

她穿着职业装，少年时期的青涩没有蜕尽，头发很长很亮，在人群之中依旧是耀眼的存在。寒江一张张翻着，本来平复的心情待看到另一张脸时，心头的小火苗又噌地冒气。

他搂着千岁，关系很亲近，如果是别的男人，寒江或许还不会这样想。

但这个人他太熟悉了，宋白西装笔挺，比少年时更加俊朗帅气。

此时静姝拿着包装好的点心出来，看到寒江手中的照片。她笑了笑："是不是想看看她过得怎样？"

寒江盯着照片上的两人，竟然不知如何面对。

她眼里的星光，是他不见的温柔。

"这个人是？"寒江指着宋白，试探性问静姝。

静姝看了一眼，说道："男朋友吧，他们有好多张照片，好像在一起工作。"

原来她对宋白，一直没变啊。

他们竟然，在一起了。

寒江缓缓将照片放回信封当中，静姝想到什么，从抽屉里拿出笔和纸写下一串数字，递给寒江："这是千岁的电话号码，你看你们要不要联系下？"

"不用了阿姨。"寒江笑得无比灿烂，他说，"我女朋友特别小气，我跟别的女孩子聊天她就会不高兴。"

213

静姝惊讶:"你有女朋友?"

"嗯。"寒江紧紧咬着牙齿。

"那怎么不告诉你妈呀,是不是担心她不同意?"静姝拍拍他的肩膀,"别怕,有什么事情我给你去说。"

"谢谢阿姨。"

静姝临送他出门前还说着:"如果你工作不忙就多来坐坐,把女朋友带过来给阿姨看看。"

"好的。"

寒江这样应答着,在进入电梯的时候,他将手中揉成团的纸扔进了垃圾桶。

从此以后,除了必要的事情,千岁家,他很少再来了。

千岁大学毕业后有了充足的时间,她曾冒出要回国的想法,而且这个想法日益强烈。她只要一想到寒江,就夜夜翻来覆去,无法入眠。

他可能还在怪自己,但如果回去给他一个惊喜呢?

于是,她给静姝打电话的时候总是想问问寒江,又怕被妈妈听出端倪。最后一次跟静姝打电话的时候,静姝突然说:"你现在长大了,有很多事情也该明白了。以前你跟寒江很小的时候调皮打架,那时候我就想着你成人之后步入社会,要是遇到这样的事情该怎么办呢。"

"妈,对不起。"千岁十分愧疚。

她以为自己经常打电话、寄东西给静姝就能缓解二人的问题,但从始至终,静姝都还在过去的记忆里没有走出来。

静姝说:"现在寒江大了,有女朋友了,你大了,也可以交男朋友了,很多事情的发展是没有回头路的,人要往前看。"

千岁没有听出静姝的意思,不可置信地问着:"寒江,有女朋友?"

"对。"静姝继续说,"有女朋友。"

这个消息毫无征兆地浇灭了她所有的憧憬。

"以后，你好好工作，没事也不要打电话过来了。"静姝忍住难受，说了两个字，"再见。"

千岁握着电话的手心出了好多汗，他有喜欢的人了。他们从未有过誓言，自己凭什么奢求他对自己还存有念想呢？

就像妈妈从来没有想要原谅她一样，哪怕她做再多的事情。

她已经走很远了，已经回不去了，那一颗颗被伤害过的心无法挽回，曾经最美最好的喜欢，都已经消失不见。

所以千岁真正要回国的时候，是焦虑的，甚至不敢联系任何一个人。

尤其是寒江。

电视台邀请她回国做的项目，是从现下一些特殊行业中选取主人公，拍摄其工作及生活状况。是朋友再三拜托，她思考许久，这才答应。促使她回国的还有一件私事，就是她要带一个十五岁的舞蹈生。

这个舞蹈生是个小女孩，名叫小悠。千岁与她的妈妈沈韵是在美国认识的，沈韵在那边做建材生意，千岁通过华裔交友圈在沈韵的公司做实习翻译。更为凑巧的是，同千岁一起给沈韵做翻译的，还有一位想不到的熟人，宋白。

宋白当年北上，考上了很好的大学，后来作为交换生到美国大学学习，打工的时候与千岁意外相见。

只不过时过境迁，物是人非。

两人除了工作交流之外，几乎没有多少交集。宋白觉得千岁变化特别大，以前高中的时候并没有怎么注意她，现在觉得她待人温和，工作上能力也很突出，他试图与千岁亲近，但却没有得到任何回应。

沈韵后来将生意转回国内，与千岁一直保持着联系，这次知道千岁要回 C 市，就想要邀请她给女儿带课，因为小悠要报考 C 市舞院附中。

这一切让千岁狠下心回国,她是想静悄悄地完成所有事情就回去,但因为思念,还是忍不住想要看看以往的人和场景。

她跟应苏梦、尔萌说了,回来的消息谁都不要讲。

眼下最重要的还是先工作。

千岁长长嘘口气,把注意力再次放到手中的资料上,她在这次电视台最终选定的拍摄者名单中,看到了两个熟悉的名字。编导在划分人员名单的时候,千岁说:"余编导,这个尔萌划分给我吧,我跟她是同学。"

"是吗?尔萌很红的,台里跟她的公司谈了好久才同意拍这个片子。那这里面还有没有你认识的呀?"

千岁笑了笑:"没有了。"

千岁是不用去盯现场的,她只用在脚本和成片上进行把关,但因为跟尔萌的关系,前期的沟通和拍摄她都去了。尔萌只要通告一结束,就怂恿千岁去喝酒,千岁无奈:"上次喝酒我都断片了,怎么回的酒店都不知道。"

"是迟到送我们的啦。"

"迟到?"

千岁知道迟到和应苏梦在一起了,应苏梦还把球球带过来找她玩,千岁看着那小不点还在感叹岁月的神奇,结婚她都没想过,应苏梦就把孩子给生了。

"我是觉得,遇到了对的人,就要紧紧抓住。"应苏梦这样说。

当时尔萌在一旁嘿嘿笑,积极地给千岁掰扯应苏梦和迟到的伟大情史,她大手一挥:"谁都想不到我们的梦梦,放弃公主般的尊严与高贵,三年如一日,雷打不动,每周坚守警校的大门,只要看到迟到就跟狗皮膏药一样,简直撕都撕不下来。"

应苏梦红了脸:"就你话多……"

尔萌道:"我都替她羞羞哪,听说迟到拒绝她好多次了,硬是被咱梦梦死缠烂打,一举拿下。这些事情啊,还是她喝多的时候我给套出来的呢。"

喝酒误事啊,千岁叹气,她喝醉的时候也不知有没有乱说话,万一迟到说出去……唉,千岁扶额,这么多年没见,让人看了都是笑话。

"行,喝吧喝吧。"

尔萌又想要聚会,见千岁答应,她在电话那端呼喝:"好嘞,那我就安排上了。"

晚上,在一家川菜馆,千岁早早就来了。尔萌提前打电话预定过位置,千岁找到包厢号后,拉开门,一看坐了个人,未看清人脸便连忙说:"不好意思这是……"

寒江转过脸来,看着已经傻在那儿的千岁,抬抬下颚:"就这儿。"

旧人相见,格外窘迫。

千岁脑袋快速转动,他身边没有女性,是单身了吗?

寒江垂眸,她真是和某人没有走到一起?

千岁都不知道自己是怎么坐下的,开始在想这是怎么回事。她是不是应该主动问好,或者是喊一下对方的名字?她偷偷瞄了一眼,寒江面不改色地喝着茶,显然没有开口的意思。

那,就算了,就这样沉默着。

但是,她想喊呀。

于是,千岁喊了一声:"寒江。"

对方竟没动静。

什么意思?不想理她,还是想装作不认识?千岁又将头低了点,还把手机拿出来点了几下,看似视线在手机上,其实在观察寒江。

他似乎瘦了,高了许多。而且,比以前,好看多了。

"咳。"千岁胡思乱想着,口水没咽下反被呛。她捂住嘴咳嗽,看了一眼对面，这才发现寒江正瞧着她。

"不好意思。"

寒江没说什么，推了一个杯子过来，里头是他倒的热茶。

"谢谢。"千岁小声说。

气氛并没有因为两人有交流而缓解，之后的沉默才更熬人。直到门再次被拉开，尔萌满脸笑容："来这么早呀。"看到寒江后有些惊讶，"哎？你也来了？"

看来寒江不是尔萌叫来的。

一脸蒙的尔萌坐下，加入了这持续尴尬的气氛当中。

"那个，我去上个厕所。"尔萌还是溜走了，千岁抓都没抓住，她起身还把包包扔给千岁，"你在这儿把我包看好了。"言下之意，你就老实在这儿坐着吧。

直到尔萌在店门口迎到应苏梦，她急忙上前问道："我们喝酒你怎么把寒江叫来了啊？"

"我没有啊。"应苏梦疑惑。

"是我叫的，我说要给他介绍个对象。"

迟到停好车走过来，搂过应苏梦说道："你上次让我老婆喝成什么样了，吐了一夜。今天我要是不看着你们，又得折腾我。"

尔萌嗔道："什么介绍对象，千岁说她不想跟你们见面。"

"想不想不是她说了算。"

应苏梦开口："好了，既然来了就都进去吧，大家迟早是要见面的。你啊，待会儿进去少说点。"

"知道了老婆。"迟到嘻嘻笑。

尔萌翻了个白眼，先进了店里。

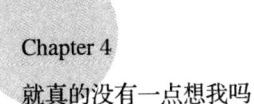

Chapter 4
就真的没有一点想我吗

这顿酒，喝得万分拘束。

千岁和尔萌坐在一排，寒江、迟到和应苏梦坐在对面，千岁感觉不管干什么，他们都盯着自己看，到最后，她连夹菜都不好意思了。

迟到实在没忍住，先挑起话题："千岁，你觉得我变帅了没有？"

千岁瞥他一眼，只要他开口就没好事，敷衍地"嗯"了一声。果然，这人紧接着问："寒江呢？"

应苏梦和尔萌对视：这是一道送命题。

千岁顿住了，又口齿不清地"嗯"了一声。迟到装聋："什么？"

心中早已把迟到给踹了好几脚，千岁抬头，嫣然一笑："比以前好看。"

"那可不，检察院不知多少小姑娘迷他呢，就连我们公安局的姑娘都问我要他电话，那荷尔蒙的魅力散发得是无与伦比啊。"

应苏梦此时"啧"了一声。

尔萌见状，举杯："来来来喝酒，喝酒好。"

迟到和寒江开车所以端茶，三位女士一饮而尽。应苏梦说："咱们今天少喝点，回去我还得备课。"

"她们俩能喝就让她们多喝点。"迟到道。

"喝多了你扛？"寒江终于开口了。

千岁望他，寒江直视："不能喝就不要喝。"

"又没有让你扛。"尔萌倒满，跟千岁碰杯。酒刚进口的时候，千岁就听到迟到"咦"了一声："我没说吗，那天就是寒江把千岁扛回酒店的啊？"

噗……

千岁直接喷了出来，还好转身快，喷到了侧面，喉咙一阵烧灼感，忍不住咳嗽起来。尔萌轻拍她的背，赶紧又倒了一杯水递过去。

应苏梦狠狠拧了迟到胳膊。

寒江自始至终都在看着千岁。

原来他早就见到自己了，还是在那样丢人的时刻。完了，再待下去，脸皮就彻底没了。千岁起身："不好意思，我去趟卫生间。"

她落荒而逃。

千岁在卫生间待了十分钟，把手洗了一遍又一遍，她耗着时间，就是不想出去。最后，她决定了，回到包厢就假装接个电话，然后撤。

嗯，就这样办，千岁深呼吸，出门。

一转身，有人靠在墙边。

千岁被吓了一跳："寒、寒江。"

寒江看着她，直言问道："你一个电话都不愿跟我打吗？"

"什么？"

寒江一把拉过她，近身。近到千岁都能感受到他呼出的气息。

"还是你从来没把我当回事？"

千岁心慌慌，寒江见她想要后退，索性搂过她的腰撞向自己。千岁惊了，伸手抵住他的胸膛，怎么使力寒江都不松。

"别动。"寒江说，"你再动，我就保不准要做什么。"

千岁仰头看他，盯不过三秒，就飘向别处。

"小五……"

"别跟我套近乎，给别人一巴掌再赏个枣吗？我最讨厌就是你这个样子，这么些年，你一点都没变啊。"他冷笑，继而说道，"是不是觉得这世界所有人都该随着你转，任何东西你都想要，就我，弃如敝屣，我的存在对于你来说就这般毫无意义吗……你竟然连半个字都不曾给我。"

寒江在恨她。

千岁感受到了。

"我以为……"

"你以为什么？你以为时间会抚平一切吗？我真想把你的心挖出来看看，是什么颜色，还是，你没有心？"

寒江红了眼。

这个人，明明是他先放弃两人的情谊的！他先交女朋友的！

凭什么要质问她？现在还要掰扯多年前的旧事！

千岁紧紧抓住他的胳膊："对，我就是没心，还没肺，行了吧？跟我这样没心没肺的人还啰唆什么，不仅丢你寒大检察官的面子，还影响你散发荷尔蒙，所以，都是我的错，可以了吗？"

"你……"

她这话说得寒江气血翻涌，他怒道："就是你的错。"

说罢，他紧紧搂住她的腰，一手按住她的脑袋，低头吻了下去。寒江是真生气了，他才不是迟到口中那样的人。

突如其来的吻让千岁清醒了，眼前的这个人不是十七八岁的少年了，他是个成年男人，离别的这九年，可以改变任何事情，包括一个人的性格。

她抵抗寒江无果，就企图张嘴去咬他。这倒给了面前这个坏男人可乘之机，寒江直接撬开她的贝齿，攻占领地。

千岁被吻得有点晕，快要透不过气的时候，寒江终于松开她。

捧着她的脸，抵着她的额头，寒江轻声细语似恳求："就真的没有一点，想我吗？"

寒江在千岁醉酒的那次，是想把她带回自己的住处的，但是又想到这么做肯定会让她难堪，只得又给迟到打电话，询问应苏梦千岁住在哪儿，

221

应苏梦也是醉得不轻,说了酒店两字就再也喊不醒了。后来寒江在千岁的包里翻出一张房卡,这才将她送回酒店。

酒店的前台看寒江抱着昏睡的千岁,要查身份。寒江拿出房卡,还拿出了自己的工作证件,他请求派一位女性工作人员进千岁的房间陪护。寒江生怕千岁醉酒,夜间身体不适。

他给陪护的工作人员付了费用,然后就一直坐在大厅。直到清晨四点多,工作人员出来跟他说千岁一夜都没吐,没有难受的迹象,睡得比较安稳,寒江这才开车回家。

迟到也没跟应苏梦说他将寒江带过去了,说是千岁自己打车回的酒店。他以为下次千岁就会主动见寒江,谁知道一次两次三次,每次千岁和应苏梦聚会,都没说要见。

这次索性他不请自来,外带寒江。

这下两人应该能发展出点什么吧,回头还得齐齐感谢他。

迟到这样想着,就见千岁哗啦拉开门,捂着嘴,在场三人还未摸清状况,就看她拿着自己的包,跑了。

"怎么了,这上个厕所……"尔萌纳闷,"那个呢?"

"怎么她好像哭了啊。"应苏梦起身要追,"我去看看。"

迟到按住她们:"不急,要看也不是你看呀,那自有人看。"

沉住气,沉住气。且观望,且观望。

寒江的办公室今天十分热闹,同事们都围过来瞧。

有男同事在一旁说:"寒检,你可得好好拍啊,这样我就能在电视上看到你了。"

"人家寒检又不是没上过电视,法制栏目你看得还少吗?"

"喂,那是工作采访,这个可是纪录片,不一样。"

"打断一下,各位老师。"负责拍摄寒江的余编导说,"我能用下打印机吗?"

"你用吧。"

办公室里的人一边继续讨论,一边看着电视台的工作人员忙碌。余编导坐在打印机跟前,把自己小组负责的采访者名单信息都整理打印了出来。寒江去倒水的时候,无意瞥了眼屏幕,尔萌的照片一闪而过。

"你这是?"寒江过来问。

余编导看寒江面相以为是走高冷路线的,没想到主动同她说话,还有些小激动。她连忙回答:"借用下打印机,我顺道再用些纸把被拍摄人的信息都打印一下,可以吗?"

"你用。刚才那个尔萌你们也要拍摄吗?"

"尔萌啊,尔萌我们已经拍完了,我这个组,就差寒检您一个了。"

寒江没有再问什么,他喝了口水,又转身去办公桌上拿手机,给尔萌拨了过去。

尔萌一接通就是长长的"哟":"寒大检察官,您怎么给我打电话呀?"

"上次你说千岁回来是给你拍摄一个片子?"

"对啊,千岁是导演。"

"好,我知道了。"寒江挂了电话,尔萌还在那头喂了好几声。

办公室工作的场景拍完之后,工作人员跟随寒江又出去取了外景,因为工种特殊,他们一个白天都在拍摄寒江的工作,决定将他的生活另外单拍,然后合剪。

但当余编导再跟寒江约时间的时候,电话始终没有人接。她跑了几次检察院都碰上寒江外出,这下可急坏余编导了,后期制作都提上了日程,其他小组都已经拍摄完毕,就差她这组了。

余编导不敢去找导演,导演太凶她怕挨骂,只能求助千岁。

"谁不配合?"千岁问。

"不是不配合,是现在联系不上他。"

千岁问她:"是谁啊?"

"就是检察院那个,叫第五寒江的。"

"第五寒江?"千岁念出他的名字,想到那个人的脸,莫名有些怨气。

"对啊,之前都说得好好的,后来我们开拍的那天,他突然说有事,那我就说再约,再联系就联系不上人了。"

"去他办公室了吗?"

"去了啊,他的同事说出外勤了。"

千岁沉思,余编导急得抱头:"怎么办啊,今早导演还问我什么时候拍。"

"不能换人吗?"千岁突然这样问。

"都拍一半了,现在换人哪行啊,要是影响进度制片组肯定要扣我绩效。"余编导可怜巴巴地看向千岁,"河导,你有没有什么解决办法?"

千岁无奈,只得说:"把他电话给我。"看来她必须会一会这位寒大检察官了。拿过余编导给的信息资料,千岁用电视台的座机打了过去,确实没人接。她想了想,随即掏出自己的手机,拨了那个号。

通了。

"你好,我是电视台的河千岁。"千岁说出自己的名字,几乎是咬牙切齿的。

电话那端声音较弱:"我知道。"

"我想跟您再约下拍摄时间。"

那端沉默,一会儿说:"可以,周末。"

"那我让余编导跟您对接,谢谢。"千岁用例行公事的口吻说完,挂了电话。

余编导还不敢相信:"真的是他?"

"对,说是周末,你准备下吧。"

"不是吧,刚刚还不接电话。"

千岁摊手,正准备把手机收起来,一则信息跳了出来。

"号码存上。"

果不其然,这个人,还真是有心机。

Chapter 5
总不能跟他一样,无耻地把人拉过来亲一下吧

千岁的耐心快要被消磨殆尽了。

给寒江拍摄的那天,千岁也跟去了,如果她不在现场,指不定又要弄出什么幺蛾子。她想好了,在现场离得远远的,拍摄完就拎包走人。

可偏偏导演那天生病了,让千岁顶上。

她再见寒江其实要鼓起很大勇气,毕竟两人一见面就……亲亲了。就算是两人有过纠葛,那也是青春年少的暗恋,谁年轻还没个过去,凭什么对她这样子啊,真是举止轻浮不稳重!讨厌!

千岁越想越无语,极力控制住自己的情绪。在寒江的住所,大家都在各自的岗位忙碌,而她先要与拍摄主人公聊聊天,问话都是办公化口吻:

"您一般在家都做什么?"

"睡觉。"

"是否有看书的习惯?"

"没有。"

忍。

"您做饭吗?"

"不做。"

"家务一般是什么时候做？"

"想什么时候就什么时候。"

再忍。

"您运动吗？"

"讨厌出汗。"

"房子是一个人住吗？"

"你说呢？"

无法再忍！

千岁忍住胸口翻涌的怒气，压低声音说道："你想干什么？"

寒江扬眉，看她一眼，霍地起身，顾自往厨房方向走去。千岁只得跟上，进了厨房之后，直接把滑门拉上，叉着腰冷哼："你这性格一如既往地不讨好啊！"

寒江不理她的嘲讽，给自己倒了一杯水，喝了几口才回她："是外邦的风气影响了你吗，这么没有职业素养？"

千岁怼上："真不好意思，我拍惯了大山大地，突然拍活物有点不习惯。"

听到此言，寒江放下水杯，转身朝她移动两步。千岁瞬间警惕，连忙后退至滑门处，她结巴道："干、干什么？"

"我几乎很少有星期天，一是工作太忙，二是我不想一个人待着，所以我宁愿再忙点。你知道为什么吗？"

"我、我怎么知道……"

寒江死死盯住她，一掌拍在厨房滑门上，空间一下子逼仄起来。

"因为我老是胡思乱想，想一些事情，想一个人。"说着，他慢慢低下头来。

千岁紧张得双手都不知道该往哪儿放，明明是害怕想要拒绝的，但又控制不住自己，渴望他的靠近。

怎么回事？不是刚刚还觉得他轻浮不稳重吗？

寒江离得好近好近，他的目光在千岁面庞上游移、琢磨，末了，扯起嘴角："站好了。"

他突然将滑门一把拉开。

千岁没有支撑力，险些要往后摔出去，无奈之下她只能揪着寒江的领子，这个举动让两人重新贴近。心头的羞愧连同被戏耍的怒气搅动着千岁，她除了瞪他瞪他，也没什么好招，总不能跟他一样，无耻地把人拉过来亲一下吧？

千岁给了他一个幽怨的眼神，恨恨地松开了手。

"我配合你拍完，晚上你陪我去个地方。"

寒江正正神色，跟千岁提出交换条件。

千岁想着不管如何得先让他拍完，便先应承下来，点头说好。

整个过程寒江确实很配合，他还原了周末自己的真实状态——加班，这让所有人都很头痛。他在书房对着电脑和文件资料呈现出一种忘我的状态，只可惜电视效果想要的更多，于是千岁再次提要求："能做一些解乏的休闲活动吗？比如做点饭、看个电视之类的。"

寒江想了想："练字算吗？"

于是，他提起毛笔在宣纸上写了许久，要是不喊停可能要写上两三个小时。

后来情景改在厨房，寒江切了半个西瓜，独自在台子那儿又吃了二十多分钟。

千岁纠结地环胸看着镜头画面，余编导悄悄过来附耳说道："要不要让寒检邀请朋友过来玩，我们取些这方面的素材？"

"他才不爱跟别人玩。"千岁脱口而出。

余编导诧异："啊？你怎么知道？"

千岁又连忙解释："你看他这种性格就知道了。"

"不会啊，我觉得他性格挺好的。"

好个大头鬼啊，都被他这华丽的外表给骗了。

寒江确实把能做能说的全都按着要求来了一遍，千岁在算素材时长的时候，寒江在一旁很是"热心"地说："要不你再拍拍我睡觉的画面？"

还睡觉，洗澡也给你拍了吧！

千岁默不作声地查看场记表，确定基本满足后制之后让余编导通知大家收工，然后她摸摸口袋，发现手机不见了。

她还想装作接个电话走人呢。

寒江就站在不远处好整以暇地看着她，慢慢从口袋里掏出她的手机，示意两下。千岁猛然想起两人在厨房，寒江近她身的时候口袋微微松动了一下。

"喂，你作为国家公仆，怎么能偷人民群众的东西！"

"少来了，我还不知道你？"

千岁伸手就要去夺，寒江高高举起就是不给。两人举动太过招摇，千岁怕引起大家的注意只好作罢。

寒江用指尖将她推开一些距离，嘴角还噙着笑："我去换衣服。"

事已至此，只能怪自己大意了，千岁踌躇半天才跟余编导说："你们先回去吧，我在这里等我一个朋友来接我。"

"哦，好的。"余编导也没有多想。

寒江开车带千岁要去的地方，她再熟悉不过，即便那些房屋街道都没有了，她还是一眼就认了出来。

那里曾是她的家，她生活将近十八年的地方。

千岁与寒江站在景观台的高处，看着底下郁郁葱葱的树木，几条石头小道和塑胶跑道蜿蜒其中，里头还凿了两个人工湖，这个公园有个好听的名字，蔷薇园。

"现在蔷薇很少了，种了很多灌木。"寒江看着公园静静地说道，他顿顿，转头看向千岁，"我爸去世没多久这里就拆迁了，我妈现在去了乡下和亲戚们生活，静姝阿姨现在住的地方离我房子不远，我们也见过面。"

"我知道她住的地方。"千岁说。

她的神情很忧伤，寒江不忍看，移了目光。

他说："我猜想，你一定还没有回来看过，你在的时候，这里的花开得还盛，你走了，什么都没了。我爸爸他，总是念着你，想着你什么时候可以回来，回来看看他，看看这里。他说，这里一定要等闺女回来再拆迁啊。甚至都没有说，在自己走之前再见你一面……"

"对不起。"千岁心头一痛，当即泪雾迷了双眼，她别过头去，不想让寒江看到她流泪的样子。

寒江也渐渐红了眼，仿佛眼前还能看见家中的小巷、上学的道路、老五蹲在门口等着他们放学的场景，这一切都如过眼云烟，只留伤心人。

"河千岁。"寒江突然唤她，千岁回过身来。

两人对视而立，迎在风中。

寒江说："我一直在怨你，怨你的心狠，怨你的离去，我以为多少你都会有些回应，但是凭什么呢？"他眼中的悲伤似有万里，"凭我喜欢你吗？太可笑了是不是？我的等待根本一文不值，怎么还在天真期盼你会同我有一样的想法。千岁你从来都不是谁能轻易改变的，因为这才是你。"

寒江的告白，在这高处，在这落日余晖之下，来得猝不及防。

"所以从今日开始，你就只是九年前的河千岁，我要做现在的我。"

"寒江，我、我当时……"千岁想开口，她想说一些真心话，她很慌乱，她害怕，害怕寒江是寒江，不是小五了。

她嘴笨："我那年没有要走的，我当时想找你……"

"过去的事情不用再说了。"寒江出言制止。

他好不容易跟过往告别,再也不想撕开伤口反复踩躏,独自舔舐伤口的日子,他再也不想过了。

寒江转身离去,留下流泪的千岁。

"小五。"

这一声,都没有喊住他。

千岁失魂落魄地回到酒店,河世华依旧不停地打电话,自打从应苏梦口中得知老五的事情,她就再也没有接过爸爸的电话。

河世华知道她很生气,这次打电话千岁接了。电话那端,河世华很是担心,他说道:"爸爸不是故意不告诉你老五叔叔的事情,当年你去找静姝被她赶出来,我看你伤心便没有告诉你。"

"后来呢?后来你有那么多时间可以告诉我啊。"千岁坐在床上,突然控制不住大哭起来,"爸爸,你最起码跟我说一声啊,叔叔他不是别人,他跟你一样是我的爸爸啊!"

"对不起,爸爸怕你接受不了……"

河世华曾偷偷回去祭奠过,他多次想告诉千岁,但害怕她难受,也就没有说。

千岁挂了电话,蜷缩成一团。

她现在无比悔恨,恨自己那么无知,恨自己从不珍惜,甚至还一直妄想,能和静姝破镜重圆,一日不行就两日,可这么多年了,静姝因为她再也不去美国,血浓于水的亲情就这样被她彻底毁了。

这所有的一切,都是她的错。

她深深地将自己埋起来,因为再也没有人,会对她伸出手来。

Chapter 6
我怕自己，控制不了

迟到也不知道抽什么风，中午跑来检察院蹭饭，热络地跟寒江的同事们打招呼，还让食堂的大师傅多给他一个鸡腿。寒江端着食盘冷眼看他："差不多行了，不知道的还以为你在这里工作。"

"咱不管是生活还是工作上，都是一家人，说什么两家话？"迟到转头对大师傅咧嘴一笑，"师傅您做饭真是太好吃了，我们派出所那食堂得跟您多学学啊。"

寒江一把将他拉走。

两人找了空位坐过去，迟到大口吃着饭，寒江却是斯斯文文的，迟到鄙夷地啧啧两声，换回寒江的白眼。

"晚上去我家吃火锅吧。"

"不去。"

"哎，要不下班咱约个球？"

寒江问："你不去托儿所接球球？"

迟到"嗯"了声，满面笑容抬起眼皮："有人替我接。"

"谁？"

迟到放下筷子，托着下巴装可爱："你猜。"

"神经病。"

"没意思，不逗你了，是千岁啦。"

寒江拿着筷子的手一顿，从盘子里的西兰花处又转回米饭，咬了一口，没吭声。迟到见状，也不管他爱不爱听，自顾自说。

"千岁的工作暂时告一段落，电视台把酒店退了。你也知道的，她和她妈妈关系不太好，暂时没找到合适的地方住，梦梦就让她住我们家了。"

寒江还是不作声。

迟到又说:"但是啊,免费住总要付出点什么对不对?所以我就把家里的卫生啊、做饭啊、带孩子啊这些活儿都交给她了,我还打算让她每天中午给我送饭到派出所呢。"

听完这句话,寒江没好气地说了句:"你闲的吧?"

"怎么啦,那人在屋檐下不得不低头,又不是住你家。"

"我……"寒江被他一噎,顿时就冒了火,"你吃完没有,吃完赶紧滚。"

嗯,生气了,代表还有戏。

迟到又不死心地问:"那晚上去我家吃火锅不?"

寒江再次沉默,加快了吃饭的速度。

迟到撇撇嘴,装。

千岁买回了一大堆水果拎回了应苏梦家,迟到给开的门,看到她拎那么多东西赶忙接过。

"千岁娘娘啊,哪能让您去买这些东西,跟小的说一声,小的去买。"

"我求你了迟到,住你家已经很不好意思了,你能别这样吗?"

迟到又把拖鞋摆好:"来,娘娘您请。"

千岁叹息不再理他,索性去客厅陪球球一起玩,应苏梦和迟到就在厨房里忙活着。应苏梦问迟到寒江到底来不来,迟到示意外头:"他的心在这儿,能不来?"

"可是千岁跟我说,他们俩已经没关系了。"

"老婆,这话你信我可不信,只要他来,今天我绝对有办法推他们一把。"

"你别乱来啊。"

"放心吧,对付罪犯,尤其是'爱情罪犯',我有经验。"

应苏梦眯眼:"我也是你对付过的罪犯吧?"

迟到立即靠在应苏梦肩上撒娇："老婆最好了，那些伤心的日子就不要再提了，人家比你更难受好不好？"

"咦！"应苏梦起了一身鸡皮疙瘩。

迟到喊了声老婆，应苏梦回头，他突然低头一吻，柔柔如暖风，应苏梦当即钩住他的脖子回应他，于是两人如胶似漆难以分开，这样一幅美好的画面被千岁给打碎了。

千岁本想给球球洗点水果，彼时万分尴尬地站在门口。

"不好意思啊，不好意思。"千岁退出厨房，"你们继续。"

应苏梦红了脸，拍了迟到一下，迟到仰天长叹："我就说吧，赶紧让她走。"

过了一会儿门铃响了，迟到在厨房里喊着："千岁帮忙开下门，怎么一到饭点就来人啊。"

千岁就去开门，寒江两手拎着水果站在门外。

"寒江。"

她还是喊了一声。

寒江"嗯"了一声就进门了。迟到从厨房出来，又是长长一声"哎哟"："寒大检察官来啦，家里水果今天可要开会了呢。"

迟到拎过东西就没管他们，于是千岁还是坐在地上和球球玩，帮他把一个变形金刚从机器人拼回轿车，寒江就坐在沙发上，也不看电视也不玩手机。

千岁总觉得目光在自己身上，又怕是自己自作多情，集中精力想拼回轿车。

"姐姐。"球球糯糯地喊着。

"嗯。"

"姐姐拼。"

"嗯。"

寒江听到这个称呼就想笑,一大把年纪,还叫她姐姐。

千岁感觉寒江在笑,忍不住抬头看,寒江神色却是如常,唉,真的是自作多情了。这一边千岁还在开着小差,另一边球球已经等得不耐烦了,爬到寒江脚边晃晃他。

"爸爸,拼车,是大黄蜂,你拼,她不会。"

这下千岁尴尬了,敢情自己这是被小孩子嫌弃了吗?果然,下一秒,寒江朝她伸出手来:"给我。"

她只好递了出去,随即又假装无事站起身,走到厨房说要帮忙,被迟到给轰出去了,她又回自己的房间焦灼地站了几分钟,重新调整情绪,这才走了出去。

寒江已经把大黄蜂从机器人拼回了轿车,球球在地上来回滑着。

好不容易熬到吃饭,迟到和应苏梦坐一块儿,千岁只得和寒江挨着坐。千岁只想赶快吃完饭,躲得远远的,别在某人眼前晃了,省得让人看了心烦。

吃到一半,这家主人故作姿态扭捏了一番,喊了声:"千岁妹妹啊。"

千岁和寒江都抬头看迟到,迟到呵呵两声,重新喊了声千岁,这才说道:"千岁啊,你知道梦梦有个哥哥吧?"

千岁点头。

"实在不好意思,有个事我得给你说一下,应昭他的房子在开发区,下周要在这附近办些事情,但是车子又拿去修了,所以可能,这个,要来家里住几天。"

迟到的话说得很清楚了,让她搬出去。其实本来是没什么的,可偏偏当着寒江的面,千岁突然就有些脸皮薄。

应苏梦没想到迟到拿了哥哥当招使,怕千岁难为情,急忙说:"去住尔萌那儿吧,她反正也一个人的。"

迟到摆手:"不行,我早就问过了,剧组那边人多又乱,她和宋璐璐住一块儿呢,经常早起熬夜什么的,不太方便。"

寒江觉得有些不对劲,盯着迟到看。

迟到自动忽视,继续说:"你别担心,我不会让你没地方住的,我给你找酒店,钱我出。"他还豪气冲天地拍拍胸脯,"谁都不管你哥哥也会不管你的。"

千岁抽抽嘴角:"不用了。"

寒江此刻很不爽,却还在憋着。

"我一定给你找个又安全又舒适的酒店,这个安全性一定要高,前些日子咱们这里总是发生一些不法分子尾随单身女性到酒店的事情,最严重有一个女孩子被……"迟到对千岁伸出手,"手啊脸啊被划得稀巴烂,你这小手可不能被划啊。"

千岁真不知道该说谢谢还是该说我知道了,她觉得自己那瞬间就跟无家可归的孩子似的,没有归属感。迟到很是会营造恐怖紧张的气氛,除了寒江之外,两个女孩子都被唬得一愣一愣的。

应苏梦不忍,她说:"要不还是……"

迟到拉了一把:"不怕不怕,就算她出事,我是警察,我会为她报仇的。"

末了,千岁说:"没关系,我自己解决。"

从始至终,迟到没有询问过寒江一个字。

吃过饭在楼下的时候,寒江没好气地跟迟到说:"你叫我来就是想让我看你怎么撵她的吗?"

迟到打哈哈:"怎么会啊,确实我大舅子要来啊。"

"那他不能住酒店吗?你让一个女孩子住出去?"

"人家千岁又没说什么,你急什么啊?"迟到见机插话,"要不,住你那儿去？"

寒江沉默半响，说道："不行。"

"为什么？你不是跟人家都撇清关系了吗，你们现在只是同学，同学情谊你怕什么，真是……"迟到还想呱嗒几句，就听寒江道了真心。

"我怕自己，控制不了。"

千岁重新找了一处酒店，离沈韵家比较近。

电视台的事情少了之后，她开始去给小悠上课。小悠不仅长得漂亮，性格也很好，说什么都听。很多时候千岁看着她就想起以前的自己，多少有些怀念。

那天安顿好之后，千岁对着房间屋顶发呆，过了一会儿，她拿包出门，打了车前往静姝的住处。她不止一次过来了，只是没敢上前敲门。

她刚准备按门铃，就听到身后的电梯响了，回过头去，静姝正拎着东西走出来。千岁上前想帮衬，被静姝躲过了。

"妈！"

千岁知道得不到回应，还是想喊一声。她在美国的时候找到过静姝的单位，也多次上门想去解释，想要缓解关系，但是静姝都不为所动，不与千岁亲近，也不与她敌对，就是这般冷淡地耗着。

慢慢地，千岁也失了耐心。她有些怨静姝为什么就不愿意去理解自己，就这样消沉一段时间之后，千岁还是坚持去找静姝，即便静姝回了国，她也坚持打电话发信息。

"妈，我带了一个舞蹈生，她要考附中，所以她妈妈就请了我。这个孩子特别努力，挺有天分的。"千岁在静姝后头还在说着，"我之前在同学家住的，但是她家有孩子还是不太方便，我现在住在我学生家附近的酒店。"

静姝开了门，说了一句"哦"，然后转身看她："还有事吗？"

千岁顿住，扯扯嘴角："没事了，我就是过来看看你。"

"慢走。"静姝说，然后关上了房门。

千岁被阻挡在外。

屋子内，静姝轻轻放下东西，就站在玄关处听着门外的动静，眉间微蹙，神色忧虑。她回过身，已经将手放到门把上了，等她拉开门的时候，千岁已经走了。

静姝突然就很后悔，她应该早一点拉门。

千岁从出了静姝的小区就忍不住在抹眼泪，盲目地在路上走着，不管目的地在何处，她就只想这样奔走，便可以尽情地哭。

寒江在车里看到的就是这一幕，千岁哭得上气不接下气，他的心瞬间就心烦意乱起来，再三警告自己不要去管，可在前方路口的时候还是转了个弯。他减缓车速跟在千岁后头，直到不能再跟的时候，在最近处把车停下，一路小跑追向她。

就这样远远的，寒江慢慢跟在千岁的后头。

千岁今日的眼泪比往日要汹涌，寒江心里不是滋味，她为什么要哭？为什么偏偏在他眼前哭？不知道她哭他就难受吗？他讨厌她哭。

即便发誓不相往来的无数个睡梦中，都还想见她那粲然一笑。

第六章
我的故事都是关于你呀

Like she

窗外的傍晚在雾气中带着普鲁士蓝
像白狮幼年时候的双眼
盛满夏日和江水的波澜
随着花开时节的星辰,弥漫开来

Chapter 1
他与千岁的羁绊，除了他们自己，谁都无法替他们做主

千岁从舞蹈室回到酒店的时候，听到有人喊她。千岁回头，许久未见的老同学从沙发上起身，朝她挥挥手。

"宋白？"千岁感到很意外，听说他在美国拿到了绿卡，要定居在那儿了。

宋白上前，丝毫没有疏离感，他浅浅一笑："沈姐跟我说你回国了，在给小悠带课，我就想着过来看看你。"

曾在美国的时候，沈韵就发现宋白与千岁的关系不一般，她曾多次撮合两人，千岁有些迟钝没太注意，倒是宋白心中有数。

曾跟千岁共事的时候，每到聚餐大家都会创造各种机会让宋白坐到千岁的身边，沈韵在给大家拍照的时候还特地让宋白搂着千岁，让两人拉近距离。

他对千岁的意思，很多人都看得明白。

他是小心翼翼的。

她却没有任何心思。

宋白很感谢沈韵和当时的同事们，但最终没有把心里的话说出口，在最单纯的年少时期错过的某些东西，长大之后是什么也换不来的。

只是，他还有些不甘。

"你吃过饭了吗？"宋白问。

千岁摇头:"没,不太想吃。"

"要不,我们去喝个茶?"宋白还想再邀一下。

"不用了吧?"

"走吧。"

宋白如此坚持,千岁再拒绝倒显得是故意的,她便只好点头。宋白带她去了一家茶舍,环境清雅幽静,宋白给她点了一壶玫瑰茶和曲奇饼干。

"这个饼干对胃好,你在美国的时候不是一直胃不好吗?"

"谢谢!"

千岁因为吃不惯国外食物,饮食也不规律,得了胃炎,跟宋白共事的时候曾多次犯胃病,还是宋白给买的药。

两人又说了会儿工作,都是宋白在问千岁在答,末了,宋白忍不住问了千岁一句:"你还在怪我对不对?"

不等千岁回答,他主动说道:"这次回来,我想起了很多高中时候的事情,包括那年的泄题。"宋白丝毫不犹豫,看着千岁说道,"确实是我拷贝了答案,应苏梦发现的时候,我惊慌失措,险些将电脑上的东西删了。应苏梦为了帮我而承担下来,我也知道她为什么帮我。"

千岁静静地听着,宋白此刻落寂地笑了笑:"我是个坏人。千岁,如果我说,我只是拷贝了答案,但是没有看,你信吗?"

事情过去了那么久,许多细枝末节千岁也已经忘了,深刻在脑海里的只有应苏梦追着迟到叔叔的车奔跑的情景。宋白利用了应苏梦的善意和情谊,这是无法磨灭的事实。

宋白自毕业都没有跟尔萌倾吐过自己的心意,随着时间流逝,那便成了少年时期的懵懂之梦,他重新遇见的还是旧人,只不过已经让他另眼相看。

"千岁,我一直想问,你有喜欢的人吗?"

千岁看着宋白,他的眼睛中有希冀的光芒闪烁,随着千岁点头,瞬间黯淡下去。

"你们在一起了吗？"

千岁沉默不语。

宋白抿抿唇，终是鼓起勇气说："那能不能让我喜欢你？"

沈韵突然邀千岁一起逛超市，她给小悠买了许多吃的，牛肉买最好的，蔬菜也都是进口的。千岁看着沈韵打趣说："沈姐你以前在美国点个外卖都再三挑选，给小悠买倒是一点都不吝啬。"

"那当然了，这可是我唯一的女儿。"沈韵看着她说，"你知道的，我那么辛苦工作都是为了她，只要她好我做什么都愿意。"

沈韵是这样，静姝也是这样。

千岁小的时候不明白为什么静姝只沉迷于工作，其实她是没有理解，静姝努力工作是为了给自己更好的学习和生活空间。

她的一切物品都是最好的。

在自己怨恨妈妈的时候，妈妈忍着孤独，女儿便是她唯一的动力。

千岁想到以前，就有些难受，她无奈地笑了笑："我妈妈以前也是这样，很辛苦地工作，即便不在家，给我定的营养餐都是最好的。"

沈韵说："你妈妈一定很爱你。"随即话题又转到别处，"你看你这么大了，男朋友也没有，不考虑考虑吗？"

千岁这才反应过来，沈韵喊她逛街是有其他意思的。

"我有喜欢的人。"

"那他喜欢你吗？你要是找个喜欢你的，会过得幸福。"

沈韵意有所指，千岁也不藏着掖着了，摆手说："但绝不是宋白。"

"宋白怎么了？人家对你多好啊，你们上学的时候不是挺好的吗？"

千岁感觉像是被人催婚，只想赶快买完东西走人。沈韵还在后头追问："你现在对他到底什么感觉啊，要不给他一个机会？你再不找对象就是老姑娘了!"

沈韵后来还在撮合两人,借着小悠过生日让千岁和宋白都过来。宋白先去酒店接的千岁,他们在去之前坐在酒店里的咖啡厅,宋白问她需不需要点些喝的,千岁说不要,宋白还是去点了两杯咖啡。

两人之间比以往还要尴尬,千岁抿着杯子,觉得很不自在。上次在茶舍,宋白竟问她能不能喜欢自己,她的回答也很明确。

她说:"不可以。"

宋白问为什么,她粲然一笑:"因为我要去喜欢别人,所以你不要喜欢我。"

正当她回想着当时的场景,应苏梦突然站在外头敲敲玻璃,她知道千岁和宋白要去参加生日聚会,说好了要过来见下宋白。

应苏梦见到宋白一点都不尴尬,反倒很大方地伸手:"宋白,你好。"

宋白起身,客套地伸出手:"你好,苏梦。"

三人聊了一会儿之后,宋白和千岁起身要出发。临走前,千岁到附近便利店去买些水果,应苏梦叫住宋白,同他站在路边又说了几句话。

宋白最后说道:"你过得很好。"

应苏梦笑了笑:"当然了。"

"那挺好的。"他除了说这些,也不知道该说什么。

"宋白。"应苏梦突然喊他,正正神色,"我和迟到能走到一起,其实要特别感谢你,真的。我知道今天你在,所以特地过来见见你。"

宋白轻眨双眸,难掩愧疚之情。

"我们现在生活得特别幸福,有些时候,我还特后悔为什么没有早一点看清自己的心,白白辜负了那么好的时光,那都是有迟到的日子啊。"

应苏梦是真的放下了一切,宋白可以感受得到。

"所以啊,我得到了幸福就希望所有人都能幸福,宋白,我们的青春梦已经过去了，我、千岁，其实都不是适合你的那类人，你还是对她放手吧。"

原来应苏梦知道他对千岁的心思。

宋白问："是因为第五寒江吗？"

他知道，千岁心里的人是谁。

"寒江跟所有人又有所不同，他与千岁的羁绊，除了他们自己，谁都无法替他们做主。"

"可最终的选择在于千岁。"

"不，你错了，在这方面，寒江是不会让她做什么选择的。"

寒江在派出所门口出现的时候，迟到贼眉鼠眼地冲他笑："来得挺准时啊。"

"你喊我来干什么？"

迟到在电话里只说有急事，但又不肯说是什么事，寒江担心是关于千岁的，毕竟她现在跟迟到一家走得近。

"没事就不能喊你啦？"迟到上前搂住他，寒江还有些小别扭，迟到决定先逗逗他，"你知不知道有个人回来了？"

"不知道。"

迟到卖起关子："你猜。"

寒江掉头就走。

"哎哎哎，别走，是宋白，宋白回来了。"

寒江那张傲娇的小脸扭过去，迟到撇嘴："你情敌回来了，我想跟你组个团去把他打一顿。"

听到宋白的名字，寒江很不高兴，他一不高兴就不让身边人舒服："我为什么要去？又不是我老婆为了他放弃所有还背黑锅。"

迟到的男性自尊受到严重创伤，他对应苏梦去见宋白这事已经够不舒服的了,还指派他去接河千岁,现在几乎是咬牙切齿的。

他不怕死地戳着寒江:"你有种,老子自己去!"走两步还特地回头喊,"你可别后悔,某人现在正跟宋白在一起呢。"

"等等。"

"干吗!"迟到龇牙咧嘴。

寒江看了他一眼:"我去。"

"我现在不高兴了,就不让你去。"

两人就在派出所门口闹着别扭,来往的行人三三两两驻足看着他们,迟到觉得自己可能长得太帅了总是吸引别人的目光。他正准备脱了制服去开车,不远处的几人突然就冲上来。

目标是迟到,挥拳毫不手软。

寒江将迟到推开,躲过那一拳,迟到被推了个趔趄扑倒在地,双手被他那脱了一半的外套给牵绊住。眼看有个人往自己奔来,手中亮出了明晃晃的匕首,迟到头皮一阵发麻。

"小心!"寒江快速转身,一把揪起迟到,扯掉了他的外套。迟到将那人一脚踹开的同时,匕首划过了寒江的手背。

所里头的民警们第一时间冲了出来,将几个歹徒制伏,其中一人还嘶喊着:"就是你把我大哥抓起来的,我要为他报仇!"

原来是某个大哥的小混混,迟到抓的坏人太多了,遭人记恨报复的事情已经不止一次了,他都懒得回话,挥挥手:"全关起来。"

迟到在同事押人的时候看了下寒江的伤势,寒江捂着自己的手,伤口不深,却流了不少血。

这个意外让迟到忘了老婆给他安排的事情,什么千岁万岁都抛到了脑后,他现在只关心寒江。

在那样危急的时刻,果然还是好兄弟不要命地保护自己,心中无比感慨,暖心的小泪花正准备打转,寒江嫌弃地看了他一眼。

"现在我能去了吗?"

迟到:"……"

Chapter 2
前一秒还单手脱衣服呢,现在就无法自理了

寒江在沈韵家楼下没找到车位,所以就往外停了停。他下车的时候恰好看见沈韵送千岁出来,身旁还站着一个男人。

他身形高挑,侧颜俊朗,皮肤还是像少年时那样白皙,就连同是男人的自己看来,也还想多瞄两眼。

即便多年不见,还是一眼就认出。

寒江直直地看着宋白,沈韵上楼之后,两人还站在那儿说着话,也不知道宋白说了什么,千岁捂嘴笑了下。寒江特意挪了脚,往前走几步,让自己看起来更显眼突出一点。

然而两人眼皮都没抬,还在那儿说着话。

千岁跟宋白说有人来接,应苏梦之前跟她说好的。宋白便只好开车先走,在经过寒江面前的时候,二人的目光突然搭上线了。

车在行驶中,宋白看了寒江方向一眼,随即回过头。

凭着敏锐的嗅觉,寒江觉得,宋白一定看到了自己,还隔空给他甩了个眼神。寒江气到血液都发冷,他嗤笑。

怎的,一见面不打招呼就算了,还给他下马威?

千岁发现寒江的时候很是意外,她想过是不是应苏梦让他来的,但应该不是,他那么讨厌自己。想到这里,她便没有挪步子。

寒江走了几步,见那个傻子还站在那儿,他忍不住说道:"过来。"

语气有点凶。

千岁左看看右看看,这才确认是在喊自己。她还摸不清楚状况,挪到他身边问着:"喊我吗?"

"你在这儿干什么?"

千岁指指身后楼上:"我带的一个学生要考舞院附中,今天是她生日。"

那为什么宋白要过来?

寒江忍了忍,没问出口。

"走吧。"他很郁闷。

原来寒江真的是来接自己的,这个应苏梦……她很尴尬啊。千岁反应过来的时候连忙说:"不好意思我还有点事,我自己打车。"

千岁要逃,寒江一把抓住她,又气又恼:"怎么,前男友回来了就不敢跟我走近了?"

千岁迷糊:"什么前男友?"

寒江心有不甘,他说:"那么多人你不喜欢,你去喜欢那种人。"

千岁完全不懂他到底想说什么,面对他的无理取闹,自己压抑的心情也越加复杂。她咬咬唇:"我喜欢哪种人?"

寒江那么不客气,肯定没有好话。

千岁望着他:"我就喜欢那种人,怎么了?"

她喜欢的人,是个笨蛋。

她要被郁闷死了。

寒江太经不起挑衅了,看着千岁气鼓鼓的小脸,伸手想去捏,谁知手刚抬起就被千岁狠狠打落。

他闷哼一声,握着自己麻木的右手,在派出所匆忙包扎的伤口好像被撕扯开了。千岁看着他手上缠着纱布,还渗着血,一下子慌了:"你手怎么了?"

"不用你管。"寒江难得娇气,捧着自己的手就像是残废了一样。

"去医院了吗?"千岁急得不行,"怎么回事呀?"

寒江这才看着她,心里多少有些舒坦。千岁捧过他的手,小心翼翼生怕造成二次伤害。她懊恼自己做事总是这么冲动。

她喃喃说着,带着无尽心疼:"对不起啊小五,我不是故意的。"

千岁跟着寒江回家了。

他也不知道在生什么气,让去医院非要回家,千岁哄不好,只得往副驾驶位一坐,扣上安全带:"那我也不走了。"

寒江看她一眼,心中百般滋味。

回家之后,寒江自己翻出药箱,坐在沙发上开始处理伤口。千岁站在一旁看着,直到寒江无法给自己包扎的时候,她这才蹲下,语气有些不满:"你也不是那么厉害嘛。"

嘶,寒江很不爽,用那只受伤的手直接捏上她的脸颊。

"你说什么?"

千岁疼得咧嘴,突然就想起儿时两人玩闹,他也总爱捏自己的脸颊。

只不过长大之后,懂事了,有些举动也不再合适了。

"很疼的!"千岁佯装很痛,蹙着眉,在寒江下意识松手的时候她直接扑过去,捏着寒江的脸颊说,"疼不疼?"

她的小恶作剧,让两人都放松了情绪。

千岁扑上来的时候太用力了,寒江陷在沙发里,看着紧紧贴向自己的姑娘,他嗅到一丝浅香,忍不住圈住怀中人。

"为什么担心我?"

他想要答案,哪怕对曾经不再抱有希冀,至少现在他得明白。

千岁撑着他的胸膛想要起身,寒江不依。她在躲闪自己的目光,寒江很气:"你知不知道这样很过分?"

当初走的时候眼睛都不眨一下，现在又为一点小伤来担心他。

千岁笨拙不会说话，她就怕自己再惹寒江不开心。那天在蔷薇园的时候，寒江诉说的衷肠已被自己一手毁掉，这段感情还没开始就已经结束了。

她没机会了。

"小五，我从未想过让你如此难受。"

寒江听到的那声小五是不一样的软语，在他心底荡起了回音，不停地敲击垒砌的防线，他突然心软了。

千岁静静地说道："那一日，在你离去后很久很久，我都在想，如若那年我没有离开这里，如若从一开始就遇不到你……"

如若我勇敢地去回应你的心意……

千岁怅然若失，无奈地扯起一抹笑："你都不会像今天这样过得不是滋味，我没有办法将过去抹去，但是，如果你有一丁点不舒服，我愿意，彻底从你眼前消失。"

她再次想要起身，在自己没出息想要流泪前离开。

"我后悔了。"他突然紧紧抱住千岁，将她牢牢禁锢在怀里，他的下巴抵在她细弱的肩上，甘愿妥协，"我后悔了行不行？

"所以你不许走……"

寒江将自己的房间腾给了千岁，随后又去收拾客房，因为没有多余的被子，只有薄毯，他打算自己将就一下。

千岁也不扭捏，她想照顾寒江，毕竟伤的是右手，一个人多有不便。于是她扯了这个理由，厚着脸皮住下了。

在卫生间的时候，千岁看着寒江左手刷牙，左手洗脸，动作不仅笨拙还极其慢，但自己又不好给他上手，只得拿着毛巾站在一旁干着急。

"你不出去吗？"

千岁一脸"什么意思"的表情："干什么？"

"我换个衣服。"

"要我帮你吗?"千岁问得毫无其他想法。

寒江眯眼:"你想帮吗?"说着直接单手脱衣,露出曲线分明的腹肌。

千岁看得满脸绯红,就怕他一言不合再脱裤子,直接把毛巾扔在他脸上:"流氓。"

门后的寒江甩甩脸上的水渍,低头浅笑。

趁着寒江洗漱,千岁前前后后把这里打量了一番。上次拍摄也没好好观察,寒江的房子是三室一厅,整体装潢是欧式简约风。其中两室一间做了书房另一间是客卧,床和衣柜全部是空着的,床上适才铺了床单,放了薄薄的毯子。

千岁回到主卧的时候,坐在舒软的床边蹦跶了两下,这就是他睡的床啊。

刚想躺下,手机就响了,是应苏梦打来的。

电话一接通,应苏梦就直接问:"你在哪儿?"

千岁探头看看外头,压低声音:"寒江家,他受伤了。"

"我知道他受伤了,今天他和迟到在派出所外面遇到了几个小混混,那些坏人已经被抓起来了。"

"他们的工作这么危险啊。"千岁有些心疼,她这些年不在,所以根本不了解他们的工作。应苏梦听出她的惆怅,问道:"寒江在你旁边吗?"

正问着,寒江过来了,千岁说:"在。"

"你把电话给他。"

千岁不明所以,把电话递给寒江:"苏梦找你。"

电话转到寒江手中,应苏梦试探性问道:"寒江,你伤得重吗?"

寒江看了眼千岁,她坐在床边眨巴着眼睛,好奇他们在聊什么。

应苏梦问得这般不单纯,她向来说话喜欢绕圈。寒江挑眉:"很重。"

"那开车也不方便了,我去接千岁吧,今天说好要接她来我这里住几天的。"应苏梦浅浅地笑,想不到寒江心思转得也快啊。

"她要住这里。"寒江翻看着手说道,"我伤的是右手,需要人照顾。"

聪明人对垒都是不着痕迹的,迟到还在应苏梦身旁疑惑着,寒江伤口恶化了?还想着要不要同他去医院。

于是迟到和千岁两个吃瓜群众各在一边冒着问号。

应苏梦故作惋惜:"哦,那真是太麻烦了,千岁要是住你那儿肯定不方便,没关系,我可以拿迟到跟你换。"

迟到龇牙咧嘴看着老婆,咋了?要卖老公?

寒江开始摸不透应苏梦的意思了,她在刻意阻拦自己与千岁接触?

"有什么不方便的,哪里不方便?"

"我是觉得,女孩子照顾……"

寒江言简意赅:"我们要休息了,挂了。还有,她不仅今天住,以后都住这儿。"

应苏梦话都没说完电话就被挂了,果然,第五寒江不是一个给别人选择的人。千岁傻傻地坐在那儿,寒江把手机扔在床上,脸不红心不跳:"明天我跟你一起去酒店收拾东西,我可能生活无法自理。"

前一秒还单手脱衣服呢,现在就无法自理了。

千岁难掩笑意,寒江看了她一眼,千岁当即收敛。

这是不是代表他愿意给自己一个机会?

第二天,寒江是从小悠舞蹈室把千岁接走的,当时沈韵也在。

寒江对千岁介绍自己是朋友的说辞有些不悦,沈韵到底是过来人,打过招呼后就拉着小悠走了。在车上,寒江问千岁:"这个沈韵是你在美国认识的?"

"嗯,她人很好,是单亲妈妈,我给她做过翻译。"千岁刚想说宋白也给她做过翻译,话到口边又咽了回去,想来寒江还是不太喜欢宋白。

应苏梦事后还把她说了一顿,先问她:"你们俩现在是什么关系?"

"关系……我不知道他还喜不喜欢我。"

"你觉得呢?"应苏梦都翻白眼了,两人搞暧昧还不自知。她又说,"但凡眼没瞎的人都能看出来寒江的意思,当然了,尔萌除外。"

千岁有些纠结:"所以我想……"

"你别想了,你该给寒江一个回应,这也是你这些年欠他的。千万别再把他对你的好当作理所应当,所有的好都是想要回报的。你明白吗?"

"我明白。"

"还有。"应苏梦顿了顿说,"关于你和宋白的事情,我觉得你有必要解释一下。"

千岁不以为然:"我跟他又没什么。"

应苏梦又白了她一眼:"旁观者都会认为你们没什么,但寒江是陷在漩涡里苦苦不能自拔的人,他会疯你信不信?"

寒江那几日一到下班的点就准时回家,工位离他最近的同事看着寒江利索的身影琢磨出几分不对劲,索性问外间其他人:"你们觉不觉得寒检这几天心情挺好?"

有同事探头:"好像有点,说话都带着笑。"

"是吧。"一看有人附和他,这位同事立刻八卦起来,"从来没有下班那么准时过,据我多年的单身经验来看,寒大检察官,恋爱了。"

"啊,跟谁啊,咱们楼上楼下的不都被他拒绝了吗?"

这厮钩钩手指,所有人凑过脸来,他认真道:"电视台的,拍纪录片的。"说完还夸张地抖抖眉毛。于是大家都在努力回想,他一拍桌子,"你们都笨死算了,余编导啊,那水灵灵的小姑娘哪。"

"哦——"大家发出长长的一声。

同事环胸，甚是得意。

"那个小编导当时来找寒江，寒江还躲着她。当时拍摄的时候我就觉得两人不对劲，总是悄悄黏在一起。"

"是吗？那你给我们好好说一说。"

他一捋袖子："得嘞，你们且听我细细道来……"

Chapter 3
确认过眼神，是还不死心的人

宋白不知为何到舞蹈室来了，他给千岁和小悠带了冰激凌。

"谢谢啊。"千岁很客气地问，"多少钱我给你。"

"跟我还客气什么？"

宋白这样说着，身旁的小悠咬着冰激凌："就是啊，你跟宋白哥哥还分什么你我啊，哥哥你得加把油啊，上次还有一个好看的哥哥来接姐姐，我妈说那是你的竞争对手。"

小悠的单纯天真让千岁很是尴尬，她把小悠推走："一边吃去。"

宋白没有说话，千岁咬着冰激凌，左想右想，还是说了句："小悠开玩笑呢，别介意。"

"是寒江吧？"宋白淡淡地问。

千岁没打算隐瞒，她点点头。两人坐在长椅上，各自带着心思和不安，千岁就一直想着他怎么还不走，而宋白恰是在等着千岁担忧待会儿会来的人。

寒江靠在门口看了他们许久，那个没心没肺的丫头沉迷于冰激凌中无法自拔,还是宋白先看到了自己。

前男友和现任见面,寒江很在意千岁的看法。

宋白和寒江,没有那种老朋友的熟络感,大家都心照不宣,说句好久不见已经尽到最大努力,更是把上次见过的场景自动屏蔽脑后。

然后他们就无言地各站一边。

中间的千岁想活跃气氛,十分客气地想要还宋白冰激凌人情,说:"要不一起吃饭吧?"

寒江当即开口:"我手痛,要去医院。"

"啊,不是快好了吗?"

寒江内心翻涌,宋白也看着他,意味不明地笑着。

"又,不,好,了。"

"那……不好意思宋白,那我们下次约吧。"

还下次约?

寒江有些咬牙切齿,和千岁离去的时候,他和宋白对视一眼。

确认过眼神,是还不死心的人。

千岁上车之后,就一直在说小悠的事情,从头到尾没有关于宋白的一句解释。寒江心底那股怨气越升越高,他忍不住说道:"你能不能不要去管别人的事情?"这语气,明显不开心。

千岁觉得寒江这气生得莫名其妙,她难以理解:"怎么了?"

"我怎么了?"寒江手握方向盘,一个转弯在路边停下,他看着千岁,"你是真的关心小悠,还是另有目的?"

"什么意思?我是小悠的老师,沈姐跟我早就相识,我关心她们还要什么目的吗?"

"你知道。"寒江咬牙。

"我知道什么啊,我觉得你今天很奇怪。"

"你是不是对宋白……"寒江忍了忍,但又不甘,"毕竟你们曾经……"

千岁要崩溃了:"曾经什么啊?"

年少的懵懂又不是她的错,怎么还将那么久远的事情惦记着。千岁也生气了,她坐在副驾驶看着前方:"我还没说你喜欢别人的事情,你倒先质问我了。"

这可把寒江给冤枉坏了,他好看的眉眼中都是匪夷所思,他将车停靠在一边,打算好好跟她掰扯掰扯:"到底是谁先喜欢别人的?"

还背着他在美国和别人交往!

"就算我不喜欢别人,你还不是交女朋友了?"

"我什么时候交的女朋友?我自己怎么不知道?"

千岁嗤笑,扬了扬眉:"别不承认了,男人的嘴骗人的鬼。"

寒江长长地嘘口气,看来她今天铁定是要无理取闹了。千岁觉得自己肯定说不过他,索性不理他。她的手刚碰到车门,寒江就把车子反锁了,千岁拉不开门,头也不回道:"我要下车。"

"不许。"

千岁生气,回过头冲着他就喊:"你这人怎么这样!又霸道又无理!"

寒江再次发动车,往家驶去:"我就是又霸道又无理。"

两人接下来就开启了"小两口"吵架模式,千岁嚷着要下车不要回去,寒江冷哼:"我家是你想来就来想走就走的吗?"

"你这人怎么这样……"

"对,我霸道又无理。"

于是两人和好没一段日子就吵架了。

原来寒江还是那个讨厌的小五。

千岁依然是那个不讲理的丫头。

千岁为此十分苦恼,应苏梦就把尔萌叫来陪她喝酒。喝到微醺的时候,千岁的心情就更郁闷了。

应苏梦回想起学生时代,笑着说:"当时班上男孩子也就寒江和宋白学习成绩比较厉害,但是寒江性格比较冷,大家都不爱跟他接触。"

千岁点头,这个她同意。而后她从包里掏出两张照片,其中一张照片中的人青涩纯真,扶在江边栏杆上,脸上有微微笑意。

"这是寒江啊。"应苏梦说着,目光又移到另外一张,穿着致远的校服,背影模糊,看不清楚。

尔萌将那张模糊的照片拿了过去,眯眼看了下:"你怎么把宋白拍成这样了,偷拍的?"

"才不是。"

那是当年刚学摄影,跟尔萌、应苏梦在一起玩的时候,不小心拍到的宋白。

千岁关于年少的照片并不多,她在洗寒江照片的时候发现自己还留着宋白的一张。宋白的存在,是她对少女时代徒留的懵懂,正是这份心境让她成长,懂得去珍惜身边的人。

应苏梦看着她,像是玩闹一般:"那你觉得两个人谁长得好看?"

当即千岁的脑袋里就冒出某人冷冷的脸。

尔萌插话,挤眉弄眼地碰碰千岁:"那还用说吗,肯定是宋白啊。"

千岁推开她:"别闹。"又看向应苏梦,犹豫了下,说着,"不知道为什么,他总是莫名其妙就生气,我觉得我的心意应该很明显了吧?"

"你不说,人家又怎么知道呢。"

千岁搞不清楚:"什么意思?"

"表白啊。"尔萌在一旁听得都累,应苏梦还让她别掺和。既然宋白和千岁旧情未了,怎么着她也得帮上一把吧?

"怎么到我就变成瞎掺和了,我好歹在戏中谈过那么多次恋爱,关键要素我还是懂的好吗?尤其像你们这种死灰复燃,激情澎湃的。"

255

千岁眨巴着眼睛："你懂什么？"

"一拉二扯三不要。"

连应苏梦这个过来人的脑袋上都冒着问号，与千岁齐刷刷捧着小脑袋认真听讲，尔萌豪迈挥手："你们看啊，这一男一女两个人，吵架，男的生气拉女的，女的先是百般不愿，然后拿出小拳头捶他胸口。男的心想你要走我偏不放，转身来个壁咚吻和为爱鼓掌，女的此时一定要含情脉脉地说上两个字，讨厌。总之一句话总结，欲擒故纵，欲拒还迎。"

应苏梦先是露出意味不明的笑，尔萌戳戳她："果然还是过来人秒懂啊。"

千岁随后反应过来，脸噌地红了起来。

"尔萌你怎么这么污啊？"

尔萌不以为然："一把年纪的人了，装什么啊？你们两情相悦这么多年，你再不把握时机，苏梦都要用此招生二胎了。"

"那也不能这样子啊？"千岁一想起寒江那张冰脸，心就怵得慌，万一把她扔出来怎么办？

千岁怎么想都觉得不妥，趁她思索着，尔萌就跟应苏梦抱怨："怎么他俩的事情你都不告诉我，早点告诉我还能早点帮上忙啊。"

话说着，尔萌悄悄把宋白的那张照片装起来。

小聚散场后，迟到开车过来接送，尔萌回到剧组，千岁被撂在了寒江家楼下，寒江早已接到迟到消息，站在楼下等候。

寒江在刷门禁的时候，千岁扶住玻璃，见她此状，寒江便开口问："你是又喝了多少？"

千岁闷声闷气："没有。"

两人上了楼，寒江去厨房倒水，千岁看着他从冰箱里拿出蜂蜜，在温水中轻轻搅开，他就站在那儿，高高的，帅气的，稳如不可撼动的大山。

千岁一瞬间就心软了。

寒江把水放在桌上:"喝了。"而后他绕过千岁,去了书房。

千岁站在那儿,将那杯蜂蜜水小口小口地抿完,内心早已挣扎无数次,双脚控制不住想要往书房方向去,却又自尊心作祟,她按住椅子,没有动弹。最后,她深呼口气,紧紧咬住牙关去书房。

寒江对着电脑,但没有打字。

"小五。"

寒江也是没出息地回头,他看着千岁步伐稳定、神态清醒地慢慢靠近,下一秒,她突然以矫揉造作的姿态,"哎呀"一声,做脚崴状跌到自己怀里。寒江的双脚用力撑在地上,这才保证她坐到腿上的时候凳子不会因惯性移动。

"我的头好晕。"千岁边说边将脑袋倚靠在他的胸膛,"我可能生病了。"

千岁从来没有这样过,倒是让寒江惊讶不小,他盯着她的脸确认是不是在耍酒疯,但从那蹩脚的演技上来看,她是故意的。

寒江别过头去,忍不住笑了下,又转过脸,面无表情。

"我不太明白你想干什么。"

"我想,我想。"千岁脱口而出,"我想用小拳头捶你胸口可以吗?"

寒江轻轻托着她的后脑勺,静看她。

千岁清清嗓门,在寒江胸口打了下,划重点念台词:"讨厌。"

寒江还在琢磨这是什么意思,却看到千岁一双明眸毫不保留地望着自己,嘴角还噙着笑。突然,他感到身体中有不明的燥意。

千岁决定了。

这一次,一定要明确告诉他,告诉他喜欢他,告诉他想念他,告诉他想爱他,谁都不能阻止,哪怕他不愿意,也要硬上。

她伸手勾住寒江的脖颈,好样的,这是一大突破,接下来说我喜欢你我想爱你就行了,于是她轻启唇瓣,在寒江的如炬双眸下说道:"我想要你。"

寒江:"你确定?"

两秒之后,千岁的脑袋嗡地爆炸了,她急忙摆手:"不,不是,我重新……"

"没有重新。"

寒江低头便封住她柔软的唇,发间的香味慢慢弥漫至他的心间,他深深地亲吻着,搂着她。千岁开始回应,甜蜜与心酸齐上心头,直到红了眼眶,寒江松开她。

千岁哽咽开口:"小五,我喜欢你啊,你不要生我的气好不好,我知道这里没有我的家,但是我还是想留下来,留在你身边,陪着你,说爱你……"

"我知道。"寒江浅浅笑。

"你知道?"千岁红了眼眶,她慢慢从寒江腿上起来,改至跪坐在他身上,寒江憋住气息,千岁还沉浸在自己的情绪当中,"你知道我喜欢你吗?那你知不知道我有多想你,在你去喜欢别人的时候,我的思念,从不在你之下。"

寒江内心叹息,他缓缓说道:"除了你,我从来没有喜欢过别人,更别说女朋友了。我第五寒江,爱的等的,只有你一个。"

两人的眼中,满是柔情,寒江再也控制不住,将她打横抱起。

在房间的时候,千岁还在默默流泪,寒江替她抹去,低头亲吻。

千岁轻轻在他耳畔说着:"对不起,让你等那么久。"

"你在,什么都不晚。"

寒江与她十指相扣:"还有这里,是你的家,包括我,也是你的。"

Chapter 4

此女子与寒江，共处一室了

寒江与千岁的关系发生重大转变之后，宋白主动找了他。

两人还极其和平、友好地吃了饭，喝了茶，那场景要多怪异有多怪异，如果不是那对话犹如无形硝烟弥漫，倒真让人以为是多年好友相聚。

宋白开口说："千岁在美国过得并不是那么好，我听说她一直在缓解与妈妈的关系，所以在她遇到我的时候，没有什么心思想其他的，而且那个时候，我也没有发现自己对她……很是喜欢。"

"你什么意思？"

某人极力压抑着不爽的情绪。

宋白拿出一张照片，照片上的他走在校园小道上，因为画面没对好焦，看起来像是偷拍的一样，带着些唯美的朦胧。

尔萌在给他这张照片的时候，那一瞬间，宋白认为她的心里还有个位置。

给年少遗憾留下的位置。

"我相信她是喜欢我的，当时年少的我们什么都不懂，后来我懂了，她却开始逃避了。"

寒江看着那张照片，沉住气。他捕捉到两点信息，一是听宋白的话语，他对千岁年少时的情感念念不忘，似有不甘，这代表两人并没有交往过；二是宋白想重新追求千岁。

"她喜欢你？"寒江按捺住内心的小窃喜，"你是不是自作多情了？"

"如果我自作多情，她就不会留着这张照片，当年也不会写信给我。我现在很后悔，但认为还不晚，你说呢？"

"要我说。"寒江挑眉,"你没戏。"

"为什么?"宋白逼问。

"你知道为什么还要问我,就这么想找虐?"

宋白笑:"没关系,我今天就是想告诉你,我不会输给你的。"

"那你可要好好努力。没什么其他事我就先走了,千岁还在家里等我。"

"再见。"宋白说得沉稳而有力,惹得寒江回头看了他一眼。

"再见。"

那天晚上,寒江在千岁熟睡后起身到书房,在一本厚厚的工具书中抽出什么。

那是一个粉色的信封,上头写着:致宋白。

他将里头的纸抽出,又从头看了起来,他其实已经看过很多遍了,在千岁离开C市的这些年,但凡有点想念,就会看这封信。

毕竟她的东西,也就剩这个了。

信中有一段写着:从我见你的第一眼起,我就想和你做朋友,但是又觉得自己没有资格,因为你成绩那么好,人也那么好。

寒江看到此处,发出一声鄙夷。

"我当时成绩比他还好,也没见你说我一句好。"

信中又道:有些时候我不敢看你,因为你太闪光了。

寒江翻了个白眼,闪光灯吗还闪光,耀眼一词不会用吗?没两把刷子还学人写信,他简直看不下去。

信中还说:但我愿意改变自己,让自己成为跟你一样优秀的人,那么你愿意和我做朋友吗?很好很好的那种。如果你愿意,就请收下这份小小的礼物,生日快乐宋白,你是我心中最好的班长。河千岁。

最后落款还画了个爱心。

"拿我的钱去给他买生日礼物,还买跟我一模一样的。"寒江想起就来气,他将信胡乱塞回去,扔在书柜上头,"大白痴。"

在人生最美好的青春年华里,她竟心属的不是自己,哪怕当时只是轻微的好感,他也很是郁闷,尤其是江边失约那次,更让自己痛彻心扉。

想来最近是被千岁的撒娇给哄住了,都忘了伤疤的痛。

寒江越想越气,重新扑回床上,千岁又被闹醒。她意识蒙眬,搂着他的脖子问道:"干什么啊?"

"你说我要干什么?"他压在她的身上,捏她的脸颊,恨恨道,"今晚你别想睡觉。"

"不要闹,明天早上我还得去看小悠呢。"

"谁闹了,我认真的。"

寒江在她耳边吹气,让千岁一阵酥麻。

他轻声道:"你今天,死定了。"

说完一把将被子掀起,完完全全盖住两人,很快打闹声就变得不可描述了。

第二天早上,天微微亮,寒江先去买了早餐,在楼下收拾车子的时候,身后有人喊他。寒江回头,一看竟是子君从乡下来了。她提着两大袋东西,微笑着说:"你怎么起这么早啊?"

"哦,妈,我,那个……"寒江突然就卡壳了,糟糕!

"走,上楼,我给你带了好多菜。"

子君大步往前走,寒江这才反应过来,他佯装镇定,接过子君手中的东西说道:"我先放车里吧,正好我有事要先走。"

子君说:"不用啊,你有事你先走,我自己上去。"

"不……那个,房子太乱了。"

"我帮你收拾下不就行了吗?"子君不再理他,径直刷卡进电梯,寒江拎着东西在身后直咽口水。有生以来真的从来没有这般不知所措,他只能希望床上那人早些起来。

事实证明,希望就是希望。

千岁听到动静,想着寒江去买早餐了,便胡乱从床上套了一件上衣走了出去。子君看到的就是那样一幅画面,身材姣好的女子穿着男士家居服,因为领口过大而露出肩膀,动一动便能隐约看见酥胸。

明白人都知道,此女子与寒江,共处一室。

子君多少有些尴尬:"小五,你,你倒是说一下啊,我就不上来了。"

千岁还揉着眼,问着:"买什么了啊?"

下一秒,千岁将脸完全抬起,对上子君和寒江二人,直接蒙在原地。子君好半天才认出来,她不敢相信:"千岁……是千岁吗?"

千岁从子君花白的两鬓收回目光,下意识地没敢认,阿姨怎么老得这么快?往事难以回首,她僵硬地点点头。

"阿姨,是我。"

"你都长这么大了,越来越漂亮了啊,阿姨都没认出来。"子君上前拉着千岁就要寒暄,一个劲地问什么时候回来的,还回不回去。

寒江在一旁说:"妈,先把这个放冰箱吧,收拾下我们吃早饭。"

"那行,我正好还带了些包子,我给你们热热。"子君接过东西要去厨房。寒江这才将千岁解救出来,拉拉她的衣领:"穿衣服去。"

饭桌上持续尴尬,直到子君念完旧,才有些空闲来想千岁住在寒江这里的事情,虽说一时还没完全接受,但她也不是不通情理的人,子君表明立场:"你住这儿也行,年轻人嘛,有共同话题。"

孩子大了有想法,参与不了了。

子君悄悄看向寒江,寒江吃完面的时候抽了一张餐巾纸,先擦了下千岁的嘴角,才给自己又抽了一张。

子君觉得应该要重新审视自己的儿子。

他究竟什么时候和千岁在一起？当时她、老五、静姝，三双眼睛六只眼球都没看出端倪来，难道是这几年才好上的？

"妈。"

"啊！"子君被拉回现实。

寒江说："我跟千岁早上有事，去看她的一个学生，有什么事等我回来给你办。"

子君急忙摆摆手："我没事没事，我就到你这看看，顺道去你二叔家转转。"

"等我回来开车带你去。"

"别别别，我自己去，你赶紧忙去吧，你们忙。我看完就回乡下了。"

"在这儿住些日子呗。"寒江说。

子君感觉凳子都坐不住了："不住不住，城市雾霾太大，对吧千岁？"

千岁突然被喊，只能抬头，面前那碗面也掩盖不了她的心虚。千岁麻木点头："哦，对，是的。"

她窘迫的样子落在寒江眼中，他就那样看着，觉得甚是好玩。

其实千岁是想解释一下的，但是看寒江的样子，似乎想要把子君眼睛看到的和心里想的都给坐实。

那她就更说不了什么了。

寒江和千岁出门后，千岁见车驶离了小区，对着寒江就是一阵猛捶："太过分了！太过分了！为什么阿姨上来不提醒我不告诉我！你害我那样给阿姨看见啊，我在她心中的形象彻底没有了！"

寒江笑："你什么样子她没见过，你小时候不穿衣服还在我们家满地跑呢。"

"陈芝麻烂谷子的事你还要提，都怪你！这样一弄你让我怎么见人啊？"千岁捂脸，简直要崩溃了。

寒江忍住笑意，轻哼一声："活该。"

半个月后。

小悠舞院附中面考的现场，在后台千岁比考试的人还要紧张，她说："其实你过不过关、考不考得上这个学校，一点都不重要，重要的是你努力去做了，你妈妈就会很高兴。"

"我知道啊。"小悠看千岁如此紧张，跟个小大人一样拍拍她的肩膀说道，"就像我很小就知道自己学习成绩不够好，我妈就送我去跳舞，说舞蹈一样能让我找到自信。而在我拼命去练习的时候，她又说别勉强自己。所以妈妈呀，是这个世界上最口是心非的人了，可是她爱我，我就愿意为了她去努力。"

小悠的话语触动了千岁绷紧的弦，妈妈的爱是她唯一的遗憾。

"你妈来了吗？"

"我让她别来，我担心她跟姐姐你一样紧张。"

千岁戳戳她的脑门："她要是缺席，你的荣耀时刻谁见证啊？"

小悠拍拍胸脯："我妈就在我心里，我带她见证。"

千岁看着眼前的花季少女，心中有些苦涩，如果那年她能多理解妈妈一些，也许就不是现在的局面了。又或者，妈妈能为她退一步，该多好。

小悠凭着出色的表现被学校当场选拔保送，千岁以指导老师的身份上台，底下的面试官对千岁的资料感兴趣，便多问了一些问题。

她回着考官的话，嘴角噙着笑："对，我在国外也带过学生。"

说话的同时目光在底下扫过，沈韵不知何时来了，坐在底下，搂着小悠亲个不停。旁边还站着帮忙录像的寒江。再旁边，那抹熟悉的身影让千岁止了笑容。

静姝就站在那儿，真真切切，看着舞台上的千岁。

千岁不敢相信，静姝冲她微微一笑，她突然就酸了鼻子。那是暌违许久的妈妈的笑容,曾在她记忆的心头上存放。她连做梦都梦不到妈妈会对自己笑,那瞬间,她突然喜极而泣。

底下的考官看千岁哭得不能自已,又重复问了下之前的问题:"那您也是从小就跳舞吗?"

考官纳闷,这个问题那么尖锐吗?

千岁擦拭眼睛,忍住心酸,她看到寒江冲她竖起了大拇指,无声的安慰险些让她再次泪奔。她哽咽说道:"是的,我也是从小就开始练舞,为此妈妈一直陪在我身边……"

静姝看着星光之下的千岁,想起她曾经比赛的所有过往,每一场比赛每一份荣耀都是静姝的骄傲,却从没问过台上的女儿,她想不想要。

千岁看着静姝继续说道:"但是我辜负了她的期望,我选择了自己想要去做的事情,我的梦想完成了,妈妈的却没有,对不起……我的学生小悠,她跟我不一样,她是真心热爱、愿意为舞蹈付出所有,今后在贵校的培养下一定会为学校为自己,争取到更多的荣誉。"

千岁说完,深深地对着观众席鞠了一躬。

沈韵搂着小悠安静地看着台上,静姝侧过头,悄悄拭去泪水。

寒江看着镜头里的千岁,如此骄傲的一个人,没有放弃舞蹈,哪怕身在异乡,心有创伤,也还背负着妈妈的期望,即便她认为的坚持与努力,在静姝眼中,没有分量。

他怨了千岁九年,等了她九年。

怨她轻易放弃自己离去,等她愿意再回来他身边,他拿最宝贵的时间去赌两人之间的情分不消散,可等回她的时候,他还欺负了她一下。

多舍不得啊,寒江恨自己再见到她的那一刻,就该抱住她,亲吻她,说想她,并且要一生保护她。

一想到这里,寒江便有些怨自己没有早些理解她。

Chapter 5
而寒江，是扬起我青春的风帆，带我找到方向

寒江在小悠考试前一天去了静姝家中。

这些日子跟着千岁和小悠接触，他能感受到千岁对舞蹈的热爱和遗憾。静姝是千岁难以言说的心痛，他不愿意让她继续再承受下去。

寒江和静姝聊了些家常，便告知了自己的来意，他想让静姝一同去看小悠的升学考试，想让她看看千岁的学生是多么努力。

还有千岁的不放弃。

只是静姝还在焦灼的边缘徘徊。

寒江沉默半晌，又说："您还记得吧，我爸他还在的时候，唯一的惦念就是千岁能回来，但又怕您不开心，他说一个是自己从小疼爱的妹妹，一个是比亲女儿还要亲的孩子，你们其中一个不开心他都不开心。也许您与世华叔叔再无可能，但是，你们只有千岁这一个孩子，她也只有一个爸爸一个妈妈。"

静姝动容，寒江看着她说道："山高海深都比不过父母情，千岁她一直想得到您的原谅，也许这份感情会变得薄浅，但绝不会缘尽，更何况千岁和您都需要彼此。阿姨，看在我爸的面子上，再给千岁一个机会可以吗？"

静姝听到此言，心中有感，都是无法言说的酸楚。

考试结束后，在舞台下方，静姝缓缓将千岁拥至怀中。

这个拥抱，瞬间化解了所有矛盾，母女之间的爱，再也没有隔阂。

"妈。"千岁搂着静姝，还在道歉，"我对不起你。"

"你没有对不起我,你没错,你做自己没有错。只可惜妈妈太固执了,这些年我不知道去尊重你、疼惜你,就知道一个劲地去责怪你,千岁,你能不怨我,已经是很好了。"

"我当然不怨。"千岁抹抹眼泪,抿唇一笑,"全世界最好的妈妈,我不怨。"

千岁与静姝再次相拥。越过静姝的肩膀,千岁看到寒江始终默默站在一侧,带着柔情和怜惜。

她轻启嘴角,无声道:"谢谢。"

无须太多言语,她能明白他的心意,就像他爱她一样。

随着小悠考试结束,千岁在C市的所有事情都做完了。

河世华从美国回C市来,他听千岁说和静姝已经和解,心里高兴,再加上女儿前段时间跟自己生气,他早就想回来了。

河世华当时拎着水果站在静姝家门口,千岁给开的门,但是他不敢进。千岁回头看静姝的脸色,静姝当时在摆碗筷,心中虽有不愿,但还是淡淡说了句:"这么大老远来,不嫌弃就进来吃个饭吧。"

于是一家三口难得坐在一起。

为避免尴尬,三人所有话题都围绕着千岁的工作转,静姝就问:"那你这边工作完了要回美国吗?"

"再看吧。"千岁开心,难得调皮一下,"妈要是跟我一起,我就回。"

河世华见状就说:"对啊,一起回,我们出去转转玩玩。"

"算了吧。"静姝黯了神色,她垂眸,"我就不去了。"

这好不容易聊起来的气氛千岁可不想转眼就没了,她拿出近期养成的撒娇本领,晃着静姝的手说:"去美国好呀,我早就想回美国了,反正你也退休了就跟我回去呗,你看爸爸都真诚邀请你了。"

其实千岁没有真的要回美国的意思,她只是借此机会,想进一步舒缓父母的关系，更多的是在试探。千岁怂恿静姝去美国的话被站在门外的寒江听见了，他知道河世华来了，特地赶了过来。

这准女婿当年怼过准岳父，再不过来补救担心要进黑名单了。

当时门没有关，话语清晰地传进他的耳朵。他告诉自己，别放在心上。

屋里头又聊起了什么，他们的笑声很大，寒江准备敲门的手举在半空，最终还是放下了。他觉得这个时候还是不要打扰。

千岁将和妈妈和好的消息第一时间去跟两个姐妹分享，她们在尔萌的剧组聊得开心，没过多久宋白也来了。

应苏梦和千岁都很疑惑，尔萌哈哈说道："忘了跟你俩说了，宋白今天过来要跟我讨论同学聚会的事情。"

应苏梦看了尔萌一眼，她眼神躲闪，指指凳子说："坐千岁旁边。"

"什么同学聚会？"千岁先问。

"就是同学聚会啊，这不班长难得回来，我这个文艺委员就想着操办操办。"

应苏梦说："你怎么不先跟我们商量商量？"

"这不就商量来了嘛。"

宋白和尔萌将同学聚会的地点和时间定了之后，尔萌就想将应苏梦支走："说得都渴了，苏梦，跟我去拿几杯饮料吧。"

"我不想喝……"

"不，你想。"尔萌硬是把应苏梦给拉起来，宋白在一旁看着，应苏梦觉得自己要赖着不走可能让人误会，只能甩一个"你自保重"的眼神给千岁。

虽然她可能看不懂。

应苏梦和尔萌走后，千岁觉得跟宋白没什么话题聊，就起身在原地走动，佯装放松。

"今天天气真不错。"

"嗯。"宋白回着,觉得坐着也不太好,就站了起来。

两人真的无话可说了,各自站着。千岁想着要不要再找个借口上厕所,刚抬眸,就对上宋白凝视的眼神。

他一直注视着她,哪怕她在躲闪。

宋白抿了抿唇,他还想要再确认一件事情。

宋白看着千岁,认真问道:"为什么你一直留着我的照片?"

千岁当即就反应过来,他说的是哪一张照片。还来不及去想宋白是怎么知道的,宋白就说:"我能理解为我还有机会吗?"

他问得那样小心翼翼,就怕那点希望还没见上光就被磨灭了。也许内心深处知道问题的答案,但是他不想承认。

千岁不想伤人,但也无奈。

她突然就笑了笑,如少年时一样美好。

"宋白,你就像我曾幻想的、虚无缥缈的一片海,而寒江,是扬起我青春的风帆,带我找到方向。我谢谢你,出现在我年少的时光里,让我……"千岁一字一顿,"看到寒江。"

千岁说得那样动容,那些记忆深刻在她脑海里,所有的一切,包括宋白,现在都已经成为围绕寒江而存在的痕迹,留在青春里。

"我知道了。"

这句话让宋白彻底死心了,他之前还以为自己和千岁有百分之五十的可能性,原来这百分之五十只不过是自己对过去的纠缠,在千岁这里,为零。

他看着千岁姣好的面容回以同样的微笑,坦然以对:"那……可不可以拥抱一下?"

自此以后,再无风月。

"好。"

千岁应答。

她大方地拥抱宋白，拍拍他的后背。

"之前说要请我吃饭的，待会儿请吧。"

"啊，可是我跟寒江说好了，他会来接我去吃饭。"

本是释然值得纪念的美好瞬间，却被提早过来的某人给碰见，寒江就站在不远处，像是电视剧里演的那样，满目的幽怨。

从宋白视角的方向，很容易看到他。

"千岁，虽然我愿意放手，但也得确认他值不值得你托付。"

千岁不明所以，刚要推开他，宋白却是将她紧紧抱住，他轻声道："相信我。"

尔萌和应苏梦回来的时候看到宋白靠近千岁说话，寒江就想挤过去，被尔萌一把拽到一旁。

"我说你能不能有点眼色？"尔萌瞪着眼睛，噘着嘴巴，还得控制音量，索性再把寒江拉得远一点，"你没看到人家你侬我侬吗？"

"谁你侬我侬？"寒江蹙眉。

"千岁和宋白啊。千岁喜欢宋白，那天都跟我和苏梦承认了，我正给两人创造机会呢？"

寒江觉得太可笑："你胡说什么，你知不知道我跟……"

尔萌不满地打断他："我能胡说？我跟千岁什么交情？我、千岁、苏梦，我们三人当年可是组合！我们感情不比你深啊？人家千岁至今心心念念地牵挂着宋白，拿着照片睹物思人，想尽办法要挽回宋白的心，你就别瞎掺和了。"

寒江冷眸。

过了一会儿，他问："她什么时候承认的？"

"就前段时间啊，还让我跟苏梦出主意，嘘，千万别说我说的哦。"尔萌看了眼他们，还很是满意地点点头，"确实是天造地设的一对。"

那天千岁和寒江吃完饭回家,整个过程里寒江一言不发。

回到家里,千岁故意在他跟前晃呀晃呀,没反应。她估摸着寒江又因为宋白吃醋呢,突然灵机一动,她"哎呀"一声:"头好晕。"脚一软倒在寒江怀里。

又来这一招。

寒江看她:"请你站好。"

千岁耍赖,就是搂住他的脖子不放:"我真的头晕,站不好。"

寒江伸手给她扳开,转身就进了客房,"砰"的一声把门关上。

千岁蒙了,怎、怎么走了?不一起睡啦?

"喂!"

寒江真的不理她,千岁彻底傻眼了,怎么回事?难道没有使用小拳头?还是他对撒娇产生免疫力了?这不对啊,这是病得治啊!

静姝要千岁搬回家来住,千岁实在没有理由拒绝,万一妈妈发现自己没住酒店和寒江住在一起,那就糟糕。再加上寒江现在不知道生什么闷气,每天都不理她……想把寒江同自己的关系告诉爸妈,又怕他们一时接受不了。

千岁郁闷,独自前去寒江住处收拾自己的行李,在书房晃荡的时候发现了书架上的信封。

那是自己当年写给宋白的信。

千岁的眼珠子都要瞪出来了:"信怎么在这儿,这些年一直在他手上?当时不是就被妈妈给扔了吗?"

她太过好奇,想着晚点要问问寒江,就把信带走了。后来想了想,又把寒江年少那张在江边的照片给放到那儿。

如果寒江看到,一定很开心。

谁知寒江那晚开车直奔静妹家楼下，把千岁给叫了下来。寒江站在车旁，看到千岁时直接举起那张照片问："这什么意思？"

给宋白一张又给他一张，这是往他心窝戳一刀又打个麻药！

所有被他压下去的不安，此刻都跳了出来。

寒江的眼中有团火："你为什么一声不吭走了？"

千岁嘟囔："妈妈让我回来住，我打电话你又不接，每天都生气，你哪那么多气可生啊？"

"跟我回去。"寒江伸手拉她。

"不要。"千岁也来了小脾气，"你让我回去就回去啊，你谁啊？"

此话点燃了寒江好不容易抑制住的情绪，他看着千岁，一字一顿："我，你男人。"

千岁被他这句话弄得又羞又怒，她哼一声就要转身："才不是！"

寒江拦住她，将她牢牢圈在自己的臂弯当中，铁青着脸说道："河千岁，你过分了。你有什么错心里不清楚吗？"

"我什么错你说。"千岁仰着脸，那双清澈的眸子瞪得格外明亮，一眨一眨，竟让寒江满是怜惜，不忍啧她。

于是他别过脸去，清冷问道："我在你心里，到底什么位置？"

这种没有水准的话他也能问出来，千岁将他的脸扳正，捧在手心，认认真真回应："我爱你。"

寒江微愣，眼神有些忧郁："那……你会同时爱别人吗？"

"会啊。"千岁一笑，"我爸我妈。"

"你……"寒江觉得自己被戏耍了，他怒道，"我跟宋白，你到底爱谁！"

此时看寒江的表现，简直是智商直线下降。千岁脑中先是问号，而后是省略号，原来某人掉醋缸爬不出来了。她都还没算邱诗媛的账，他吃哪门子醋？

千岁长臂一勾，搂住他的脖子，调戏般亲吻他的下巴："谁对我好就爱谁喽。"

"你……"

寒江除了说"你"再也说不了别的了。

"所以你注意点，万一惹我生气，我就跟爸爸回美国了，再也不回来了。"千岁的玩笑话却像细针一样扎进寒江的心里，他又感受到了以往的孤独。

寒江一瞬间失了神色，他松开千岁的手，喉结动了动。

"这一次，你又想走多久，九年，十年，还是一辈子？"

寒江的眼角突然涌出泪花，千岁这才觉得自己玩笑开大了，她急忙说道："寒江，我逗你的，我没有要回美国，真的。"

他垂眸："千岁，这九年，我像是耗尽了一生的幸运，只盼你能回来，哪怕朝夕。可是当我真实地遇见你，拥有你，我又渴望这个期限是永久。如果你只能爱我一点点，即使嫉妒得难以忍受，只要你在我身边，我就可以忍，但是决不允许你不爱我，如果你不爱我……"

寒江想要把眼前这个人深深刻在心里头，他说："如果你不爱我，你要我怎么办？"

"小五。"千岁心疼地唤他，"第五寒江。"

她重新捧住他的脸，踮起脚尖，声音清澈而明亮。

"我爱你，绝不是一点点。"

说完主动亲吻寒江的唇，她紧紧地搂住，还在他唇边厮磨："这一次啊，你赶我走，我都不走。"

寒江情不自禁环住她的腰，轻抵她的额前："真的吗？"

"骗你是小狗。"

"你可不是小狗吗，没心没肺。"

寒江说完便用力亲吻千岁。

就在两人火热纠缠的时候，身边有两个人影走过，也不知道他们是鼓起了多大的勇气才装作什么事都没有的样子走过去的。

千岁看到静姝和河世华低着头,着实有些不好意思。她微红着脸,挽着寒江的手臂说道:"爸、妈,寒江……我爱他。"

Chapter 6
守着我们再见的青春和永不消散的友谊

子君和寒江快到静姝家的时候,千岁和河世华早已坐在客厅等候,河世华把茶几上的果盘来回移动位置,茶杯也是动了又动。

千岁规规矩矩地坐在沙发上,穿了一身耀眼的红裙,可能是因为有些紧张,双脚不停地在地板上来回轻跺。

河世华扭头看她一眼,忍不住打趣:"就那么激动吗?"

"你不也是吗,爸?那个盘子放那儿就可以啦,你动来动去看得我都急了。"千岁还在捋着裙上的一处褶皱,抹啊抹。

"你这衣服颜色也太跳了,还有这口红,什么色啊……"

在国外多年的生活经验也没有改变河世华对流行趋势的审美,千岁嘟囔:"你不懂啦。"

寒江进门的时候,千岁跑得比河世华都快,河世华被挡在身后忍不住心中一叹:真是女大不中留啊。

"叔叔好。"寒江又是鞠躬又是微笑。

"你好你好,来,进来坐。"

三个大人例行寒暄,两个年轻人眉目传情,恍若无人。子君先进入正题,明眼人都看出两个孩子等不及了。

"世华、静姝，咱们两家多年交情，今天我过来呢，就是正式向你们提亲，若你们不嫌弃，以后就让小五来照顾千岁，这俩孩子从小就感情深厚，能走到一起，也真是缘分。"

静姝连忙回道："哪能嫌弃啊姐，千岁从小也多亏你和五哥照顾，他们能在一起，我很高兴。"

"那就好那就好，老五要是还在，指不定怎么高兴呢。"

子君提到老五，神情有些黯然，静姝靠近子君身旁坐下，暖心安慰着："好在孩子们都过得好，五哥要是知道肯定欣慰。"

"是啊。"河世华也说，"哥在的时候，就整天操心这俩孩子。"

静姝给子君递过茶杯："来，姐，喝茶，再吃点水果。"

"好，你们不用那么客气。"

"搞得有点生疏了是吧，哈哈。"河世华稍微缓解了下气氛，又指派千岁去厨房添些茶水。

千岁捧着茶壶进了厨房，随后寒江就进来了。

他从背后轻轻抱住千岁，千岁紧张，连忙探头看一眼外面："干什么呀，你快出去。"

"我来。"寒江松开千岁，接过茶壶，继而又说道，"他们在聊天呢，没事。"

"那你也别进来啊，多不好。"

"好，那我出去了。"

千岁抓住他的衣角，一拉："不许。"乐呵呵地将脑袋靠在他胳膊上，"想你。"

寒江只是低头轻轻一吻，千岁就红了脸，她捂住嘴唇："我涂了口红。"

"嗯，亲了一口的化学物质。"

"讨厌。"

"既然你已经讨厌了，我就让你更讨厌一下。"

寒江转身，轻声呢喃："来。"

他抱着她，又是一番情意绵绵。

即使有过那么多次亲密接触，可千岁还是心慌慌，她的指尖微凉，寒江在亲吻的时候还不忘将她的十指握在掌心。

在感受到寒江温度时候，千岁心底最细小的涟漪，都已被抚平。

尔萌接过应苏梦帮着递来的订婚宴请柬的时候，还调侃："两人速度挺快嘛，同学聚会还没搞呢……"

然而在打开看到人名的时候，她眼睛瞪如铜铃，结结巴巴说道："这这……这写的谁？"

应苏梦不解，看着她手中的请柬再看看自己的，一模一样。

"寒江和千岁啊。"

"第、第五寒江？"尔萌如遭雷击，她不敢相信地看着应苏梦，"千岁这么快就劈腿了？"

应苏梦："……"

在尔萌重新理清楚所有思路后，浑身的力气都快被抽干了，她靠在椅背上抬头望天，已是四肢无力："苏梦，完了，我可能做错事了。"

尔萌在订婚宴前过得那是一个焦躁不安，琢磨了几个白天夜晚才想出挽救的办法，她主动给寒江打了电话。

果不其然，寒江冷得像冰碴儿一样："干什么？"

"嘿嘿！"尔萌抱着电话笑得很是狗腿，"寒检，寒江大人，五爷啊。"

"再见。"

"哎哎哎哎，别挂，这通电话事关你人生大事，事关千岁的幸福！"

寒江现在很难再信尔萌的话，但还是问了一句："什么事？"

"今天下班你到我剧组来，我通知苏梦和迟到，哦对，还有宋白他们，咱们把同学聚会的地点换一下。"

"我不去，跟我有什么关系？"

他才不想看到宋白，连想都不想。

"你要是不来我就让千岁来了，反正人家宋白还没走……"

寒江咬牙："知，道，了。"

尔萌的校园戏杀青，给千岁打电话说让她也去参加杀青宴。千岁想着林哥也在，还想跟他一起聊聊合伙在 C 市开工作室的想法，便准时赴约了。

千岁到的时候就见尔萌穿着校服，不是戏中的，而是致远中学的校服，一时间甚是怀念，她说道："你怎么穿我们的校服啊？"

尔萌从躺椅上跳起来，伸了个懒腰："也不早点来，走，我带你换衣服去。"

千岁还迷糊着，就被尔萌拽去剧组临时搭建的换衣间，她边换边追问尔萌到底要干什么。尔萌在外头回她："好不容易回到母校，趁杀青让人给我们拍些照片呗。"

"真的假的？"千岁还有些怀疑。

待千岁换好衣服出来，尔萌就拉着她在校园里走动，因为是周末，学校除了几个值班的老师之外就是剧组的一些工作人员。她们沿着花坛小路一直向前，中途尔萌还指着路旁的长椅说道："这个椅子还在呢，记得吗？以前你我还有苏梦，经常在这儿玩。"

"当然记得啊，你偷吃东西嘛。"千岁忍不住笑出声来。

尔萌不由得喟叹："突然好羡慕苏梦，能留在这里做老师，守着我们再见的青春和永不消散的友谊。"

"睹景物之依然,叹岁月之逾迈。"

尔萌的话也让千岁感慨万千，如果要说目前心中徒留的遗憾，那一定是没有和大家走完高三，经历高考，甚至当时连一句告别的话都没说。

"我们去以前的班级看看吧。"尔萌突发奇想。

"现在吗?"千岁对于这个提议显然有些小激动,她早就有这个想法了,两人确认过眼神之后,牵起手就跑起来。

耳畔吹起的风啊,依旧是那时的感觉。

千岁刚跑上楼梯,在转角处就与人撞了满怀,应苏梦抱着的一摞作业本险些掉落,她扶扶眼镜,一派正经:"你们俩慢些好不好,撞上的要是杨主任,有你们好受的。"

应苏梦同她们一样也穿着校服,乌黑的马尾扎得一丝不苟,俨然一副好好学生的模样。千岁简直惊讶坏了:"苏梦你这是?"

"跟我走吧。"

应苏梦扬起嘴角,带着两人继续走着。

当她们经过几个班级的时候,千岁就看到过道里有三三两两的学生聚在一起说话,有的看书,有的还拍着篮球在人群里穿梭。与其说他们是学生,还不如说是穿着校服的老同学,千岁指着其中一个甚是惊讶:"你不是……"

"哈喽千岁,好久不见。"这个穿着校服的男生大腹便便,说话间还将校服拉链拉开,想必是被衣服撑得受不住了。

此时有同学从她们身旁经过,还调皮地拍了下应苏梦手中的作业,嘻嘻哈哈调侃:"哟,班长,亲自抱本子啊,让你家小奶狗来帮你抱啊。"

"胡说什么你!"应苏梦都没想到自己被打趣,抱紧作业本快速走着。

同学还在身后吹起了口哨:"迟到!你家梦梦来啦,快出来迎接!"

千岁看着一群熟悉又陌生的同学们,过往的记忆一帧帧闪过,这都是当时 1 班的同学,是将近十年没有见的老同学啊。

眼前的场景只在梦中见过,如今却真实地存在,紧张与兴奋让千岁的心狂跳不已,甚至连掌心都出了汗。

到 1 班后门的时候,迟到突然伸了个脑袋出来,依旧是那副不正经的坏笑。他装作很酷地跳出来,左手扶着门,右手甩甩头发,硬生生给自己加戏。

"美女,有什么事情需要帮忙的?"

应苏梦憋住笑:"滚。"

"好嘞。"

千岁已经蒙了,她甚至都忘了自己是过来干什么的,四肢像是被无形的力量推着走,她竟然找到了当年自己的位置。哪怕是桌椅和地砖换了,摆放的样子也变了,她还是一下子就找到了。

这里,曾是她留有遗憾的青春。

尔萌一进教室就与其他同学热聊起来,说着物理卷子写了没,昨晚电视剧更了几集,有一本言情小说的男主特别帅气,小卖部的饼干又涨价了……

"林老师来啦!"有人大喊。

所有在聊天玩耍的同学们都自动坐好,那些在外头的人也都陆续进来了,偌大的教室里头,几乎坐满了一大半。千岁从看见林老师的那一刻,就没能移开目光,怎么同学们都没怎么变,只有他老了啊?

千岁突然就哭了,哭得不能自已。

千岁百感交集,看向讲台的方向。

林老师慈祥地冲她挥手:"千岁,你回来了!"

"嗯……"她猛点头,却已哽咽得无法言说。

"好,回来好。"林老师拍拍讲台上的黑板擦,对底下说道,"都安静下来,班长宋白,记一下今天的班会内容。"

"好的老师。"

千岁闻声回头,看到穿着校服的宋白,依旧坐在她只要微微侧头就能看见的地方,只不过,她的目光再移了几寸,落在迟到身旁的空位上。

林老师继续说道:"今天通知大家来,是关乎某位同学的人生大事,这位同学兢兢业业工作,勤勤恳恳生活,殷殷切切守望……"

"老师。"有人听不下去推门而入,"别这样,我都听不下去了。"

千岁看见来人,掩不住惊喜,是寒江。

他穿着校服,手捧鲜花,一路朝千岁走来。班里顿时热闹起来,尖锐的口哨加拍桌子的声响,还混着尔萌的一声叫:"怎么他不按剧本来啊!"

千岁这才明白过来,今日的这场突如其来的同学聚会,是别有用心的,只不过她没有想到,自己竟是这场戏的主人公。

寒江还是那十七岁少年的模样,那个眼中只有某人的小五,他说不了太多的情话,只想默默守护。他曾向上天祈愿,用自己全部的幸运来等待,也原谅他的抱怨,因为他是真的真的,喜欢她。

"千岁,请你嫁给我。"

寒江在她的脚边单膝跪地,眼中情意绵绵,话语也有些轻颤。

"让我填补你所有的遗憾,也不用去畏惧将来,你想看花我陪你,你想听风听海都可以。我们,什么都一起,好不好?"

千岁顿感自己除了哭,真的什么都不会了。她有好多好多话,都哽咽在心口,即便让她说个一千次一万次都不够,因为那是他呀。

"好,只要是你说的,都好。"

"那请你,把它戴上。"

寒江拿出一枚戒指,庄重地举起,哪怕这只是个仪式,他也要做好。千岁伸出手来,寒江仔仔细细替她戴上,此刻教室里啪的几声,有礼花落在两人头上,迟到带头喊着:"结婚!结婚!结婚!"

"原地结婚!"

"立即亲吻!"

"把民政局搬来!"

同学们闹着笑着，尔萌还从口袋里掏出便利贴心急地翻着："怎么回事，都不按流程走吗？老师还要叫上黑板做题呢……他得编写一个爱的方程啊。"

应苏梦在一旁说着："行啦，你看这两人哪个是肯按规划好的步子来走的。最后我们要干吗？"

尔萌把便利贴一收，踮起脚看向外头，正巧看到林哥拿着相机过来，她挥手："快快快，给我们拍毕业照。"

所有同学都开始整理衣服，女生们确认妆容，千岁很是开心，要知道，她就是缺少这一张毕业照。

千岁就站在寒江的旁边，在相机定格的那瞬间，傻傻地举起了剪刀手，而同时，寒江微笑着转头看着她。前一排的迟到瞪着眼睛，因为尔萌故意挤在了他与应苏梦的中间，他也需要一张和应苏梦的毕业照啊！这个尔萌，画圈圈诅咒她一辈子单身！

在这场同学聚会散场的最后，多年不见的邱诗媛姗姗来迟，她在接到尔萌的消息时就想着给两人准备礼物。现在的邱诗媛话不多，性子被社会磨得柔软了些，她礼貌地打了招呼过后，竟递给寒江一封信。

邱诗媛说："恭喜你们，真心祝福。"说完笑了笑也不多言语，转身离去了。

寒江要拆开那封信，千岁挽着他的手臂，故意叫唤一声："粉色呢，怕不是情书啊！"

寒江无奈摇头，宠溺地捏捏千岁的鼻翼，当着她的面拆开了那封信。

信的内容只有两句话：

"寒江，一直想告诉你，当年千岁等你的地方，不是昌江，是陵江。祝你们幸福美满，如愿以偿。"

寒江和千岁盯着信的内容，久久，久久。

直到两人同时释然，相拥一笑，寒江紧紧地搂住她，心底一片柔软："对不起。"

"我爱你。"

这便是她的回答。

—全书完—

本书由莫离委托长沙大鱼文化传媒有限公司正式授权花山文艺出版社，在中国大陆地区独家出版中文简体版本。未经书面同意，本书的任何部分不得以图表、电子、影印、缩拍、录音和其他手段进行复制和转载，违者必究。